AF285357

t. student

Der Meister der Rache
Ein Fußball-Krimi

Bibliografische Information der Deutschen Nationalbibliothek:
Die Deutsche Nationalbibliothek verzeichnet diese Publikation in der
Deutschen Nationalbibliografie; detaillierte bibliografische Daten sind
im Internet über dnb.dnb.de abrufbar

© 2005, 2021 · t. student

Lektorat: Helga Laugsch, München · Hanne Hornik, Markt Schwaben
Layout und Satz: Herbert Utz, München
Herstellung und Verlag: BoD – Books on Demand, Norderstedt

ISBN 9783753422138

Gewidmet all jenen,
die am 19. Mai 2001 den Fußballgott zur Hölle gewünscht haben

Das Fußball-Bundesliga-Finale der Saison 2000/2001 am 19. Mai 2001 war eines der dramatischsten aller Zeiten. Millionen von Schalke-Anhängern in aller Welt hatten allen Grund, mit dem Fußballgott zu hadern – und dies keineswegs nur wegen des letzten Spieltages.

Der hier vorliegende Roman beleuchtet anhand einer satirischen und rein fiktiven Kriminalhandlung die damaligen fußballerischen Ereignisse. Insbesondere alle Handlungsstränge außerhalb des grünen Rasens entstammen der Feder des Autors und sind frei erfunden.

I.

Freitag, 20. Juli 2001

Edwin Beinhorn war zufrieden. Mit dem heutigen Freitag begannen immerhin zehn freie Tage am Stück, die er sich zumindest seiner eigenen Einschätzung zufolge mehr als verdient hatte. Zügig radelte er an diesem Vormittag auf der Straße von Berkum nach Züllighoven. Noch eine knappe Stunde, und er wäre wieder zuhause in Sinzig. Gelegentlich überholte ihn ein Auto, und da es keinen Radweg gab, hatte er stets ein leicht mulmiges Gefühl dabei. Im Moment gehörte jedoch die ganze Straße ihm, und aus seiner guten Laune heraus hätte er am liebsten laut gesungen. Da ihm dies seine Erziehung jedoch strikt verbot, begnügte er sich mit dem Pfeifen deutscher Volksweisen.

Hätte der Fahrer des roten VW Golf, der sich ihm mit ca. 80 km/h näherte, dies hören können, er wäre vielleicht heftig aufs Gaspedal gestiegen. Aber auch so genügte der Aufprall, um Edwin Beinhorn in hohem Bogen durch die Luft fliegen und wie einen nassen Sack auf den Asphalt klatschen zu lassen. Mit bizarr verdrehten Gliedern lag er auf dem Rücken und blickte in das strahlende Blau des Himmels. Durch den Schock spürte er keinen Schmerz, nur die warme Flüssigkeit in seinem Rachenraum machte ihm das Atmen zur Qual.

Der VW-Fahrer hatte angehalten. All seine Kraft aufbietend hob Beinhorn hilfeheischend den rechten, halbwegs unversehrten Arm. Doch der Golffahrer machte keine Anstalten auszusteigen und ihm zu helfen, im Gegenteil – er fuhr im Rückwärtsgang auf ihn zu. Das Letzte, was Edwin Beinhorn in seinem Leben sah, war das Bonner Nummernschild des roten Wagens.

»Hätte ich aussteigen sollen und ihm sagen *warum*?«, dachte er sich. Nein, es war zwar weit und breit keine Menschenseele zu sehen, doch er durfte kein Risiko eingehen. Seine Mission hatte gerade erst begonnen, und nun, da es kein Zurück mehr gab, würde er sie durchziehen. Vielleicht würde sich später einmal die Möglichkeit bieten, sich mit einem dieser Verbrecher zu unterhalten. Ihn zu fragen, warum er mit entscheidend dazu beigetragen hatte, dieses ungeheuerliche Unrecht zu begehen.

Aber zunächst musste er den Wagen loswerden. Nach einer Viertelstunde Fahrt bog er von der schmalen Landstraße in einen Waldweg ein. Einige hundert Meter weiter hielt er an und sah sich um. Alles war ruhig, kein potenzieller Störfaktor in Sicht. Nachdem er die Kennzeichen entfernt hatte, öffnete er den Kofferraum und nahm den Benzinkanister heraus. Es war eigentlich alles ganz einfach gewesen. Fast schon *zu* einfach. Als er den brennenden Wagen hinter sich ließ und in sein eigenes Fahrzeug stieg, verspürte er nicht einmal eine besondere Genugtuung. Aber die würde noch kommen, da war er sich absolut sicher.

Hauptkommissar Günter Matowski von der Mordkommission Bonn hatte schlechte Laune. In der Schutzgeldgeschichte kamen sie einfach keinen Deut voran. Solange es ihnen nicht gelang, wenigstens einen der erpressten Restaurantbesitzer zum Reden zu bringen, würden sie weiterhin auf der Stelle treten. Auch das frisch im Gedächtnis haftende, hochdramatische Bundesliga-Finale nagte noch an ihm. Matowski war 34 Jahre alt, ledig und – mit Leib und Seele Schalke-Fan. Bereits in der zurückliegenden Winterpause hatte er sich in Erwartung eines packenden letzten Spieltags das Ticket für die Partie gegen Unterhaching gesichert. War sich mit wildfremden Menschen in den Armen gelegen vor Freude, als die Falschmeldung die Runde machte, die Partie in Hamburg wäre bereits zu Ende und die scheinbar übermächtigen Münchner hätten doch verloren ...

»Na, Kopf hoch, du denkst wohl gerade wieder an eure verpasste Meisterschaft«, meinte Kommissar Schwann, als er Matowskis Büro betrat. Schwann war groß gewachsen, etwas vor der Zeit ergraut und – Anhänger des FC Hansa München. Als gebürtigen Ingolstädter hatte ihn eine Urlaubsliebe hierher nach Bonn verschlagen.

»Sehr witzig«, antwortete Matowski. »Du weißt ganz genau, wie sie uns beschissen haben, die ganze DFB-Mafia! Wie sich dieser Kotzbrocken Müller-Flaschenbier gefreut hat, das sagt doch schon alles!«

»Komm, hör schon auf, dafür seid ihr immerhin Pokalsieger geworden. Glück und Pech gleichen sich halt doch immer wieder ...« Bevor Schwann seine Theorie beenden konnte, stürmte Kriminalobermeister Estermann herein. »Macht euch fertig, wir müssen los – schwerer Verkehrsunfall mit Fahrerflucht, wahrscheinlich ein Toter ...«

Die traurige Realität hatte den eher banalen Fußballstreit schnell verdrängt. »Wo ist die Sache denn passiert?«, wollte Matowski auf dem Weg zum Auto wissen.

»Auf einer Landstraße mitten in der Pampa, kurz vor der Landesgrenze nach Rheinland-Pfalz«, entgegnete Estermann.

Als sie am Unfallort eintrafen, bot sich ihnen ein eigenartiges Bild. Einerseits die herrliche Hochsommerlandschaft, die tiefgrünen Weinberge, andererseits jedoch das bizarr verbogene Fahrrad im Straßengraben und der mit einem großen weißen Tuch abgedeckte Körper. Einer der örtlichen Polizisten wandte sich an Schwann.

»Guten Tag, Polizeimeister Albert Schwarz. Sind Sie der leitende Ermittler?«

Mit seinen graumelierten Haaren wirkte Schwann stets älter, als er tatsächlich war, und nicht selten meinten Außenstehende, er müsse der Ermittlungsleiter sein. »Nein, meine Wenigkeit. Hauptkommissar Günter Matowski«, meldete sich dieser zu Wort. »Erzählen Sie, was ist genau passiert?«

»Offenbar ein Autounfall. So, wie der arme Mann aussieht, hatte er wohl keine Chance. Vom Auto oder dessen Fahrer keine Spur.«

»Auch keine Bremsspur«, bemerkte Schwann. »Obwohl, mit dem ganzen ABS-Schnickschnack ...«

Nun wandte sich der anwesende Notarzt den Polizisten zu: »Ich bin zwar kein Pathologe, aber das sieht mir fast nach Absicht aus. Die Stelle hier ist doch völlig übersichtlich, und den Verletzungen nach zu schließen, ist das Opfer weit mehr als *nur* vom Rad geschleudert worden.«

»Steht die Identität des Toten schon fest?«, wollte Estermann wissen.

»Ja, ein Herr Edwin Beinhorn aus Sinzig. Er hatte seinen Personalausw...«

»Geben Sie mal her«, unterbrach ihn Matowski. »Etwa *der* Edwin Beinhorn?« Er warf einen Blick auf das Foto im Ausweis. »Ich werd verrückt, der Bundesliga-Schiri.«

»Tatsächlich.« Auch Schwann kannte das Gesicht des Referees aus vielen Fußballübertragungen.

»Estermann, ruf unsere Spezialisten zur Spurensicherung«, befahl Matowski. »Hier können wir nicht mehr viel tun. Wir müssen so schnell wie möglich wissen, welcher Wagentyp das war, und dann geht eine Großfahndung raus. Und du hältst hier die Stellung. Sobald es konkrete Ergebnisse gibt, will ich umgehend Bescheid wissen.«

»Ok.«

Estermann stammte aus einem Großbauernhof, als Zweitgeborener war jedoch schon früh klar, dass er sich nach einem »bürgerlichen« Beruf würde umsehen müssen. Nach einem abgebrochenen Ingenieursstudium hatte er sich zum Polizeidienst entschlossen. Als Krimifan machte ihm die Arbeit Spaß, und da er sich von seinem Bruder großzügig hatte ausbezahlen lassen, war sein monatliches Polizistengehalt nicht mehr als ein Taschengeld.

»War schon jemand bei den Angehörigen?«, wandte sich Matowski an Polizeimeister Schwarz.

»Ja, ein Kollege ist vor einer Viertelstunde losgefahren. Möchten Sie auch mit ihnen sprechen?«

»Erst warten wir den Bericht des Pathologen ab. Ist schließlich nicht ganz unbedeutend, ob die Sache Absicht oder vielleicht doch ein Unfall war.«

Auf der Rückfahrt sinnierte Matowski laut vor sich hin. »Soso, der Beinhorn ... hat der uns nicht das Spiel auf dem Betzenberg verpfiffen?«

»Betzenberg?«, wunderte sich Schwann. »Die Meisterschaft wurde doch in Hamburg entschieden, und da hat, meine ich, der Murks die Partie geleitet.«

»Richtig, dieser miese Zahnklempner. Eine Saison dauert aber über 34 Spieltage, und ohne Herrn Beinhorn hätten wir in Kaiserslautern gewonnen und ...«

»Ach komm, jetzt übertreib nicht. Glück und Pech gleichen sich im Lauf einer langen Saison immer aus.«

»Jetzt hör mir bloß mit dieser Scheißredensart auf, die stimmt hinten und vorne nicht!«

Nach zwei Minuten eisigen Schweigens begann Schwann: »Kannst du dir wirklich vorstellen, dass jemand wegen eines Fußballspiels jemanden umbringt? Die meisten Morde sind doch Beziehungstaten, und hier wissen wir noch nicht einmal, ob es nicht vielleicht doch ein Unglücksfall mit Fahrerflucht war.«

»Ausschließen«, entgegnete Matowski, »würde ich heutzutage gar nichts mehr. Millionen Deutsche sind Fußballfans, und manch einer hat zu den von ihm vergötterten Kickern eine engere Beziehung als zu seiner Frau.«

»Kann es sein«, meinte Schwann, »dass du schon zu lange keine Beziehung mehr zu einer Frau hattest?«

»Sehr witzig. Aber warten wir mal ab, wer oder was hinter dieser Sache steckt.«

Was sollte er tun? Erst einmal abwarten, was die polizeilichen Ermittlungen ergeben würden? Oder sofort wieder zuschlagen, noch bevor jemand auf die Idee käme, dass dies nur der Anfang war? In seinem Versteck gab es noch drei weitere gestohlene Wagen mit gefälschten Nummernschildern von gleichartigen Autos, welche in keinem Polizeicomputer verzeichnet waren. Er könnte, wenn er wollte, sofort wieder zuschlagen. Zumal der nächste auf seiner Liste keine 100 Kilometer weiter die Erde mit seiner Existenz verpestete. Richtig, sobald man erkannt haben würde, dass hier systematisch eine Reihe skrupelloser Verschwörer beseitigt wurde, würde jede weitere Tat nur umso schwieriger. Jawohl, warum sollte er eigentlich nicht gleich weitermachen?

Hauptkommissar Matowski ergriff den Telefonhörer bereits nach dem ersten Läuten. Auf dem ISDN-Display hatte er die Handynummer von Kriminalobermeister Estermann erkannt. »Hier Matowski. Was gibt's Neues?«

»Die Kollegen von der Spurensicherung haben rote Lacksplitter am Fahrrad und an der Leiche sichergestellt«, meldete sich Estermann. »Keinerlei Bremsspuren und eine völlig übersichtliche Straßensituation. Es sieht ferner ganz danach aus, als sei das Opfer nach seinem Sturz auf die Straße noch mehrfach überfahren worden. Der Notarzt lag also wohl richtig mit seiner Einschätzung.«

»Schaut in der Tat verdammt nach Absicht aus. Für die nähere Bestimmung der Automarke müssen wir wohl auf die Jungs vom Labor warten.«

»Genau.«

Matowski entschied spontan. »Hör zu, warte am Tatort auf mich, ich fahre gleich los. Auch wenn es pietätlos erscheint, wir müssen uns schleunigst mit den Angehörigen unterhalten.«

Matowski stand auf und ging in Schwanns Büro. »Estermann hat gerade angerufen, es spricht alles für Mord. Das Unfallopfer wurde noch mehrfach überrollt.«

Schwann hatte einen Berg Zeitschriften auf seinem Schreibtisch liegen und las gerade interessiert in einem Exemplar des *kicker*. »Also was die letzten Bundesliga-Spieltage angeht, kann man dem Herrn Beinhorn keinen Vorwurf machen«, meinte er.

»Dann betrachte doch mal das Hinrundenspiel Kaiserslautern gegen Schalke. Auch wenn ich ein Fall fürs Phrasenschwein bin, eine Saison hat 34 Spieltage«, entgegnete Matowski. »Ich werde mich zusammen mit Estermann mit seinen Angehörigen unterhalten. Vielleicht kommen wir an der Stelle einen Schritt weiter. Mach du in der Zwischenzeit unseren Kollegen vom Labor etwas Dampf, wir brauchen schnellstmöglich die Automarke.«

»Hier wird man fürs *kicker*-Lesen bezahlt«, dachte Schwann, »eigentlich kein schlechter Job. Nur schade, dass es keine aktuelleren Ausgaben sind.«

Während der Fahrt zurück zum Tatort stellte Matowski zufrieden fest, dass auch der fußballerisch eher emotionslose Hansa-Anhänger Schwann sich Gedanken machte, ob das Motiv für den Mord an Beinhorn vielleicht nicht doch auf dem grünen Rasen zu suchen wäre. Tja, ein anderer Unparteiischer damals in Kaiserslautern, und Schalke wäre der mehr als verdiente Meister geworden. Und es gab ja noch manch anderes Spiel, bei dem es aus königsblauer Warte allen Grund gegeben hatte, mit den Pfeifenmännern zu hadern. Sollte hier wirklich irgendein durchgeknallter Fanatiker Vergeltung üben? Waren dann auch noch andere Schiris in Gefahr?

»Ach was«, wischte Matowski den Gedanken beiseite, »so was gibt's nur im Film. Bestimmt stoßen wir gleich auf ein handfestes Motiv im Privatleben, und dann ist Schwanns Schreibtisch mit den ganzen Fußballzeitungen ein Fall für den Altpapiercontainer.«

Als Matowski wieder am Tatort ankam, war es schon nach 18 Uhr, doch es war immer noch hochsommerlich warm. »Hallo, die Herren«, begrüßte er die ins Gespräch vertieften Estermann und Schwarz, »wie ist der aktuelle Stand der Dinge?«

»Ein paar vermutliche Spuren des Wagens werden gerade ins Labor gebracht. Und Frau Beinhorn hat sehr gefasst auf die schlimme Nachricht reagiert« antwortete Estermann.

»Das stimmt«, ergänzte Schwarz, »ich glaube, Sie können sie gleich aufsuchen. Es gibt übrigens keine weiteren näheren Angehörigen.«

»Gut«, entgegnete Matowski, »bringen wir's hinter uns. Estermann, du kennst den Weg?«

»Heiße ich Estermann oder heiße ich Schwann?«

»Estermann, und genau deshalb frage ich.«

Petra Beinhorn wirkte in der Tat sehr gefasst. Sie war ca. dreißig Jahre alt, schlank, und Matowski ertappte sich dabei, wie er sie spontan in die Frauenschublade mit der Aufschrift »Die könnte in Frage kommen« einordnete.

»Der Edwin und ich, wir hatten uns einfach auseinandergelebt. Es mag wie ein dummes Wortspiel klingen, aber er war es auch zuhause gewohnt, dass alles nach seiner Pfeife tanzt.«

»Ich muss diese Frage leider stellen«, begann Matowski, »können Sie sich irgendjemand vorstellen, der einen Grund haben könnte, ihm das anzutun?«

»Sie meinen, es war vielleicht kein Unfall?«

»Es sieht ganz danach aus. Um ganz konkret zu fragen: hatte er Feinde?«

»Wahrscheinlich ein paar Millionen«, antwortete Petra Beinhorn lakonisch. »Aber das bringt der Schiedsrichterjob wohl mit sich. Früher gab es oft wüste telefonische Beschimpfungen bis hin zu Morddrohungen, aber seit wir uns vor fünf Jahren eine Geheimnummer zugelegt haben, ist eigentlich Ruhe.«

»Und außerhalb des Fußballs? Welchen »Zivilberuf« – wenn ich das mal so sagen darf – hat er ausgeübt?« Matowski wunderte sich selbst ein wenig über diese Frage, doch die Bundesligaschiris gingen dieser Tätigkeit ja nur ca. zwanzig Mal im Jahr nach, meist an einem Samstag.

»Er war Maschinenbautechniker bei einem Autozulieferer in Remagen. Ich kann ihnen gerne die Adresse heraussuchen.«

»Nachtwächter«, dachte Matowski, »würde zu seiner Leistung auf dem Rasen besser passen ...«

»Aber jemand Konkretes, der ihm Übel wollte, fällt Ihnen nicht ein?«, setzte Estermann nach. Petra Beinhorn schüttelte den Kopf.

»Wenn es Ihnen nichts ausmacht – wir würden uns gerne einmal seine persönlichen Unterlagen ansehen«, ergänzte Matowski.

»Wenn Sie unsere finanzielle Situation meinen ...«, begann Petra Beinhorn.

»Am besten alles, was Ihnen einfällt. Wir müssen erstmal in alle Richtungen ermitteln.«

Chopins Klavierkonzert Nummer eins erfüllte die Luft hinter der großzügigen Villa am Ortsrand von Kyllburg. Hinter dem Steinway-Flügel inmitten des riesigen Wohnzimmers griff der Konzertpianist Norbert Windel gekonnt in die Tasten. Sein Besuch hatte sich vor zehn Minuten von ihm verabschiedet, und er genoss es, bei geöffneter Terrassentüre sich an diesem herrlichen Hochsommerabend seiner Musik hinzugeben. Nachbarn, welche sich etwas weniger aus Chopin machen könnten als er, gab es auf dieser Seite des Hauses keine.

Völlig versunken in seine Welt der Töne, wurde er von dem Unbekannten komplett überrascht, der urplötzlich vor ihm stand und mit ungeheurer Wucht den Tastaturdeckel auf seine filigranen Hände knallte. Der Schock verhinderte zunächst, dass Norbert Windel die Schmerzen seiner zerschmetterten Finger wahrnahm. Er blickte nur ungläubig auf den Fremden, und als er den Baseballschläger auf sein Gesicht zurasen sah, war es zu spät, um zu reagieren. Die Wucht des Holzprügels traf ihn genau über dem linken Auge, und er fiel von seinem Klavierschemel nach hinten. Hart schlug er mit dem Hinterkopf auf dem Parkettboden auf, und es bildete sich eine langsam, aber stetig wachsende Blutlache.

Ein leises, kaum wahrnehmbares Röcheln kam aus Windels Mund. Der Eindringling holte zu einem erneuten Schlag aus und sagte: »Das ist für den ersten nicht gegebenen Elfmeter.«

Der Baseballschläger zertrümmerte Windels rechtes Jochbein, sein Kopf verdrehte sich zur Seite und das leise Röcheln verstummte. »Und das ist für den zweiten nicht gegebenen Elfmeter.«

Der weitere Hieb, der die linke Schläfenpartie zerschmetterte, wäre nicht mehr notwendig gewesen. Für Norbert Windel, im Hauptberuf Konzertpianist und nebenberuflicher DFB-Schiedsrichter, war der letzte Schlussakkord verklungen.

»Hätte ich ihm Gelegenheit geben sollen, sich zu rechtfertigen?«, fragte er sich. »Nein, ich darf kein Risiko eingehen, er hätte sich vielleicht gewehrt, und ich darf keine noch so kleine Spur hinterlassen. Meine Mission ist schließlich noch nicht beendet.«

Er verließ das Haus wieder durch die Terrassentür und sah sich kurz um. Aufgrund der hohen Hecken zu beiden Seiten konnte ihn kein neugieriger Nachbar sehen, und nach hinten lagen rund hundert Meter offenes Feld, bevor ein kleines Wäldchen begann. Diese hundert Meter waren der kritische Punkt, doch an diesem schönen Sommerabend bemerkte niemand den Mann mit dem Baseballschläger, der über das rückwärtige Gartentor kletterte und in Richtung der Schonung spurtete, wo er schließlich nach nicht einmal zwanzig Sekunden verschwand.

Eine halbe Stunde später brannte erneut ein Feuer, doch diesmal war es kein Tatwagen, welcher mit Benzin übergossen worden war. Kleidung, Schuhe und nicht zuletzt der Baseballschläger wurden eine Beute der Flammen. Den Wagen wollte er noch behalten, schließlich war es sehr aufwändig, PKW-Dubletten nach Art der RAF-Terroristen in den siebziger Jahren zu beschaffen.

Jetzt, nach diesem erfolgreichen Doppelschlag, würde er erst einmal untertauchen. Zwei Bundesliga-Schiedsrichter, die am selben Tag ermordet werden, da herrscht in der gesamten Branche Alarmstufe rot. Die nächste Tat würde weniger einfach werden, vor allem dann, wenn er weiter chronologisch vorginge ...

Matowski und Estermann hatten sich mittlerweile durch zahlreiche Unterlagen gearbeitet, doch fanden sich in Edwin Beinhorns Papieren keine Auffälligkeiten. Seine Witwe war ihnen glaubwürdig erschienen, trotzdem mussten sie das persönliche Umfeld des Ermordeten genau unter die Lupe nehmen. Seinen Arbeitsplatz würden sie erst wieder am Montag näher beleuchten können, aber sie konnten sich zumindest einmal bei den Nachbarn und seiner Verwandtschaft etwas umhören.

Matowski beschloss, für heute erst einmal Feierabend zu machen. Er wählte Schwanns Büronummer, und nach dem dritten Klingelzeichen hob dieser den Hörer ab. »Mordkommission Kripo Bonn, mein Name ist Schwann.«

»Matowski hier. Das persönliche Umfeld von Beinhorn scheint nicht besonders ergiebig zu sein. Wir werden uns morgen mal die Nachbarn und Verwandten vornehmen, und vielleicht fällt ja auch der Witwe noch was ein oder auf. Schlage vor, wir machen für heute Feierabend und treffen uns morgen um neun wieder im Präsidium – es sei denn, du hast spektakuläre Neuigkeiten.«

»Eigentlich nicht«, entgegnete Schwann, »vom Labor hab ich auch noch nichts gehört. Die haben mir jedoch versprochen, heute erst heimzugehen, wenn sie den Autotyp bestimmt haben. Aber das kann, fürchte ich, noch dauern. Aber morgen früh sollten wir das Ergebnis auf dem Tisch haben. Und, ach ja, ähh, ich weiß nicht, wie ich es sagen soll ...«

»Wie du *was* sagen sollst?«

»Ich hab mir mal gezielt die von Beinhorn in der abgelaufenen Saison 2000/2001 gepfiffenen Spiele angeschaut. Laut *kicker* hat er insgesamt eher eine mittelmäßige Leistung abgeliefert, ein paar Mal lag er aber ganz schön daneben.«

»Nämlich – ich stell mal auf Mithören. Aufgepasst Estermann, jetzt lernst du was fürs Leben.«

»Also, beim 4:2 von Hertha gegen Köln hat er beiden je einen klaren Elfer verwehrt. Am vorletzten Spieltag hat er den armen Hachingern gegen Dortmund gleich zwei Elfmeter nicht gegeben. Auch ein reguläres Dortmunder Tor kurz vor Schluss wurde zu Unrecht annulliert, aber da war die Partie schon entschieden.«

»Und weiter?«

»Tja, am heftigsten daneben lag Beinhorn in der Partie Kaiserslautern gegen Schalke.«

»Ahaaa. Und das heißt konkret?«

»Schalke war bereits 2:0 vorne, dann gab er Lautern einen Schwalben-Elfmeter, ein unberechtigter Eckball führte zum 2:2 und kurz vor Schluss machten die Pfälzer sogar den Siegtreffer. Ich gebe zu, das war ziemlich unglücklich für deine Schalker. Der *kicker* gab Herrn Beinhorn für seine Leistung jedenfalls die Note 6.«

»Und ein unbekannter Rächer ihm möglicherweise eine Fahrkarte ins Jenseits. Bis morgen um neun«, beendete Matowski lakonisch das Telefonat.

»Was sollte ich bei diesem Gespräch lernen?«, moserte Estermann. »Dass deine Schalker in irgendeinem Spiel mal benachteiligt wurden? So was gleicht sich doch im Lauf einer langen Saison immer aus.« Estermann war wie Schwann Hansa-Anhänger, jedoch nicht aus landsmannschaftlichen, sondern mehr aus opportunistischen Gründen. Wo er war, war stets oben, und die Münchner Truppe von der Hansastraße war nun einmal die erfolgreichste deutsche Mannschaft der letzten Jahre.

»Für diesen Spruch sollte man dich drei Wochen den Verkehr regeln lassen«, entgegnete Matowski. »Obwohl, ich weiß was Besseres. Du machst heute Rufbereitschaft, falls die Kollegen vom Labor was finden. Die Lacksplitter sind immerhin unsere einzige Spur, und sobald wir die Automarke kennen, lässt du eine Großfahndung an alle Werkstätten im Umkreis raus.«

»Muss das sein?«, murrte Estermann.

»Ja.«

II.

Samstag, 21. Juli 2001

Als Hauptkommissar Matowski am nächsten Morgen das Besprechungszimmer betrat, fand er zwei weniger gut gelaunte Mitarbeiter vor. »Freitagabend erst um acht zuhause und heute geht's munter weiter. Durfte mir zuhause ganz schön was anhören«, klagte Schwann.

»Ich hätte heute auch lieber einen gemütlichen Tag gehabt, aber unser Täter hat schon einen zu großen Vorsprung, wir müssen am Ball bleiben. Apropos – welche Automarke suchen wir, Estermann?«

»Einen roten Golf aus der Dreierserie. Um zwei Uhr nachts haben mich unsere Laborleute angerufen, und bis die üblichen Fahndungsaufrufe alle draußen waren, war es fünf Uhr vorbei.«

»Mach dir nichts draus«, witzelte Schwann, »das gleicht sich im Laufe einer Ermittlung alles wieder aus!«

Matowski stand auf und ging zum Flipchart. »Fangen wir mal mit dem Opfer an. Edwin Beinhorn, 45 Jahre, verheiratet, keine Kinder. Mit seiner Frau hat er sich auseinander gelebt. Vielleicht gibt es ja einen Nebenbuhler. Wir sollten uns mal ein wenig bei den Nachbarn umhören. Außerdem hat er einen Vetter in Köln, dem werde ich heute noch einen Besuch abstatten.«

»Dann kümmer ich mich um die Nachbarn«, schlug Schwann vor.

»Wir könnten uns auch die Witwe noch mal vornehmen. Am besten, nachdem wir bei den Nachbarn waren, vielleicht liefern die uns ja noch Stoff für weitere Fragen«, ergänzte Estermann.

»Kommen wir zu seinen beruflichen Aspekten«, fuhr Matowski fort. »Die Haupttätigkeit bei dem Automobilzulieferer ist auf den ersten Blick weniger Erfolg versprechend, aber wir sollten dort trotzdem gleich am

Montagmorgen vorbeischauen. Bleibt sein nicht gerade unspektakulärer Nebenjob.«

Er überschrieb eine Spalte mit dem Wort »Fehlentscheidungen«. Nun erhob sich Schwann. »Wir gehen am besten chronologisch vor. Siebter Spieltag, Hertha gegen Köln 4:2. Je einen Elfer verweigert. Nicht spielentscheidend. Elfter Spieltag, Kaiserslautern gegen Schalke 3:2. Lautern einen Elfmeter geschenkt, dazu eine Ecke, die zum Tor führte.«

»Verdammt spielentscheidend«, grummelte Matowski.

»31. Spieltag, Hansa München gegen Freiburg 1:0. Fiel auf eine Schwalbe herein, der Freistoß führte zum Siegtreffer.«

»Das hast du gestern am Telefon aber gar nicht erwähnt. Also hat der Beinhorn den Schalkern drei Punkte geklaut und den Hanseaten zwei geschenkt. So eine Sauerei! War's das?«

»Nein, 33. Spieltag, Unterhaching – Dortmund 1:4. Den Hachingern wurden beim Stand von 1:2 und 1:3 zwei Elfer verweigert. Vermutlich spielentscheidend. Das nicht anerkannte, aber korrekte Dortmund-Tor kurz vor Schluss rundet da nur noch eine Katastrophenleistung ab.«

»Hmm, die Hachinger steckten damals dick im Abstiegsstrudel«, sinnierte Matowski. »Hätten sie gegen Dortmund gepunktet, es wäre für Cottbus und Stuttgart noch ganz schön eng geworden. Vergessen wir also mal das Hertha-Spiel. Mit seinen Fehlern bei den anderen Partien hat Herr Beinhorn auf jeden Fall Meisterschaft und auch Abstiegskampf entscheidend beeinflusst.«

»Damit haben wir aber gerade mal einen von vielen Unparteiischen seziert«, wandte Schwann ein. »Beinhorn hat nur 14 von insgesamt 9 mal 34 gleich 306 Partien gepfiffen. Ich behaupte immer noch, dass sich das in den anderen 292 Spielen bestimmt wieder ausgeglichen hat.«

Matowski verdrehte die Augen. »Wie dem auch sei, haben wir irgendwas vergessen?«

»Ja, zu schlafen«, meinte Estermann müde. Schwann stieß ihn aufmunternd in die Seite.

»Bringen wir's hinter uns. Je schneller wir nach Sinzig fahren, umso eher beginnt unser Wochenende.«

Auf der Fahrt zur Autobahn nach Köln hielt Matowski vor einer Bäckerei, da er heute noch nichts gegessen hatte. Neben der Eingangstür standen die Verkaufskästen mehrerer Tageszeitungen. Mit den üblichen Riesenlettern prangte auf einer der Titelseiten: »Schiri Beinhorn tot – war es Mord?«, wobei die Worte »war es« und das Fragezeichen in bewährter Boulevard-Manier verschwindend klein gedruckt waren. Daneben eine Aufnahme des Opfers mit gelbem Schiedsrichtertrikot und Trillerpfeife. »Verdammt«, grübelte Matowski, »daran hatte ich noch gar nicht gedacht. Bei 30 Millionen Fußballinteressierten in Deutschland stand der gute Mann voll im Blickfeld der Öffentlichkeit. Anstatt in Ruhe ermitteln zu können, werden wir uns mit der Presse herumärgern dürfen. Ein Wunder, dass sie uns nicht schon heute früh belagert haben.«

Ungefähr zur gleichen Zeit klingelte in einer Villa auf dem Stuttgarter Killesberg – dem Nobelwohnviertel der baden-württembergischen Metropole schlechthin – das Telefon. Der Hausherr meldete sich nur mit einem »Ja«, und auch der Anrufer verfügte über einen leichten schwäbischen Akzent.

»Haben Sie schon die Zeitungen gelesen?«

»Nein, warum, was ist passiert?«

»Schiedsrichter Beinhorn ist von einem Wagen überfahren worden, tot, und es sieht ganz so aus, als sei es Absicht gewesen.«

»Was bedeutet das für uns?«

»Einmal brauchen wir mittelfristig wieder einen neuen ich sag mal Vertrauensmann. Die drei verbleibenden sind für meinen Geschmack zu wenig, man weiß nie, was passiert.«

»Ganz recht, aber kurzfristig ...«

»Kurzfristig müssen wir darauf vertrauen, dass die Polizei nicht zu viele dumme Fragen stellt und vor allem nicht sein Geheimkonto entdeckt.«

»Und falls doch, ist auch noch nichts verloren. Schließlich haben wir die Summen in mehrere kleine Häppchen verteilt, die bar eingezahlt wurden und sich nicht zurückverfolgen lassen. Gelernt ist schließlich gelernt.«

»Also hoffen wir mal, dass nicht zu viel Staub aufgewirbelt wird.«

»Ganz recht. Und notfalls kann man ja immer noch seinen politischen Einfluss geltend machen.«

Das ganze Gespräch, welches auf einer abhörsicheren Leitung stattgefunden hatte, dauerte keine zwei Minuten.

Schwann und Estermann hatten nicht das Gefühl, entscheidend weitergekommen zu sein. Keiner der Nachbarn hatte irgendetwas auch nur annähernd Verdächtiges aus dem Hause Beinhorn zu berichten gewusst.

Als sie sich gerade auf den Weg zu Petra Beinhorn machten, klingelte Schwanns Handy. »Ja, hier Schwann?«

»Matowski. Meine Reise nach Köln hat uns leider nicht viel weitergebracht. Der Vetter ist verheiratet, hat zwei Kinder und nur sporadischen Kontakt zum Opfer. Und musste sich gelegentlich von Freunden oder Arbeitskollegen schwach anreden lassen, wenn sein Herr Cousin mal wieder eine weniger überzeugende Leistung abgeliefert hat. Irgendwie ein ziemlich undankbarer Job als Schiri. Wie sieht's bei euch aus?«

»Wir sind gerade auf dem Weg zur Witwe. Die Nachbarn konnten uns leider wenig weiterhelfen.«

»Gar kein Ansatzpunkt?«

»Leider nein.«

»Na ja, schaut mal, ob der Witwe noch was eingefallen ist, und dann lassen wir's gut sein für dieses Wochenende. Bleibt aber auf Bereitschaft, falls sich irgendetwas Neues ergeben sollte.«

Matowski machte eine kurze Pause. »Und eines noch, die Zeitungen bringen den vermutlichen Mord an Beinhorn heute als großen Titelknüller. Steht zu befürchten, dass wir uns bald mit einigen Presseheinis rumärgern müssen. Denkt euch für den Fall der Fälle ein paar passende Worte aus.«

»Ok. Alsdenn, schon mal präventiv ein schönes Wochenende.«

»Danke gleichfalls«.

»Dann haben wir's ja bald geschafft für heute«, sagte Estermann und blickte auf die Uhr. »Halb eins, eine Stunde Befragung, eine Stunde Fahrt, da bekomm ich mit etwas Glück zuhause noch die Reste vom Mittagessen.«

Thomas Becker steuerte seinen Kleintransporter durch das Wohngebiet am Ortsrand von Kyllburg. Noch ein letztes Paket, und dann konnte das Wochenende beginnen. Er hielt vor einer großzügigen Villa in einer ruhigen Seitenstraße, stieg mit dem Paket unter dem Arm aus dem Wagen und drückte auf die Klingel mit der Aufschrift »Windel«. Da sich auch nach dem dritten Klingeln niemand rührte, drückte er auf die Klinke der Gartentüre – sie war nicht verschlossen, im Gegensatz zur Haustüre. Versuchte er in solchen Fällen meist sein Glück bei den Nachbarn, so führte ihn heute irgendeine Eingebung herum ums Haus zur Terrasse, deren Türe offen stand. Der Anblick von Norbert Windels blutbesudelter Leiche sollte ihn noch lange verfolgen.

Matowski hatte sich eine Pizza »Hawaii« ins Büro kommen lassen. Als guter Vorgesetzter wollte er sich nicht schon ins Wochenende verabschieden, während seine Leute, die im Gegensatz zu ihm Familie hatten, noch im Einsatz waren. Er hatte gerade den vierten Entwurf einer Pressemitteilung in den Papierkorb geworfen, als der diensthabende Polizeimeister Kellner hereinkam. »Gut, dass Sie noch hier sind, Herr Matowski. Bitte rufen Sie einen Hauptkommissar Freiwart von der Kripo Trier an, hier ist die Nummer. Wenn ich ihn richtig verstanden habe, ist noch ein Bundesliga-Schiedsrichter umgebracht worden.«

»Verdammte Scheiße!« Matowski fiel beinahe sein Pizzastück aus der Hand. »Ich meine vielen Dank.«

Eilig wählte er die Nummer. »Freiwart«, meldete sich eine männliche Stimme.

»Hier Matowski, Kripo Bonn. Wenn ich meinen Kollegen gerade richtig verstanden habe, haben wir etwas gemeinsam.«

»So könnte man sagen – einen toten Bundesliga-Schiedsrichter. Ich bin hier in Kyllburg, in der Nähe von Bitburg ...« – Matowski dachte unweigerlich an ein gepflegtes Pils – » ... im Haus eines Norbert Windel. Ihm wurde der Schädel eingeschlagen, eindeutig Fremdeinwirkung.«

Matowski unterdrückte einen Fluch. »Wann ist es passiert?«

»Wir haben ihn erst vor einer halben Stunde gefunden, er scheint jedoch schon einige Stunden tot zu sein. Eingedenk der Schlagzeilen von heute früh dachte ich mir, ich gebe mal lieber dem leitenden Ermittler in der Sache Edwin Beinhorn Bescheid.«

»Ausgezeichnet. Haben Sie etwas dagegen, wenn ich mich ins Auto setze und ...«

»Ganz im Gegenteil«, erwiderte Freiwart. »Zwei tote Bundesliga-Schiris innerhalb weniger Stunden, da mag man nicht so recht an Zufall glauben.«

Matowski ließ sich den Weg nach Kyllburg beschreiben und eilte zu seinem Dienstwagen. Nachdem er in die Autobahn eingebogen war, wählte er Schwanns Handynummer.

»Ja, Schwann.«

»Hier Matowski. Fürchte, unser Wochenende ist gelaufen. Man hat soeben die Leiche eines zweiten Bundesliga-Schiris gefunden, Norbert Windel.«

»Verdammte Kiste!«

»Ganz recht. Ich fahre jetzt zum Tatort, Kyllburg nördlich von Trier. Wie weit seid ihr gerade?«

»Wir ackern im Moment einige Unterlagen von Beinhorn durch, die wir gestern noch nicht in Händen hatten. Leider noch keine heiße Spur.«

»Lass Estermann alleine weitermachen und klemm dich wieder hinter deine *kicker*. Betrachte alle Spiele, die Windel gepfiffen hat, auf grobe Fehlentscheidungen. Wir treffen uns dann um 18 Uhr im Besprechungszimmer.«

Nach 75 Minuten und nur einer falschen Abzweigung war Matowski am Ziel. Ein Kollege in Uniform erwartete ihn bereits am Gartentor des Windel'schen Grundstücks und führte ihn ins Wohnzimmer.

»Herr Matowski, nehme ich an. Hauptkommissar Freiwart von der Mordkommission Trier«, begrüßte ihn dieser.

»Angenehm, guten Tag.«

Matowski blickte sich um. Die Leiche war bereits abtransportiert worden; dort, wo eine große Blutlache auf dem Parkettfußboden an das Verbrechen erinnerte, waren ihre Umrisse mit weißem Klebeband nachgezeichnet. »Eine durchaus noble Behausung«, meinte Matowski, »Herr Windel scheint keine Geldsorgen gekannt zu haben. Wie ist Ihr derzeitiger Ermittlungsstand?«

»Mehrfache stumpfe Gewalteinwirkung gegen den Kopf. Außerdem hat man ihm seine Hände gequetscht, vermutlich mit dem Tastaturdeckel des Flügels.« Matowski erinnerte sich an den Kommentar aus einer Fußballsendung von wegen Konzertpianist und mangelndes Fingerspitzengefühl.

»Ein Paketbote hat ihn heute gegen 13 Uhr hier gefunden«, fuhr Freiwart fort. »Da war er jedoch schon einige Stunden tot; unser Doc tippt auf gestern Abend als Tatzeitpunkt. Aufbruchspuren gibt es keine, der Täter kam vermutlich durch die geöffnete Terrassentür. Leider haben wir keinerlei Hinweise auf ihn.«

»Lebte Windel allein?«, wollte Matowski wissen.

»Scheint so. Zumindest war er unverheiratet, und es gibt keine Anzeichen dafür, dass hier außer ihm noch jemand gewohnt hat.«

Freiwart machte eine kurze Pause und deutete auf ein gerahmtes Foto auf dem Flügel. »Allerdings scheint er auch kein Kostverächter gewesen zu sein.«

Das Bild zeigte eine blonde Frau Mitte zwanzig, die ein Cello strich. Ihr schwarzes Abendkleid betonte ihre weiblichen Formen; das eigentlich hübsche Gesicht hatte für Matowski aber irgendetwas Zickiges an sich.

»Wissen Sie schon, wer das ist?«, fragte er.

»Noch nicht«, antwortete Freiwart. »Ich könnte mir aber gut vorstellen, dass es sich um eine seiner Schülerinnen handelt. Herr Windel war nicht nur Konzertpianist, er hat auch noch eine Musikschule in Bitburg geleitet. Wir werden unsere Ermittlungen zunächst mal in diese Richtung lenken. Auch wenn freilich der fußballerische Aspekt nicht vernachlässigt werden sollte. Wie sieht es in dieser Hinsicht bei Ihrem Fall Beinhorn aus? Zwei tote Schiris innerhalb weniger Stunden ist ja wohl mehr als ungewöhnlich.«

»Ganz recht. Und das Privatleben von Beinhorn gibt bislang so gut wie gar keine Ansatzpunkte her, von einem möglichen Motiv ganz zu schweigen. Vielleicht ändert sich das, wenn wir am Montag seinem Arbeitsplatz einen Besuch abstatten, aber wir haben uns auf jeden Fall schon mal alle von ihm geleiteten Bundesligapartien der abgelaufenen Saison näher angesehen.«

»Mit welchem Ergebnis?«

»Bei zwei Spielen lag er ziemlich krass und vor allem spielentscheidend daneben, bei einem weiteren konnte man das Gefühl haben, dass er der Heimmannschaft zum Sieg verholfen hat.«

»Waren diese Begegnungen relevant für den Meisterschaftsausgang?«

»Tja, er hat Schalke drei Punkte geklaut und den Hanseaten zwei geschenkt.«

»Da würde ich mich als Schalke-Anhänger aber ordentlich verarscht fühlen.«

»Ich *bin* Schalke-Fan«, bemerkte Matowski, »und bin mal gespannt, wie verarscht ich mich heute Abend fühlen werde. Einer meiner Kollegen analysiert nämlich gerade die Spiele, die Herr Windel gepfiffen hat.«

»Na denn Glück auf«, grinste Freiwart. »Schauen Sie sich ruhig noch ein wenig um, aber fassen Sie bitte nichts an, die Spurensicherung war noch nicht in jedem Zimmer.«

Da im Erdgeschoss etliche Kollegen zugange waren, beschloss Matowski, sich in der oberen Etage umzusehen. Dort angekommen nahm er ein Taschentuch aus der Hosentasche, öffnete die erstbeste Türe und blickte in ein Badezimmer, das beinahe so groß wie sein eigenes Wohnzimmer war. Auf dem Bord oberhalb des Waschbeckens befand sich nur eine einsame Zahnbürste, was auf keine regelmäßige Besucherin schließen ließ.

Er versuchte, sich den Unparteiischen Norbert Windel aus Kyllburg ins

Gedächtnis zu rufen. Richtig: groß, dunkle Haare, pausbäckiges Gesicht. »Bin mal gespannt, wie viele Punkte der uns geklaut hat«, dachte er.

Nachdem er sich in allen Zimmern ein wenig umgesehen hatte, freilich ohne auf etwas Besonderes zu stoßen, betrat Matowski den Garten. »Wenn ich hier möglichst ungesehen jemanden umbringen und ebenso ungesehen verschwinden möchte, was bietet sich da an?«, grübelte er. »Hohe Hecken zu beiden Nachbargrundstücken hin, dankbare Voraussetzungen für Eindringlinge.«

Die Hecke an der Rückseite des Gartens war von einer kleinen Tür unterbrochen. Matowski holte wieder sein Taschentuch hervor und wollte sie öffnen. Sie war jedoch verschlossen.

»Der ideale Hintereingang für Besucher, die nicht gesehen werden wollen«, unterbrach Freiwart seine Gedankengänge. »Sobald die Spuren hier im Haus alle gesichert sind, werden sich unsere Experten mal des Wäldchens da hinten annehmen.«

»Tja, da ist die Ermittlung ja in besten Händen«, meinte Matowski aufrichtig. »Haben Sie sich schon ein paar geeignete Worte für die Pressefritzen überlegt?«

»Ehrlich gesagt, nein, und die werden angesichts der zweiten Schiedsrichterleiche bestimmt wüst spekulieren.«

»Ganz recht. Und um diesen Spekulationen mit Fakten begegnen zu können, mach ich mich mal wieder an die Arbeit. Unsere Analyse über die von Windel geleiteten Partien schicke ich Ihnen zu, wir bleiben in Kontakt.« Matowski überreichte Freiwart seine Visitenkarte.

»Unbedingt«, entgegnete dieser. »Ich halte Sie über unsere Ermittlungen auf dem Laufenden.«

Um 17 Uhr 43 erreichte Matowski das Polizeipräsidium, und sein Weg führte ihn sofort in Schwanns Büro. »Hallo«, grüßte dieser, »wie war's in Kyllburg?«

»Sofern es der gleiche Täter war, hat er wieder verdammt wenige Spuren hinterlassen. Der dortige Ermittlungsleiter schickt mir seine Berichte. Dafür bekommt er von uns eine Analyse der von Windel gepfiffenen Spiele – ich nehme an, die ist schon fertig.«

»Aber klar doch.« Schwann erhob sich von seinem Platz und nahm einen Zettel mit. »Gehen wir ins Besprechungszimmer.«

»Wo ist Estermann?«, fragte Matowski.

»Ich hab ihn heimgeschickt, schließlich hatte er keine besonders erholsame Nacht. Bei Frau Beinhorn hat er übrigens auch nichts spektakulär Neues entdeckt.«

Im Besprechungszimmer ging Matowski sofort zum Flipchart, auf dem noch Beinhorns grobe Fehlleistungen festgehalten waren. Nun würden jene von Norbert Windel hinzukommen. »Also, wo hat unser Konzertpianist in die falschen Tasten gegriffen?«, fragte Matowski.

»Windel hat in der zurückliegenden Saison deutlich mehr Spiele geleitet als Beinhorn, 21 gegenüber 14. Und in den meisten Fällen gute Noten erhalten, immerhin hatte er einen Schnitt von 2,55.«

»Und in welchen Fällen lag er ordentlich daneben?«

»Eigentlich nur zweimal. Am 18. Spieltag bei – pardon – Köln gegen Schalke, Endstand 2:2. Gegen Ende der Partie hat er Schalke gleich zwei klare Elfmeter verweigert.«

»Dieser verdammte Klimpermaxe!«

»Schimpfwörter bringen uns, fürchte ich, nicht weiter.«

»Hast recht. Welches war das zweite Spiel?«

»Am vorletzten Spieltag hätte er Leverkusen beim 1:1 in Berlin einen Elfer geben müssen.«

»Hmm, da ging es doch für beide noch um die Champions-League-Qualifikation. War's das?«

»Ja.«

Matowski zog einen Strich quer unter die ganze Auflistung und schrieb »Schalke -5 Punkte« und »Hansa München +2 Punkte«.

»Ohne diese beiden Affen wäre Schalke mit sechs Punkten Vorsprung Meister geworden!«

»Ich gebe zu, der Eindruck könnte entstehen. Aber Schalke hat doch bestimmt auch mal von Fehlentscheidungen anderer Schiedsrichter profitiert?«

»Nicht dass ich wüsste«, war sich Matowski seiner Sache sicher.

»Aber genau das wirst du jetzt rausfinden, schau dir noch mal alle anderen 32 Schalke-Spiele an, wie der *kicker* die jeweilige Schiedsrichterleistung gesehen hat.«

»Du meinst ...«

»Richtig. Natürlich kann auch ein betrunkener Amokfahrer Beinhorn auf dem Gewissen haben, und Windel könnte das Opfer einer Beziehungskiste geworden sein. Immerhin gibt es da eine knusprige blonde Cellistin, die ihm offenbar einiges bedeutet hat. Aber falls hier wirklich ein fußballerischer Rächer der Enterbten wütet, steht zu befürchten, dass er weitermordet. Und dann sollten wir zumindest wissen, welcher sogenannte Unparteiische noch in besonderer Gefahr schwebt.«

Schwann überlegte. »Es ist ein Wahnsinn, aber du könntest tatsächlich recht haben.«

»Und der Täter hat am Freitag gleich zweimal zugeschlagen, wer weiß, was er gerade vorhat ...«

Während Schwann sich wieder seinen *kickern* widmete, surfte Matowski im Internet. Mit wenigen Mausklicks hatte er gefunden, was er suchte. »Unglaublich«, dachte er, »da stehen alle Bundesliga-Schiris mit Bild, Wohnort und sonstigen Infos. Wie auf dem Präsentierteller. Es gibt doch fast jede Woche Ärger mit irgendwelchen Fehlentscheidungen.«

Er ging wieder in Schwanns Büro. »Wo bist du gerade?«

»Achter Spieltag, bisher keine besonderen Vorkommnisse.«

»Ok, dann fang ich von hinten an«, meinte Matowski. Nach fünf Minuten rief er plötzlich: »Da, ich wusste es doch! 31. Spieltag, Bochum gegen Schalke. Ich zitiere: ›Schiedsrichter Tal aus Konz, Note 4,5 – Hatte die Partie sicher im Griff, verdarb sich eine weitaus bessere Note, weil er Schalke (88., Schreiber an Asamoah) einen klaren Strafstoß verweigerte.‹ Ich erinnere mich, der hat den armen Asamoah mit einem regelrechten Catchergriff umgerissen.«

»Wie ging das Spiel denn aus?«, fragte Schwann.

»1:1. Also wieder zwei Punkte geklaut.« Matowski erhob sich und schrieb die neue Erkenntnis ans Flipchart. »Per Saldo hat man Schalke jetzt schon um sieben Punkte beschissen.«

III.

Hätte er in der Gegend bleiben sollen und gleich den Letzten auf der Liste erledigen? Geografisch gesehen wäre es verführerisch gewesen, doch bei der Kripo Trier herrschte jetzt mit Sicherheit Großalarm, es war wohl klüger, erst einmal aus der Gegend zu verschwinden. Exakt chronologisch hatte er ohnehin nicht vorgehen können, da die Nummer drei gerade im Urlaub war. Also hatte er sich nach Südosten aufgemacht, unterwegs an einer einsamen Stelle das Münchner Kennzeichen aufgeschraubt und die Umgebung des Wohnhauses von Nummer vier beobachtet. Alles wirkte unverdächtig, und er ertappte sich dabei, wie ihn eine Art freudige Erregung überkam.

»Ich muss zugeben«, räumte Schwann ein, »deine Schalker wurden wirklich nicht vom Schicksal verwöhnt.«

»Also nichts mit ›Glück und Pech gleichen sich im Lauf einer Saison aus‹«, triumphierte Matowski. »Wir hätten wetten sollen, am besten gleich um ein ganzes Jahresgehalt.«

Die gemeinsame *kicker*-Studie hatte keine weiteren ergebnisrelevanten Schiedsrichter-Fehlleistungen bei Partien von Schalke 04 mehr ergeben, weder in die eine noch in die andere Richtung.

»Wo liegt eigentlich Konz?«, überkam es Matowski plötzlich. Schwann öffnete seinen Internet-Browser. »Verdammte Kiste! Ein paar Kilometer südlich von Trier! Wenn deine Theorie stimmt, dann ...«

Matowski griff in seine Brieftasche, holte Freiwarts Visitenkarte hervor und wählte die Handynummer.

»Freiwart, Kripo Trier.«

»Matowski, Kripo Bonn. Ich beraube Sie hoffentlich nicht Ihres wohlverdienten Feierabends?«

»Sie belieben zu scherzen, Herr Kollege. Wir versuchen gerade herauszufinden, wer die Cellistin auf dem Foto ist. Aber von der Musikschule ist leider niemand greifbar. Was gibt's bei Ihnen Neues?«

»Wir haben möglicherweise einen Ansatzpunkt: Windel und Beinhorn haben Schalke in der abgelaufenen Saison mit krassen Fehlentscheidungen fünf Punkte gekostet.«

»Sie sind doch Schalke-Fan, oder?«, unterbrach ihn Freiwart.

»Ähh, ja, aber deshalb habe ich die Analyse von meinem Kollegen machen lassen, und der ist Hansa-Fan.«

»Soso.«

»Hören Sie, es gab noch einen dritten Schiri, der die Schalker mit einem groben Fehler zwei Punkte gekostet hat – ein Herr Albert Tal aus Konz, das ist gleich bei Ihnen um die Ecke.«

Freiwart geriet ins Grübeln. »Und Sie meinen tatsächlich ...? Gut, sicher ist sicher. Unsere Leute von der Spurensicherung sind übrigens noch nicht ganz fertig. Ich sende Ihnen den Bericht per Fax.«

Nachdem er aufgelegt hatte, sinnierte Freiwart noch ein wenig vor sich hin. »Ein durchgeknallter Fußballfan, der der Reihe nach die Schiedsrichter umbringt, die seinen Lieblingsverein die Meisterschaft gekostet haben könnten ...«

Er nahm den Telefonhörer seines Festnetzanschlusses und wählte eine interne Nummer. »Seemeier, du warst doch der Meinung, dass es vor Montag wenig Sinn macht, in Richtung Musikschule zu ermitteln. Ich habe bis dahin eine andere Aufgabe für dich, Personenschutz.«

Schwann sah auf die Uhr. »Kurz vor sieben. Gibt es noch etwas, was wir heute tun können?«

»Ja«, meinte Matowski, »ich schau mal, ob ich einen Fanbeauftragten oder jemand in der Art von Schalke erreichen kann. Wer so weit geht, Schiedsrichter umzubringen, ist vielleicht schon anderweitig aufgefallen. Aber du kannst ruhig heimgehen; rechne aber damit, dass wir morgen wieder ran müssen.«

»Ist gut. Aber das mit Sonntag erzähl ich meiner Steffi besser nicht.«

Nachdem Schwann gegangen war, suchte Matowski noch die Nummer der Kaiserslauterer Kollegen. Schließlich hatte der dort wohnhafte Unparteiische Martin Murks mit seinem den Hanseaten in der Nachspielzeit gegebenen und zumindest sehr zweifelhaften indirekten Freistoß noch die Möglichkeit zum entscheidenden Torschuss gewährt. Die leider auch prompt genutzt wurde.

»Eigentlich seltsam«, dachte Matowski, »der Volkszorn hat sich hauptsächlich auf Murks konzentriert. Obwohl die Benachteiligungen durch die Kollegen Beinhorn, Windel und Tal in Punkten ausgedrückt gravierender waren. Aber was den meisten Leuten im Gedächtnis bleibt, ist halt meistens die jüngste Vergangenheit. Unser Täter scheint jedoch mehr ein eiskalter Analytiker zu sein.«

»Kripo Kaiserslautern, Hauptmeister Weber.«

»Matowski, Kripo Bonn. Es geht um den Fall der ermordeten Schiedsrichter. Wir können zum gegenwärtigen Ermittlungszeitpunkt nicht ausschließen, dass Herr Martin Murks aus Kaiserslautern in Gefahr ist.«

Weber schien nicht sonderlich überrascht. »Herr Murks hat in den Tagen nach dem Bundesliga-Finale zahlreiche böse Anrufe bekommen, darunter auch einige Morddrohungen. Ich werde nachsehen, wer hier die Ermittlungen geleitet hat. Wie kann ich Sie erreichen?« Matowski gab ihm seine Handynummer.

Kriminalobermeister Seemeier und Kommissar Gaul klingelten an der Türe des Reihenhauses in Konz. Nach einigen Sekunden öffnete Albert Tal. »Sie wünschen?«

»Guten Abend«, begann Seemeier, »entschuldigen Sie bitte die Störung. Kriminalobermeister Seemeier und Kommissar Gaul von der Kripo Trier.«

Tal erschrak. »Ist etwas passiert?«

»Dürfen wir hereinkommen?«

»Ähh, ja, natürlich.«

Seemeier und Gaul folgten Tal durch den Flur ins Wohnzimmer; alle drei nahmen auf dem großen Ecksofa Platz. Tals Wohnung war gemütlich und in freundlichen Tönen gehalten. Allerdings sahen die meisten Einrichtungsgegenstände nicht gerade billig aus.

»Sie haben vielleicht gehört, was Ihrem Kollegen Beinhorn widerfahren ist«, begann Seemeier.

»Ja, er kam bei einem Autounfall ums Leben.« Tal wurde spürbar unruhig.

»Es gibt Hinweise darauf, dass es kein Unfall gewesen sein könnte«, fuhr Seemeier fort. »Ferner wurde gestern Abend noch Ihr weiterer Kollege Windel getötet, diesmal war es eindeutig Mord.«

»Um Gottes willen!« Albert Tal wurde blass.

»Wir kennen in beiden Fällen noch keine näheren Hintergründe, aber wir halten es für sicherer, wenn wir ein Auge auf Sie haben. Herr Gaul und meine Wenigkeit werden heute Nacht im Wagen vor Ihrem Haus Wache halten. Aber es ist, wie gesagt, eine reine Vorsichtsmaßnahme. Hinweise auf eine konkrete Gefährdung liegen uns nicht vor.«

»Sind«, begann Tal, »sind, ähh, alle Bundesliga-Schiedsrichter in Gefahr?«

»Wir wollen einfach nichts riskieren; mehr kann ich Ihnen leider nicht sagen.«

»Verflucht!«, dachte Tal, als die beiden Polizeibeamten sich verabschiedet hatten. »Ausgerechnet Beinhorn und Windel. Ich muss unbedingt Vorkehrungen treffen …« Er ging in sein Arbeitszimmer, schaltete seinen PC an und überlegte. Dann jedoch entschied er sich anders und holte sich Kugelschreiber und Briefpapier.

In den folgenden fünf Stunden war Albert Tal für nichts und niemanden zu sprechen.

Jürgen Kassler freute sich schon auf seinen Herrenabend, der wie an jedem dritten Samstag im Monat in seiner Stammkneipe in München-Schwabing stattfand. Gut gelaunt machte er sich auf den Weg zur S-Bahn-Haltestelle; den PKW ließ er an solchen Tagen wohlweislich zu Hause. Auf dem Bahnsteig herrschte einiger Betrieb; hauptsächlich jüngere Leute machten sich auf in die Vergnügungstempel der Millionenmetropole. Aber mit seinen 37 Jahren fühlte sich Kassler eigentlich auch noch eher den Jüngeren zugehörig.

Da die S-Bahn bis zu dieser Haltestelle nur einige Außenbezirke durchfahren hatte, waren noch nicht viele Leute darin, und Jürgen Kassler bekam einen Sitzplatz. Er beobachtete die Mitreisenden, die von Station zu Station mehr wurden, und als sich der Zug seiner Umsteigestation, dem Marienplatz, näherte, musste er sich regelrecht zur Ausgangstüre durchkämpfen.

Den eher unauffälligen Mann, der ihm bereits seit seiner Wohnung in gebührendem Abstand gefolgt war, hatte Kassler jedoch nicht bemerkt. Auf dem Weg durch die Menschenmassen hin zur U-Bahn-Haltestelle kam der Unbekannte immer näher, bis er schließlich am Bahnsteig direkt hinter ihm stand. Ein scharfer Luftzug kündigte das unmittelbar bevorstehende Eintreffen des U-Bahn-Zuges an.

Plötzlich verspürte Jürgen Kassler einen kurzen aber heftigen Stoß oberhalb des Gesäßes, just in dem Moment, da die U-Bahn aus dem Tunnel auftauchte. Er verlor das Gleichgewicht, ruderte hilflos mit den Armen und stürzte auf die Schienen. Zugführer Erwin Schöner hatte diesen Moment stets gefürchtet. Der von ihm gesteuerte Zug zermalmte einen menschlichen Körper, und er konnte nichts dagegen tun.

In der allgemein aufkommenden Panik war es dem unauffälligen Mann ein Leichtes, unterzutauchen und zurück zum S-Bahnsteig zu gehen. Bis man Kassler identifiziert haben und die Polizei bei ihm zu Hause auftauchen würde, wäre er schon längst mit der S-Bahn zurückgefahren, in seinen in gebührender Entfernung von Kasslers Wohnhaus abgestellten Wagen gestiegen und verschwunden. Schließlich gab es im Rahmen seiner Mission noch einiges zu tun.

»Na ja, da komm ich wenigstens auf Staatskosten mal wieder auf Schalke«, dachte sich Matowski, als er die Autobahn A3 Richtung Oberhausen entlangfuhr. Da er einen durchgeknallten Schalke-Rächer für die wahrscheinlichste Variante hielt, war es nur konsequent, in dieser Richtung weiter zu ermitteln. Der offizielle Fanbeauftragte des FC Schalke 04, Bernd Sandmann, hatte sich am Telefon sehr kooperativ gezeigt und ein sofortiges Treffen vorgeschlagen. Also hatte sich Matowski in den Wagen gesetzt und war nun unterwegs zur Vereinsgaststätte »Der Schalker«, die sich auf dem Gelände direkt neben dem Parkstadion befand.

Diesmal griff der Hausherr der Villa auf dem Stuttgarter Killesberg selbst zum Hörer, um via abhörsicherer Leitung Verbindung zu dem Gesprächspartner aufzunehmen, welcher ihn am Morgen angerufen hatte. »Ich habe soeben einen internen Hinweis erhalten; gestern Abend wurde Norbert Windel ermordet.«

»Verdammt, das kann kein Zufall mehr sein.«

»Glaube ich auch nicht. Ich sehe jedoch noch keinen Grund zur Sorge.«

»Es sei denn, einer der beiden anderen bekommt kalte Füße und wendet sich an die Polizei. Wenn das passiert, dann gnade uns Gott.«

»Daran habe ich noch gar nicht gedacht ...«

Das verlebt wirkende Gesicht des Villenbesitzers bekam nach diesem Telefonat einen sehr ernsten Ausdruck.

Es war Samstagabend, und die Vereinsgaststätte um 20 Uhr bereits gut besucht. Matowski sah sich in Ruhe um, und anhand der Gesprächsfetzen, die er aufschnappte, war ihm klar, dass der Pokalsieg nur wenig Balsam auf die ungemein wunde Schalker Volksseele bedeutete. »Den Murks wenn ich in die Finger kriege, dem würde ich jeden Zahn einzeln ausreißen! Aber ohne Betäubung!«

An der Theke bestellte er ein Alt und fragte nach Sandmann. Der Wirt deutete auf einen Mann ungefähr Anfang vierzig, der in diesem Moment zu ihnen hinübersah und von seinem Platz aufstand.

»Herr Matowski, nehme ich an. Bernd Sandmann, offizieller Fanbeauftragter des FC Schalke 04.«

»Angenehm, Günter Matowski, Kripo Bonn. Ich bin übrigens auch Schalkefan.«

»Na wunderbar. Wie kann ich Ihnen helfen?«

Matowski nahm einen Schluck Altbier. »Ich will gleich zur Sache kommen. Gestern wurden zwei Schiedsrichter ermordet, die den Schalkern durch grobe Fehlentscheidungen in der vergangenen Saison in Summe fünf Punkte gekostet haben.«

»*Zwei* Unparteiische?«, unterbrach Sandmann. »Ermordet?«

»Richtig«, antwortete Matowski. »Morgen wird es ohnehin in allen Zeitungen stehen. Gestern Vormittag wurde bekanntlich Edwin Beinhorn von einem Auto überfahren. Die Spurenlage spricht sehr für Absicht. Und am selben Abend hat man Norbert Windel aus Kyllburg getötet, den Konzertpianisten.«

»Wahnsinn.« Sandmann war sichtlich erschüttert.

»Nach unseren Ermittlungen kann nicht ausgeschlossen werden, dass hier jemand Rache für die entgangene Meisterschaft übt. Sie haben doch sicher auch mit etwas, ich will mal sagen, problematischeren Schalke-Fans zu tun. Gibt es den einen oder anderen, den wir vielleicht überprüfen sollten?«

Sandmann hatte sich noch immer nicht ganz gefangen. »Sie glauben allen Ernstes, dass hier jemand Referees tötet, weil wir um die Meisterschaft betrogen wurden?«

»Wir ermitteln selbstverständlich auch in andere Richtungen, aber bei zwei toten Schiris an einem Tag müssen wir auch in dieser Richtung aktiv werden. Falls die Theorie stimmt, geht der Täter möglicherweise chronologisch vor.«

»Chronologisch?«

»Ja. Beinhorn hatte die Niederlage in Kaiserslautern zu verantworten, und Windels Fehler kosteten beim Spiel in Köln zwei Punkte, als er unseren Königsblauen zwei klare Elfmeter verweigerte. Das nächste potenzielle Opfer ist Albert Tal, wegen des nicht gegebenen Elfers kurz vor Schluss beim 1:1 in Bochum, er steht bereits unter Polizeischutz. Und die Kaiserslauterer Kollegen kümmern sich um Herrn Murks. Vor allem auf ihn scheint sich der Volkszorn zu konzentrieren, wie mir ein dortiger Kollege mitgeteilt hat. Viele böse Anrufe, darunter einige Morddrohungen.«

»Morddrohungen«, meinte Sandmann lakonisch, »sind leider im Fußball nichts ungewöhnliches. Da sind zum Teil unglaubliche Emotionen im Spiel, aber zum Glück ist das meiste schnell wieder vergessen. Ich schlage vor, wir fahren in mein Büro, dort können wir mal ein wenig in den Akten stöbern.«

»Gerne.«

Matowski bezahlte, und sie machten sich auf den Weg. »Verdammt undankbarer Job als Schiedsrichter«, dachte er. »Allen kann man es da praktisch nie recht machen. Und wenn man mal ordentlich danebenliegt, hat man gleich ein paar Millionen Feinde.«

An der U-Bahn-Haltestelle Marienplatz im Herzen Münchens waren Oberkommissar Hiermann und Kriminalmeister Dehner wenig begeistert, hier ihren Samstagabend zu verbringen. »Allerdings«, dachte sich Hiermann, »dürfte es für das arme Schwein, das auf die Gleise gestürzt und von der U-Bahn zermalmt worden war noch ein erheblich unschönerer Samstagabend sein.«

Die Identität des Toten stand mittlerweile fest – Jürgen Kassler aus Höhenkirchen, östlich von München gelegen, 37 Jahre alt. Niemandem im allgemeinen Gedränge war etwas aufgefallen, und es blieb für heute nur noch die traurige Pflicht, den Angehörigen die schlechte Nachricht zu überbringen. »Komm Herbie«, sagte Hiermann zu Dehner, »fahren wir nach Höhenkirchen raus und bringen es hinter uns.«

Gegen 20 Uhr 40 betraten Matowski und Sandmann dessen Büro.

»So«, sagte dieser, »werfen wir mal den Rechner an und betrachten unsere altbekannten Sorgenkinder. Nach welchem Profil suchen wir eigentlich genau?«

»Tja, wenn ich das wüsste ... Der Täter hat nach dem derzeitigen Stand der Ermittlungen so gut wie keine Spuren hinterlassen. Er scheint nach einer Art Plan vorzugehen und ziemlich intelligent zu sein.«

»Na, dann scheidet der hier schon mal aus. Roman Ostrowsky, 21, der würde für eine Flasche Schnaps seine eigene Oma verkaufen. Aber ein IQ unterhalb der Zimmertemperatur.«

»Sie haben ja reizende Zeitgenossen in ihrer Datei.«

»Sie wollten doch die Problemfälle sehen, oder? Also weiter im Text ...«

Als sich Matowski anderthalb Stunden später von Sandmann verabschiedete, hatte er die Namen und Adressen von fünf Kandidaten, die einer näheren Überprüfung wert schienen. Er rief Schwann und Estermann an und beorderte sie für den nächsten Morgen um 9 Uhr ins Büro. Den Sonntag würden sie mit wenig vergnüglichen Gestalten verbringen dürfen.

In der Zwischenzeit hatten Hiermann und Dehner ein grundsätzlich eher trauriges Gespräch, das sie jedoch aufmerken ließ. »Ich habe ihm noch gesagt, er solle zuhause bleiben, gerade jetzt, wo der andere Schiedsrichter überfahren wurde und sich die Wogen nach dem dramatischen Meisterschafts-Finale immer noch nicht geglättet haben«, hatte die Witwe geschluchzt.

»Ihr Mann war Bundesliga-Schiedsrichter?«, hatte Hiermann aufge-horcht. »Herbie, wir haben doch vorhin im Präsidium gehört, dass am Freitag irgendwo im Rheinland ein zweiter Referee zu Tode kam, und diesmal war es eindeutig Mord. Das wäre jetzt der dritte. Wir müssen unbedingt alle Zeugen von vorhin noch mal genau befragen, ob nicht vielleicht doch irgendeinem etwas aufgefallen ist.«

»Du meinst«, entgegnete Dehner, »da geht einer her und macht die-sen hier« – er deutete die Halsabschneider-Geste an – »bei den Fuß-ball-Schiedsrichtern?«

»Nach Zufall sieht mir das jedenfalls nicht mehr aus. Ich fahre noch mal ins Präsidium und versuche herauszufinden, welcher Kollege in dieser Angelegenheit die Ermittlungen leitet.«

Julia Tal klopfte erneut an die Tür zum Arbeitszimmer ihres Mannes Albert. Dieser konnte jedoch nicht unmittelbar antworten, da er gerade mit seiner Zunge die Klebefläche eines Briefkuverts befeuchtete.

»Ein Moment, bin gleich soweit.«

Julia Tal rüttelte an der Tür. »Seit geschlagenen fünf Stunden hast du dich da drin verbarrikadiert, ohne ein Wort zu sagen! Ich verlange eine Erklärung!«

Albert Tal öffnete die Tür. »Es tut mir leid, aber ich will dich da nicht mit hineinziehen. Glaub mir, es ist besser so.«

»Albert, ich verstehe dich nicht. Hat es mit den beiden toten Schieds-richter-Kollegen zu tun?«

»Hör zu, ich muss jetzt noch einmal kurz außer Haus, und dann ist alles wieder in Ordnung.«

»Gar nichts ist in Ordnung!«

Ohne auf die weiteren Vorwürfe seiner Gattin einzugehen, zog sich Albert Tal seine Schuhe an und verließ das Haus, in der Hand einen gro-ßen Briefumschlag. Obwohl es schon nach Mitternacht war, herrschten noch angenehme sommerliche Temperaturen.

»Schau mal, wer da des Nachts noch durch die Gegend spaziert«, bemerkte Kommissar Gaul. Sein Kollege Seemeier hatte gerade ein wenig vor sich hin gedöst. »Hä, was?«

»Da, aus dem Haus von Tal kommt ein Mann mit einem großen Kuvert in der Hand. Ich folge ihm zu Fuß; halt du dich mit dem Wagen bereit, falls er irgendwo in ein Auto oder so einsteigt.«

Zehn Minuten später marschierte Albert Tal die Wittlinger Straße entlang in Richtung Innenstadt. Am Paul-Magar-Platz sah er sich kurz um und ging dann schnurstracks auf das Hauptpostamt zu. Mit ein wenig Mühe beförderte er den breiten Briefumschlag in den großen gelben Briefkasten am Eingang.

Gaul war ihm im Abstand von gut hundert Metern gefolgt, stets darauf bedacht, nicht von Tal bemerkt zu werden. Seemeier wiederum war mit seiner Zivilstreife in angemessenem Abstand Gaul hinterher gefahren.

Albert Tal hatte nun kehrt gemacht und spazierte die Wittlinger Straße zurück, genau auf Kommissar Gaul zu. Dieser verbarg sich geistesgegenwärtig in einer Hofeinfahrt und wartete dort, bis Tal an ihm vorüber gegangen war. Unmittelbar danach rief er Seemeier, der 200 Meter weiter hinten im Wagen wartete, auf dem Handy an.

»Tal scheint wieder zurückzugehen, er kommt genau auf dich zu.«

»Folgst du ihm wieder?«

»Er hat bei der Hauptpost einen dicken Brief eingeworfen. Ich schau mich dort mal ein wenig um. Behalt du ihn im Auge.«

»Ok.«

Der Paul-Magar-Platz vor der Konzer Hauptpost war gegen halb eins wie ausgestorben. Kommissar Gaul betrachtete den gelben Briefkasten, in den Tal sein Kuvert eingeworfen hatte. Mit einer kleinen Taschenlampe leuchtete er in den Briefeinwurfschlitz. Ein großer, breiter Umschlag stand fast senkrecht im Briefkasten. Die Oberkante lehnte an der dem Einwurfschlitz gegenüberliegenden Wand.

Gaul brach von einem Baum einen Zweig ab, an dessen Ende rechtwinklig ein weiterer kleiner Zweig spross. Mit diesem »Werkzeug« in Form eines großen »L« gelang es ihm, die Oberkante des ominösen Briefumschlags nach vorne zum Einwurfschlitz hin zu bewegen. Gaul sah sich um; gelegentlich fuhr ein Auto vorbei, doch war kein Passant in Sicht, der an seinem streng genommen illegalen Treiben Anstoß nehmen könnte.

Nach einer halben Minute hatte er es geschafft und den Umschlag, den Albert Tal vor einer Viertelstunde eingeworfen hatte, wieder ans Tagesrespektive Nachtlicht befördert. Sollte er ihn öffnen?

Er betrachtete die Anschrift. Rechtsanwalt Günter Karger, Kölner Str. 142 in 54294 Trier. Links unten hatte Tal seinen Absender vermerkt. »Nichts ungewöhnliches«, dachte Gaul und steckte den Umschlag wieder in den Briefkasten.

IV.

Weder Matowski noch Schwann oder Estermann verspürten an diesem Sonntagmorgen große Lust, den Tag dienstlich zu verbringen. Dies schien jedoch aus verschiedenen Gründen dringender denn je, denn Matowski hatte auf seinem Schreibtisch noch Mitteilungen von Freiwart aus Trier und Hiermann aus München sowie einem Kaiserslauterer Kollegen namens Bartsch vorgefunden.

»Ich fasse mal den aktuellen Ermittlungsstand zusammen«, begann Matowski. Erstens: Freitag gegen Mittag wird Edwin Beinhorn aus Sinzig mit einem roten VW Golf der 3er-Serie höchstwahrscheinlich absichtlich überfahren. Vom Wagen oder vom Fahrer keine Spur. Mögliches Motiv: ein völlig verpfiffenes Spiel Kaiserslautern gegen Schalke. Zweitens: wenige Stunden später wird Norbert Windel mit einem Holzknüppel, vermutlich einem Baseballschläger – so stand es in Freiwarts Bericht – zu Tode geprügelt. Außer vermutlich ein paar Turnschuhabdrücken Größe 41 hat der Täter nichts hinterlassen. Mögliches Motiv: zwei nicht gegebene Elfer für Schalke in Köln. Wäre der Täter nach unseren *kicker*-Analysen weiter chronologisch nach krassen Fehlentscheidungen gegen Schalke vorgegangen, wäre Albert Tal aus Konz das nächste potenzielle Opfer. Der steht aber seit gestern unter Polizeischutz. Martin Murks aus Kaiserslautern, der mit der unseligen indirekten Freistoßentscheidung den Hanseaten endgültig die Meisterschaft geschenkt hat, ist gerade im Urlaub auf Mallorca und somit wohl außer Gefahr.«

»Und drittens«, ergänzte Schwann, »wird Jürgen Kassler in München vor die U-Bahn gestoßen. Auch ein Bundesliga-Schiri, jedoch keiner, der Schalke in irgendeiner Form benachteiligt hat. Damit kommt deine Schalke-Ungerechtigkeits-Rächer-Theorie ziemlich ins Wackeln.« »Um nicht zu sagen, das Kartenhaus angeblicher Schalke-Benachteiligungen stürzt in sich zusammen«, frohlockte Estermann. »Wir hätten doch wetten sollen.«

»Mooooment, Herr Kriminalobermeister Estermann«, wurde Matowski etwas unwirsch und deutete aufs Flipchart. »Hier haben wir schwarz auf weiß den Beleg, dass Schalke in der abgelaufenen Saison um sieben Punkte beschissen wurde, wohingegen euren traurigen Hanseaten auch noch Punkte geschenkt wurden! Im *kicker* objektiv nachzulesen und von

Schwann so ermittelt.«

»Na ja«, meinte Schwann, »Objektivität ist halt auch so eine Sache. Das ist im Endeffekt nur die Meinung der *kicker*-Redaktion oder vielleicht sogar nur eines einzelnen *kicker*-Reporters. In der *Sportbild* oder bei *ran* wurden die Fälle vielleicht ganz anders beurteilt.«

Matowski hielt inne. »Ich glaube, du hast uns gerade einen entscheidenden Schritt weitergebracht. Ganz recht, nur den *kicker* als Bewertungsmaßstab heranzuziehen war etwas einseitig, wer weiß, nach welchen Kriterien unser Täter die Schiris aburteilt.«

»Das ist ja fast wie bei ›Rashomon‹«, erwiderte Schwann.

»Rashomon?« Estermann schaute verständnislos.

Schwann, der ebenso wie Matowski ein leidenschaftlicher Kinogänger war, erklärte: »Rashomon ist ein japanischer Filmklassiker, vielleicht fünfzig Jahre alt. Ein Mann geht mit seiner Frau durch den Wald, und dort werden sie von einem Räuber überfallen. Am Ende ist der Mann tot, die Frau ziemlich derangiert und der Räuber gefangen. Jeder erzählt anschließend seine Version der Geschehnisse, ebenso ein zufällig anwesender Zeuge.«

»Und die Versionen weichen völlig voneinander ab, weil jeder seine eigene höchst subjektive Sichtweise hat«, ergänzte Matowski.

»Und jetzt«, fuhr Schwann fort, »übertrag das Ganze mal auf ein Fußballspiel. Endergebnis 2:2, und es gab eine Reihe von kniffligen Situationen. Das wird dann von verschiedenen Medien oft ganz unterschiedlich dargestellt, wobei jeder Reporter glaubt, dass seine Sicht der Dinge die einzig richtige ist.«

»Oder jeder Fußballanhänger ...«, begann der sichtlich beeindruckte Estermann zu begreifen. Sein Respekt wäre vielleicht etwas geringer ausgefallen, hätte er gewusst, dass Schwann das japanische Original nie gesehen hatte, sondern lediglich die Hollywood-Westernadaption. Und dies mehr aus Versehen aufgrund des irreführenden deutschen Titels »Carrasco, der Schänder«.

»Aber Rashomon hin oder her, die Fernsehbilder zu den von Beinhorn und Windel verpfiffenen Spielen waren eindeutig«, kam Matowski zum Thema zurück. »Besorgt euch die *Sportbild*-Ausgaben der abgelaufenen Saison, fragt beim WDR im Fußball-Archiv nach, und ich schau mal, was es auf Schalker Vereinsseite an Videos gibt.«

»Du gibst wohl nicht so schnell auf«, meinte Schwann.

»Oh nein«, entgegnete Matowski. »Vor allem gibt es in meinem Gedächtnis noch folgende Szene: Flanke Möller, Kopfball Mpenza, Tor – nur der Schiri gibt den Treffer nicht, weil Möllers Flanke angeblich schon im Toraus war. Die Fernsehbilder haben dies jedoch klar widerlegt. Wenn ich nur noch wüsste, in welchem Spiel das war, ich bin mir ziemlich sicher, dass diese Aktion nicht beim Stande von 4:0 oder so war, sondern verdammt spielentscheidend. Darüber haben wir im *kicker* nichts gefunden, oder wir haben was übersehen!«

»Also«, begann Schwann, »wie sieht dann unser Programm für heute konkret aus?«

»Fünf potenziell Verdächtige überprüfen und ein Motiv für einen möglichen Mord an Kassler finden«, erwiderte Matowski. »Wer von euch beiden möchte die von Kassler geleiteten Spiele recherchieren und hier die Stellung halten? Der andere darf drei wüste Gesellen besuchen und ihr Alibi überprüfen.«

»Ich möchte lieber hier bleiben«, konstatierte Estermann.

»Dazu gehört zunächst«, ergänzte Matowski, »die Namen und Adressen aller Bundesliga-Schiris der vergangenen Saison zu ermitteln. Wir dürfen kein Risiko eingehen und müssen zunächst mal alle unter Polizeischutz stellen.«

»Das sind aber bestimmt eine ganze Menge«, meinte Estermann.

»Ferner«, fuhr Matowski fort, »darf sich derjenige möglicherweise mit der Presse herumärgern. Habt ihr schon die Schlagzeilen von heute gesehen?«

»Ja«, sagte Schwann, »›zwei tote Schiedsrichter – zweimal Mord?‹ oder so ähnlich, und das Fragezeichen ist kaum zu erkennen.«

»Wenn die Pressehaie erstmal ihre Spekulationen anstellen, wird der Druck auf uns nicht geringer. Es ist nur eine Frage der Zeit, wann der Tod Kasslers bekannt wird, und dann bekommen wir bestimmt keine Lobeshymnen gesungen.«

»Ok«, meinte Schwann grinsend, »dann werde ich mir meine Klischeevorstellungen des typischen Schalke-Fans bestätigen lassen.«

Matowski gab ihm drei der fünf ›Steckbriefe‹ aus Sandmanns Datenbank zusammen mit dem jeweiligen Vorstrafenregister und meinte: »Dann treffen wir uns heute Nachmittag wieder hier. Und Estermann, denk an den WDR. Wir dürfen nicht alles nur durch die *kicker*-Brille betrachten.«

»Hoffentlich ist heute am Sonntag jemand erreichbar«, gab dieser zu bedenken.

»Ein Zuschauertelefon gibt es bei den großen Sendern normalerweise rund um die Uhr«, antwortete Matowski. »Zur Not erbittest du dir Amtshilfe von einem Kölner Kollegen.«

Schwann betrachtete seine drei Verdächtigen. »Oberhausen, Düsseldorf und Siegen. Da hab ich ja sogar noch eine reelle Chance auf einen Sonntagnachmittagskaffee mit Steffi. Wo sind deine zwei?«

»Gelsenkirchen und Bottrop«, antwortete Matowski. »Und Videomaterial über die letzte Saison bekomm ich hoffentlich auch auf Schalke.«

Erneut klingelte das abhörsichere Telefon in der Stuttgarter Nobelvilla. Diesmal jedoch rief ein Mann mit einer tiefen, fast schon dröhnenden Bassstimme an, und die Verbindung war nicht besonders gut. »Ich habe gerade in der Zeitung gelesen, dass Norbert Windel ermordet wurde und Beinhorns Tod wahrscheinlich kein Unfall war. Verdammt, was ist hier los?!« Der Bass drohte beinahe, die Telefonanlage in ihre Bestandteile zu zerlegen.

»Nur die Ruhe«, versuchte der ältere Herr mit dem verlebten Antlitz zu beschwichtigen, »wir haben alles unter Kontrolle. Wo sind Sie überhaupt, ich kann Sie kaum verstehen.«

»Im Urlaub, aber von Erholung kann keine Rede sein! Zwei tote Kollegen an einem Tag! Die Zeitungen spekulieren wild über einen Schiedsrichter-Killer! Und Sie wissen genau, wie viele Drohanrufe ich nach dem letzten Spieltag erhalten habe!«

»Das ist bisher alles reine Spekulation. Es besteht kein Grund zur Sorge.«

»Kein Grund zur Sorge? Ich habe auf Ihre Anweisung in mehreren Spielen aktiv dafür gesorgt, dass wir einen Deutschen Meister haben, der die Nation international würdig zu vertreten weiß, und jetzt haben Sie nur ein paar hohle Phrasen für mich?! Die können Sie sich für den nächsten Wahlkampf aufsparen, ich verlange Schutz, und zwar rund um die Uhr! Windel und Beinhorn haben doch bestimmt auch ...«

»Beruhigen Sie sich, Sie werden nach Ihrer Rückkehr nach Deutschland Polizeischutz erhalten. Es ist für alles gesorgt.«

Der ältere Herr blickte noch sorgenvoller drein als nach dem letzten Telefonat. Er überlegte kurz und führte dann zwei weitere Gespräche. Das erste bestand fast nur aus der Aufforderung »Lassen Sie feststellen, woher der letzte Anruf kam!«, und als dies geklärt war, griff er erneut zum Hörer und wählte die Nummer, die er bereits am Morgen in sein Tastentelefon eingetippt hatte.

»Unser Zahnarzt scheint ein Problem mit seinen Nerven zu haben«, begann er. »Er hat Angst, er könnte das nächste Opfer des Schiedsrichtermörders sein und verlangt Polizeischutz. Schließlich hat er die Meisterschaft auf unsere Anweisungen hin letztendlich entschieden.«

»Polizeischutz«, entgegnete der Angerufene mit dem leicht schwäbischen Akzent, »klingt gar nicht gut. Wie schnell hat er sich da verplappert, vor allem, wenn er jetzt schon die Nerven verliert. Nächstes Wochenende beginnt die neue Saison, und da wollen wir wieder Meister werden. Ein handfester Skandal ist das Letzte, was wir gebrauchen können. Wo ist unser nervöser Freund gerade?«

»Im Urlaub. Er wollte zwar nicht sagen wo, aber die Zurückverfolgung des Anrufs war kein Problem. Hotel ›Tropical‹ auf Mallorca.«

»Sind wir uns einig, was zu tun ist?"

»Wir haben dann aber nur noch einen Schiedsrichter, der notfalls punktuell die Dinge in die richtige Richtung beeinflusst, und der ist nicht mehr der Jüngste. Aber Sie haben recht, das Risiko ist zu groß.«

»Ganz recht, schließlich haben ja auch Sie noch gewisse Ambitionen.«

»Kümmern Sie sich um die Angelegenheit?«

»Worauf Sie sich verlassen können«, beendete der Angerufene das Gespräch. Sein metzgerähnliches Aussehen und sein dazu passender Gesichtsausdruck ließen vermuten, dass er am liebsten sofort mit einem Bolzenschussapparat gen Mallorca losgezogen wäre.

Stattdessen griff er zum Branchentelefonbuch. Die Suche unter ›A‹ wie Auftragsmörder, ›K‹ wie Killer oder ›M‹ wie Mafia endete jedoch ergebnislos. Plötzlich kam ihm ein anderer Gedanke, er marschierte zielsicher in sein Arbeitszimmer, griff nach der aktuellen Ausgabe des Waffenmagazins »Kimme, Bier und Korn« und blätterte es von hinten nach vorne durch. Während er für das Angebot eines Anoraks, in dessen Innentasche man bequem eine Maschinenpistole der Marke ›Uzi‹ unterbringen konnte, ohne dass dies von außen ersichtlich war, weniger Interesse aufbrachte, studierte er umso genauer den Kleinanzeigenmarkt.

»Ehemaliger NVA-Einzelkämpfer, 35, bestens durchtrainiert. Mein Motto: ›Es gibt kein Problem, für das es keine Lösung gibt.‹ Telefon ...«

Dies schien exakt der richtige Mann zu sein, zumal die Vorwahl suggerierte, dass der Problemlöser ganz in der Nähe wohnte. Er griff zum Telefon und wählte die angegebene Nummer.

Das Bett in dem kleinen Landgasthof nahe Würzburg, wo er übernachtet hatte, war recht weich gewesen, er hatte aber trotzdem gut geschlafen. Auch bei der Nummer drei war alles glatt gegangen, und nach menschlichem Ermessen würde sich keiner der vielen U-Bahn-Passanten an ihn erinnern. Knapp die Hälfte der Strecke zu seinem nächsten Ziel hatte er bereits gestern Abend zurückgelegt; als nächstes galt es, das Münchner Kennzeichen seines Wagens gegen eines aus Hannover auszutauschen, um auch an seiner nächsten Wirkungsstätte nicht als Fremder aufzufallen.

Er war sich bewusst, dass es von nun an schwieriger werden würde, vermutlich erheblich schwieriger. Die Schlagzeilen in den Medien waren nicht zu übersehen, und er hatte es mit einer gewissen Genugtuung vernommen, dass auch in Richtung eines Schalke-Rächers spekuliert wurde. Die eklatante Benachteiligung der Königsblauen durch die Bundesliga-Pfeifenmänner würde somit vielleicht noch einmal deutlich. Leider war jetzt aber auch zu befürchten, dass von nun an jeder sogenannte Unparteiische unter Polizeischutz stand. Aber dafür hatte er sich beizeiten eine Waffe besorgt, ein Gewehr, mit dem er den Nächsten auf der Liste seiner verdienten Strafe zuführen würde. Obwohl er nicht bei der Bundeswehr »gedient« hatte – wie man in gewissen Kreisen so schön sagte –, hatte er den Umgang mit dem Gewehr schnell erlernt. Allerdings würde er diesmal die örtlichen Gegebenheiten sehr sorgfältig sondieren müssen, um wieder unerkannt entkommen zu können. Aber solche Herausforderungen waren schließlich dazu da, um gemeistert zu werden.

Auf dem Weg nach Gelsenkirchen wählte Matowski die Nummer seines Münchner Kollegen Hiermann, der ihn in der vergangenen Nacht noch per Fax über den Tod von Kassler informiert hatte.

»Hiermann?«

»Hier Matowski, Kripo Bonn. Ich fürchte, wir haben etwas gemeinsam, und zwar einen toten Bundesliga-Schiri, der bei einem Verkehrsunfall ums Leben gekommen ist.«

»Bei dem möglicherweise jemand nachgeholfen hat«, ergänzte Hiermann. »Ermitteln Sie auch im Fall Windel?«

»Der Kollege aus Trier hält mich auf dem Laufenden«, antwortete Matowski. »Unser wahrscheinlichster Ermittlungsansatz geht in Richtung eines Schalke-Rächers, der sich alle Referees vornimmt, die den Gelsenkirchenern in der abgelaufenen Saison Punkte geklaut haben, und das waren leider eine ganze Menge.«

»Sind Sie Schalke-Fan?«, wollte Hiermann wissen und konnte sich ein Grinsen nicht verkneifen.

»Ja, aber das tut hier nichts zur Sache. Meine beiden Kollegen sind Hansa-Anhänger, und, na ja, haben zumindest schon einräumen müssen, dass Beinhorn und Windel die Schalker fünf Punkte gekostet haben.«

»Und Kassler?«

»Das ist unser Problem. Im *kicker* haben wir keinen gravierenden Fehler von ihm zuungunsten der Königsblauen entdecken können. Darum meine Bitte an Sie: Der Sender Sat1 hat doch seine Zentrale in München. Könnten Sie versuchen, im dortigen *ran*-Archiv Videomaterial über alle Schalke-Spiele, am besten über alle Bundesligaspiele der vergangenen Saison zu bekommen?«

»Um vielleicht dort einen schweren Kassler-Fauxpas gegen Schalke zu entdecken? Kein Problem, ich werde gleich jemanden hinschicken.«

»Ausgezeichnet«, meinte Matowski, »vielen Dank. Und wenn Sie mir die Videos per Express ins Präsidium nach Bonn schicken würden, dann ...«

»... können wir vielleicht die nächste Tat verhindern. Falls Ihre Theorie stimmt«, ergänzte Hiermann.

Irgendwie hatte Matowski das Gefühl, dass Hiermann – genau wie Schwann und Estermann – die Schalke-Benachteiligungs-Theorie nicht so ganz ernst nahm. Aber erstens gab es praktisch keinen anderen Erfolg versprechenden Ermittlungsansatz, und zweitens hatte man den S04 tatsächlich gewaltig betrogen.

In der Geschäftsstelle des FC Schalke 04 wartete bereits eine Mitarbeiterin auf Matowski, als dieser direkt vor dem Eingang des großen, ganz in Königsblau gehaltenen Gebäudes parkte. »Sie sind bestimmt Herr Matowski«, begrüßte sie ihn. »Claudia Bergmann.«

»Freut mich. Tut mir leid, Sie am Sonntag belästigen zu müssen, aber es steht zu befürchten, dass höchste Eile geboten ist.«

»Sie meinen, weil bereits zwei Schiedsrichter getötet wurden?«

»Ganz recht.« Den Tod Kasslers verschwieg Matowski erst einmal.

Das Filmarchiv im Keller beherbergte unzählige Schätze. »Wenn ich jetzt privat hier wäre«, geriet Matowski ins Schwärmen, »würde ich bei der ersten Meisterschaft 1934 anfangen und wäre dann für die nächsten Tage für niemanden zu sprechen.«

»Das können wir gerne einmal nachholen«, schmunzelte Claudia Bergmann. Sie ließen die glorreiche Zeit des Schalker Kreisels links liegen und wandten sich dem Regal mit der jüngsten Vergangenheit zu.

»Pokalsieger und ›Meister der Herzen 2001‹« las Matowski. Mit dem letztgenannten Titel konnte er nie viel anfangen, er war ihm irgendwie zu schmalzig und erinnerte ihn an Lady Di, die man nach ihrem frühen Tod zur ›Königin der Herzen‹ hochstilisiert hatte. Bruno Labbadia, der frühere Münchner Stürmer, hätte wohl »hochsterilisiert« gesagt. »Haben wir noch mehr aus der abgelaufenen Saison?«, fragte er.

»Ja, unter anderem auch alle ›AufSchalke‹-Sendungen vom DSF. Dort gab es ja auch immer Kurzzusammenfassungen der zurückliegenden Spiele.«

Mit einer ganzen Kiste voll Videokassetten und dem Versprechen, gut darauf aufzupassen, trat Matowski die Weiterfahrt an. Ferner hatte er es sich nicht nehmen lassen, ein druckfrisches Exemplar des vom FC Schalke 04 herausgegebenen Buches »Wir haben den Pokal ...« zu erwerben, in dem auf die gesamte Saison 2000/2001 zurückgeblickt wurde.

Es war mittlerweile 10 Uhr 30, und sein erster Verdächtiger war um diese Zeit hoffentlich schon einigermaßen ansprechbar. Die Gestalt, die ihm eine Viertelstunde später in Gelsenkirchen-Buer die Türe öffnete, machte jedoch keinen besonders vernehmungsfähigen Eindruck.

»Herr Oldenburger, mein Name ist Matowski von der Mordkommission Bonn.«

»Un' wat willze?«, lallte der Wohnungsinhaber und verströmte dabei eine Duftmischung aus Alkohol und Erbrochenem.

»Kaum zu glauben«, dachte Matowski, »dieser Mensch hat nicht nur Abitur, sondern sogar ein abgeschlossenes Magisterstudium.«

»Lassen Sie uns drinnen reden«, antwortete Matowski und zwängte sich an Oldenburger vorbei in den Flur. Die Wohnung – komplett in Königsblau eingerichtet – war in relativ gutem Zustand, vielleicht hatte Oldenburger ja nur eine besonders lange Nacht hinter sich. »Wo waren Sie am Freitag zwischen zehn Uhr morgens und zehn Uhr abends?«, kam Matowski gleich zur Sache.

»Wer will das wissen?«, knurrte Oldenburger.

»Hier stelle ich die Fragen. Wir können uns gerne auf dem Präsidium weiter unterhalten. Dort gibt es auch eine gemütliche, kleine Zelle, und da dürfen Sie sich so lange ausruhen, bis Sie in der Lage sind, vernünftige Antworten zu geben.«

»Ok, ok.« Oldenburger hatte verstanden. »Auffe Maloche war ich, im Lager bei Aldi. Den ganzen Tach.«

»Welche Filiale?«

»Kurt-Schumacher-Straße 78.«

»Das kann mir sicherlich Ihr Vorgesetzter bestätigen.«

Oldenburger ging hinter sein Wohnzimmersofa und machte eine Fußbewegung, als träte er einen Freistoß. »Ey Arne, da will einer wissen, ob ich am Freitag inne Maloche wa'.«

Hinter dem Sofa bewegte sich der Vorhang, und langsam erhob sich ein Mann in Matowskis Alter mit extrem kurz geschorenen Haaren und einem nicht zu übersehenden bräunlichen Fleck auf Gesicht und Hemd, über dessen exakte Konsistenz Matowski lieber nicht näher nachdenken wollte.

»Wat will denn der Penner?«, fragte der mit Arne bezeichnete Mann.

»Der Penner ist von der Kriminalpolizei und möchte wissen, wo Sie beide am Freitag waren.« Matowski wurde es langsam zu bunt.

»Inne Arbeit, im Lager bei Aldi. Worum geht's überhaupt?«

»Reine Routineüberprüfung. Sie waren also beide den ganzen Freitag über in der Aldi-Filiale in der Kurt-Schumacher-Straße 78?«

»Zum fömneunzichsten Mal, ja«, lallten beide im Chor.

»Das lässt sich ja nachprüfen«, grummelte Matowski und marschierte wieder zur Wohnungstür.

Draußen angekommen, atmete er erst einmal tief durch. Was hatte er eigentlich erwartet? Das Profil, in dem sie in Sandmanns Kartei gesucht hatten, beinhaltete die Kriterien totaler Schalke-Fanatismus, gewisse Intelligenz (auch wenn Matowski sich nach der Begegnung mit Oldenburger fragte, wofür Universitäten heutzutage Magisterurkunden ausstellten) und eventuelle Vorstrafen. Bei Oldenburger hatte er zumindest nicht das Gefühl, eine heiße Spur zu verfolgen. Die Überprüfung seines Alibis würde er am Montag seinen Gelsenkirchener Kollegen überlassen.

Frohen Mutes betrat Krüger die Business Lounge der Lufthansa am Münchner Flughafen. Der Anruf, der ihn vor gut zwei Stunden erreicht hatte, war genau zum richtigen Zeitpunkt gekommen. Die Zeiten für Berufskiller waren schlecht, und er hatte schon ernsthaft mit dem Gedanken gespielt, sich um Arbeit im legalen Bereich zu bemühen. Umso erfreuter war er gewesen, dass er nicht nur einem höchst lukrativen Auftrag entgegensah – nein, das ganze sah regelrecht nach einem bezahlten Urlaub aus.

Allerdings war Krüger Profi genug, um wie stets seine Vorsichtsmaßnahmen zu ergreifen. Er griff kurz in seine rechte Jackentasche und ging auf den etwa fünfzigjährigen feisten Mann zu, der alleine an einem Tisch saß und in die Lektüre der *Süddeutschen Zeitung* vertieft schien.

»Ist hier noch frei?«, fragte Krüger.

»Nehmen Sie nur Platz«, entgegnete der Zeitungsleser. Krüger nahm sich eine auf dem Tisch liegende Ausgabe der *Abendzeitung* und betrachtete den Sportteil.

»Wie sinnig«, meinte sein Nebenmann mit der *SZ*, »Sie befassen sich mit den Fußballseiten. Am Lufthansa-Schalter sind auf den von Ihnen gewünschten Namen ›Michael Burger‹ ein Flugticket nach Mallorca samt Hotelgutschein sowie eine kleine Aktenmappe hinterlegt. Letztere enthält alle Daten Ihres Mandanten, die Sie benötigen. Er wohnt im gleichen Hotel wie Sie.«

»Hat also mit Fußball zu tun«, grinste Krüger. »Wäre es hilfreich, wenn es, ähh, wie ein Unfall aussieht?«

»Nicht zwingend erforderlich, aber durchaus hilfreich«, antwortete der feiste Mann, den man sich gut als Fleischverkäufer oder Metzger vorstellen könnte. »Das ist alles. Bezahlung wie vereinbart auf Ihr österreichisches Nummernkonto.«

Krüger legte seine Zeitung wieder auf den Tisch, erhob sich und ging. Nachdem er die Business Lounge wieder verlassen hatte, griff er erneut in seine rechte Jackentasche. Seit er vor ein paar Jahren einen Augsburger Staatsanwalt über den Jordan befördert hatte, der einigen sehr mächtigen Herrschaften sehr unangenehme Fragen zu stellen drohte, war er vorsichtiger geworden. Damals hatte er alles als Autounfall arrangiert, und seine Auftraggeber hatten ein wenig nachgeholfen, dass die Spuren am Unfallort richtig interpretiert worden waren. Gespannt auf die Identität seines »Kunden« schritt er zum Lufthansa-Schalter.

Trotz des eher unappetitlichen Ambientes im Hause Oldenburger verspürte Matowski Hunger. Er beschloss jedoch, erst seinen zweiten und letzten Kandidaten in Bottrop aufzusuchen. Im Präsidium könnte er sich eine Pizza bestellen, denn schließlich mussten sie das umfangreiche Videomaterial genau studieren. Zum einen, um vielleicht doch einen Hinweis auf einen entscheidenden Fehler Kasslers zu finden, zum anderen, um neben Albert Tal und Martin Murks eventuell weitere, besonders gefährdete Unparteiische identifizieren zu können.

Kurz vor Mittag klingelte Matowski an der Tür des Bottroper Reihenhauses. Eine Frau Anfang dreißig öffnete die Türe, sie trug eine Küchenschürze und hatte zwei kleine Kinder im Schlepptau.

»Guten Tag, Matowski mein Name. Kripo Bonn.«

Die Frau sah ihn mit einer Mischung aus Erstaunen und Verängstigung an. »Hat mein Mann ...«, begann sie.

»Keine Sorge«, fiel ihr Matowski ins Wort. »Ich bin wegen einer reinen Routineüberprüfung hier. Ihr Herr Gemahl heißt Martin Hieber, nehme ich an. Ist er zu sprechen?«

»Kommen Sie mit ins Wohnzimmer.«

Matowski sah sich in der Wohnung um. Im Gegensatz zu Oldenburgers Bleibe war es hier absolut solide und bürgerlich. Aus dem Wohnzimmer kam ihm ein Mann Mitte dreißig entgegen, der alles andere als den Eindruck eines gewalttätigen Fußballverrückten auf Matowski machte.

Aus den Akten wusste er, dass Hieber in seiner Jugend eine unheilvolle Allianz aus Alkohol und Fußballfanatismus eingegangen war. Er schien jedoch die Kurve gekriegt zu haben, nicht zuletzt wohl durch seine Frau.

»Guten Tag, Martin Hieber. Worum geht es?«

»Matowski, Kripo Bonn. Es ist vielleicht besser, wenn wir uns unter vier Augen unterhalten.«

Karin Hieber verstand und ließ die beiden alleine. Matowski und Hieber setzten sich auf das schwarze Ledersofa.

»Wie ich Ihrer Frau schon sagte, eine reine Routineüberprüfung. Erzählen Sie mir, wie Sie den vergangenen Freitag verbracht haben, und dann sind Sie mich auch schon wieder los.«

Hieber ging zunächst gar nicht auf die Frage ein. »Ist es wegen meiner Vergangenheit? Am Ende wegen der beiden toten Schiedsrichter?«

»Beantworten Sie bitte einfach meine Frage. Wo waren Sie am vergangenen Freitag?«

»Im Büro. Ich bin kaufmännischer Leiter eines kleinen Bauunternehmens. Bachmann GmbH und Co. KG in Oberhausen.«

»Dann gibt es sicherlich Personen, die Ihre Angaben bestätigen können.«

»Natürlich. Meine Sekretärin, einige Mitarbeiter und auch unser Chef.«

Matowski hatte auch hier nicht das Gefühl, es mit dem möglichen Täter zu tun zu haben. »Sie werden verstehen, dass wir Ihre Angaben überprüfen müssen.«

Hieber wirkte nicht verunsichert. »Mein Chef weiß über meine Jugendsünden Bescheid.«

»Ich sehe keinen Grund, diese zu erwähnen«, meinte Matowski und erhob sich von seinem Platz. »Das wäre von meiner Seite aus alles.«

Als Matowski wieder in seinem Wagen saß, hatte er erneut das Gefühl, einen Namen von der Liste der Verdächtigen streichen zu können.

V.

Estermann wehrte sich tapfer gegen die Meute von Journalisten, die sowohl das Polizeipräsidium belagerten als auch immer wieder anriefen. Anscheinend war durchgesickert, dass in München ein weiterer Bundesliga-Schiedsrichter zu Tode gekommen war, und jetzt witterte auch der letzte Pressefritze einen Zusammenhang.

Als das Telefon zum wiederholten Male klingelte, hatte Estermann schon seinen Standardsatz »Dies ist eine von mehreren Ermittlungsrichtungen. Sie werden jedoch verstehen, dass ich aus ermittlungstechnischen Gründen keine weiteren Auskünfte geben kann« auf den Lippen.

Es war jedoch ein Bote vom Westdeutschen Rundfunk. »Guten Tag, Bürger vom WDR in Köln. Ich steh im Halteverbot vor dem Präsidium und hab hier ein paar Videos für Sie.«

»Ausgezeichnet. Sagen Sie an der Pforte, dass Sie zu Kriminalobermeister Estermann müssen. Ich bin im dritten Stock, Zimmer 314. Und, ähh, hinter dem Haus gibt es legale Parkplätze.«

Estermann war zufrieden. Nachdem er über die Homepage des DFB alle aktiven Schiedsrichter samt Anschrift ermittelt hatte, musste er nur noch mit den jeweiligen lokalen Polizeibehörden telefonieren. Die meisten der Kollegen waren bereits von alleine auf die Idee gekommen, ein Überwachungsteam auf ihren lokalen Referee anzusetzen, aber in vier Fällen hatte er den Beamten vor Ort erst ein wenig auf die Sprünge helfen müssen.

Matowski traf um 13 Uhr 40 wieder im Präsidium ein. Vollbeladen mit Videokassetten ging er direkt zum Videoraum. Als er die Tür öffnete, erzielte Jörg Böhme gerade mit einem herrlichen Distanzschuss das 3:0 gegen Eintracht Frankfurt, was Kriminalobermeister Estermann eher gelangweilt zur Kenntnis nahm.

»Hallo, alles Roger in Kambodscha? Nicht dass du mir hier noch zum Schalke-Fan wirst«, begrüßte ihn Matowski.

»Keine Sorge«, entgegnete Estermann, »ich bleib auf der Gewinnerseite. Habe gerade mit dem ersten Video angefangen, das mir einer vom WDR vorbeigebracht hat. Die waren trotz des Sonntages sehr hilfsbereit. Und bei dir?«

»Zwei der fünf Verdächtigen können wir vermutlich ausschließen. Dafür hab ich von der Schalker Geschäftsstelle auch eine ganze Menge Filmmaterial bekommen. Was schaust du gerade konkret an?«

»Einen Zusammenschnitt der sonntäglichen *Sport im Westen*-Sendungen. Leider bringen die nicht immer das Schalke-Spiel in aller Ausführlichkeit.«

Matowski ergriff die Fernbedienung des Videorecorders und drückte die Stopptaste. »Warte mal, wenn wir hier nicht systematisch vorgehen, dann verbringen wir die nächsten Tage vor der Glotze. Wir sollten zunächst mal schauen, wie viele Schalke-Spiele in der vergangenen Saison Jürgen Kassler gepfiffen hat. Dabei könnte uns dieses feine Buch hilfreich sein.« Matowski hielt den auf der Schalker Geschäftsstelle erworbenen Bildband »Wir haben den Pokal ...« in die Höhe. »Aber zuallererst brauch ich dringend was zu beißen. Ich werde mal den Pizza-Service anrufen. Hast du schon gegessen?«

»Nein«, meinte Estermann. »Bei den vielen nervigen Presseheinis ist mir der Appetit vergangen. Ich hol mal die Speisekarte, damit wir uns was raussuchen können.«

Während Estermann draußen war, blätterte Matowski in seinem neuen Buch. Im hinteren Teil wurde er fündig, dort gab es eine Kurzzusammenfassung aller Spiele, und vor allem war dort stets der jeweilige Unparteiische aufgeführt.

»Ich nehm Pizza Quattro Stagioni« meinte Estermann, als er wieder hereinkam.

»Bestell mir bitte eine Pizza Hawaii«, antwortete Matowski ohne von seiner Lektüre aufzublicken. »Verflucht!«, stieß er plötzlich aus.

»Was ist«, fragte Estermann, »willst du eine andere Pizza?«

»Schau dir das an!«, rief Matowski aufgeregt. »24. Spieltag, Schalke gegen den HSV 0:1. Ich zitiere: ›Der Matchwinner hätte ebenso gut Emile Mpenza heißen können. Vor seinem Kopfballtor (55.) soll Andreas Möllers Flanke im Aus gewesen sein. Die TV-Bilder bewiesen eher das Gegenteil.‹ Und jetzt rate mal, wer der Schiri war: Jürgen Kassler!

Schwann hatte also völlig Recht damit, dass wir uns nicht nur auf den *kicker* stützen dürfen. Wir brauchen sofort die Zusammenfassung von diesem Spiel!«

Estermann zögerte. »Und was ist mit der Pizza?«

»Ich habe nicht gesagt, dass mir der Appetit vergangen wäre«, entgegnete Matowski. Ruf schnell beim Pizza-Service an, ich schau mal, ob ich bei den Videos fündig werde.«

Matowski entschied sich für die Kassetten mit den ›Auf Schalke‹-Magazinen, die das DSF gezeigt hatte. In den vierzehntägig ausgestrahlten Sendungen gab es stets Kurzzusammenfassungen der Begegnungen aus den letzten zwei Wochen.

»Wann war der 24. Spieltag? Das steht leider nicht im Buch ...«, überlegte Matowski laut. Er ging zu Schwanns Büro, wo die gesammelten *kicker* lagen. In einer Montagsausgabe vom Saisonanfang fand er im Terminplan die gewünschte Information: Am 3. März hatte der Hamburger SV sein Gastspiel im Gelsenkirchener Parkstadion gegeben.

Zurück im Videozimmer wurde Matowski schnell fündig; eine Kassette enthielt unter anderem die ›AufSchalke‹-Sendung vom 11. März. Erwartungsvoll betätigte er die Starttaste, als Estermann hereinkam. »In fünfzehn Minuten kommen unsere Pizzas«, meinte dieser.

Den Vorspann und die Begrüßungsarie von Moderator Ulli Potofski brachte Matowski zügig mit dem schnellen Bildsuchlauf hinter sich. Als jedoch der Zusammenschnitt eines Fußballspiels begann, drückte er auf die Wiedergabetaste, und die beiden betrachteten das Geschehen auf dem grünen Rasen. Sie sahen einen Lattentreffer der Hamburger, danach drei gute Chancen für Königsblau. Dann die ominöse 55. Spielminute. Andy Möller schlägt auf Rechtsaußen eine weite Flanke, am langen Pfosten springt Emile Mpenza höher als sein Bewacher und köpft unhaltbar für Torhüter Nikolov ein. Der Linienrichter winkt jedoch mit seiner Fahne, und Schiri Kassler verweigert dem Treffer die Anerkennung, da der Ball bei Möllers Flanke bereits im Aus gewesen sei. Die Zeitlupe beweist freilich das Gegenteil – Möller traf das Leder genau auf der Außenlinie; hinsichtlich der erforderlichen »vollen Umdrehung« im Toraus fehlten mindestens 30 Zentimeter.

»Verdammt!«, fluchte Matowski, »genau diese Szene hatte ich im Hinterkopf!«

Anstatt die Führung gemütlich nach Hause schaukeln zu können, machen die Schalker gegen Ende auf und fangen sich kurz vor Schluss nach einem Fehler des gerade erst wieder genesenen Tomasz Waldoch einen Konter zum 0:1 ein.

»Statt 1:0 ein 0:1«, konstatierte Matowski, »ich marschier mal zum Flipchart und ergänze diese Begegnung.«

Estermann folgte ihm ohne Widerworte. »Die Summe der geklauten Punkte beträgt nunmehr zehn!«, Matowski konnte sich kaum beruhigen. »Zehn verdammte Punkte haben sie uns gestohlen, und alle Welt spricht vom Herzschlagfinale!«

»Was schreibt eigentlich der *kicker* zu diesem Spiel?«, fragte Estermann und ging in Richtung Schwanns Büro.

In diesem Moment kam ihnen Schwann entgegen, der zwei Pizzaschachteln im Arm hatte. »Hallo Jungs«, begrüßte er seine Kollegen, »ich krieg von jedem von euch zwölf Mark! Meine Verdächtigen waren leider nicht allzu ergiebig. Einer war im Urlaub in Portugal und zwei in der Arbeit. Waren zwar keine besonders vertrauenswürdigen Gesellen, aber eiskalte Mörder waren das wohl nicht.«

Matowski griff zu seinem Geldbeutel und erwiderte: »Meine beiden Kandidaten scheiden wohl auch aus. Dafür wissen wir aber jetzt, warum Kassler sterben musste. Er hat den Schalkern nämlich auch drei Punkte geklaut.«

»Was?«, wunderte sich Schwann, »das wären ja jetzt schon zehn? Aber warum hab ich davon nichts im *kicker* gefunden?«

»Schauen wir doch mal, was der *kicker* dazu geschrieben hat«, entgegnete Matowski.

Es war Estermann, der die entsprechende Ausgabe fand. »Hört mal gut zu: ›Schiedsrichter: Kassler (Höhenkirchen), Note 4,5 – machte vor allem in der Beurteilung von Zweikämpfen sehr viele Fehler.‹ Und auch im sonstigen Spielbericht kein Wort von dem nicht gegebenen Tor.«

»Womit du absolut recht gehabt hast«, sagte Matowski zu Schwann.

»Wie bitte?«, Schwann verstand gar nichts mehr.

»Damit, dass wir uns hier nicht allein auf den *kicker* als Maßstab verlassen dürfen. Wie bei Rashomon. Gerade haben wir in einer Zusammenfassung vom DSF gesehen, wie Kassler in genau dieser Partie den Schalkern ein einwandfreies Tor aberkannt hat. Der zuständige *kicker*-Reporter hat das aber völlig ignoriert.«

»Stimmt«, bestätigte Estermann knapp, und Schwann begann zu begreifen.

Matowski marschierte ins Besprechungszimmer zum Flipchart, die anderen beiden folgten ihm. »Was, wenn unser geheimnisvoller Mörder chronologisch vorgeht? 11. Spieltag – Kaiserslautern – Schiri Beinhorn. 18. Spieltag – Köln – Schiri Windel. 24. Spieltag – Hamburg – Schiri Kassler. Am 31. Spieltag hat Albert Tal die Schalker zwei Punkte gekostet, der ist aber schon unter besonderer Bewachung. Wir sollten uns noch mal speziell alle Spiele ab dem 25. Spieltag vornehmen, vor allem diejenigen, die Schalke nicht gewonnen hat. Vielleicht haben die kicker-Redakteure noch etwas übersehen.«

Udo Daehmling hatte die Bedenken seiner Frau beiseite geschoben. Schließlich hatte er sich bei der Diskussion um verpfiffene oder möglicherweise gar verschobene Bundesligaspiele absolut nichts vorzuwerfen – zumindest nach seiner eigenen Ansicht – und darüber hinaus war noch lange nicht sicher, dass der Tod seiner Kollegen Beinhorn und Windel nicht ganz andere Ursachen hatte. Diesen herrlichen Sommernachmittag wollte Daehmling nicht in seinen eigenen vier Wänden verbringen; stattdessen hatte er seinen deutschen Schäferhund an die Leine genommen und war zu einem Spaziergang aufgebrochen.

Den beiden auffällig unauffälligen Herren, die im Wagen schräg gegenüber seines Hauses schwitzten und die offensichtlich zu seinem Schutz hierher bestellt worden waren, warf er im Vorübergehen einen freundlichen Gruß zu. Die zwei waren daraufhin ausgestiegen und folgten ihm im Abstand von ungefähr 100 Metern. Nach einer Viertelstunde hatte Daehmling ein kleines Naherholungsgebiet mit Badesee und zahlreichen Bäumen erreicht, welche angenehm kühlen Schatten spendeten.

»Schaut euch das an, so ein verdammter Beschiss!«
Obwohl mittlerweile auch Schwann und Estermann einräumen mussten, dass es in der vergangenen Spielzeit eine ganze Reihe von spielentscheidenden Benachteiligungen durch sogenannte Unparteiische gegen den FC Schalke 04 gegeben hatte, kommentierte Matowski die soeben gemeinsam betrachtete Szene wenig subtil. Schalkes dänischer Torjäger Ebbe Sand war mit dem Ball am Fuß parallel zum Tor durch den gegnerischen Strafraum unterwegs, als ihn seitlich die Grätsche eines Freiburger Abwehrspielers traf. Sand kam zu Fall, und der Ball, der weit davon entfernt war, ebenso von der Grätsche getroffen zu werden, wurde von einem anderen Verteidiger weggeschlagen. Das Regelbuch sieht in einem solchen Fall Strafstoß vor, die Pfeife des Referees

Udo Daehmling blieb jedoch stumm.

»Schon wieder ein klarer Elfmeter nicht gegeben – bei einem Spiel, das zwar hoch überlegen geführt wurde, dann aber doch 0:0 endete.« Matowskis Analyse war nicht zu widersprechen.

»Das waren dann wohl die Punkte elf und zwölf«, gab ihm Schwann Recht. »Und ich dachte immer, Glück und Pech glichen sich im Laufe einer langen Saison stets aus.«

»Leider nicht«, grummelte Matowski und fügte hinzu, »apropos Freiburg: hatten die Hanseaten nicht das entsprechende Spiel mit 1:0 gewonnen, weil ihnen der Schiri den entscheidenden Freistoß geschenkt hat? Und jetzt erzähl mir noch einer, dass da kein System dahinter steckt.«

»Ist ja schon gut«, beschwichtigte Estermann. »Ich gebe zu, du hattest von Anfang an recht. Was uns freilich dem Killer noch keinen Schritt näher bringt.«

Matowski sprang plötzlich auf und ergriff sein neu erworbenes Schalke-Buch. »Wo wohnt dieser Schiri Daehmling? Die Partie gegen Freiburg war am 26. Spieltag, und wenn unser Mörder weiter chronologisch vorgeht, dann ist nicht Albert Tal, sondern Udo Daehmling das nächste Opfer!«

Die geografische Interpretation des Ortes »Burgwedel« erforderte jedoch zunächst einen Blick in den Atlas. »Ich hab's, nördlich von Hannover«, wurde Schwann als erster fündig.

»Also sollte die Kripo Hannover hier zuständig sein.« Matowski griff zum Telefonhörer.

»Manchmal muss man einfach nur ein wenig warten können«, dachte er bei sich. Gerade einmal eine Stunde war vergangen gewesen, seit er sich sein Versteck gesucht hatte. Von dort hatte er sowohl Daehmlings Hauseingang als auch den Wagen mit den zwei schwitzenden Zivilpolizisten im Blick gehabt, ohne selbst gesehen zu werden. Solange Daehmling im Haus war, wäre es freilich viel zu riskant gewesen, sich mit seinem in einer Tennisschläger-Tragetasche getarnten Gewehr heranzupirschen und auf eine Gelegenheit zu warten, bis sich der unsägliche Referee vielleicht einmal am Fenster zeigen würde.

Nun aber würde er seine Chance bekommen. Das Wäldchen des Naherholungsgebietes, welches Daehmling samt Hund und in respektvollem Abstand folgenden Polizisten gerade durchschritt, würde ihm genügend Schutz für den entscheidenden Schuss bieten.

Das Klingeln des Diensthandys von Kommissar Schmid durchbrach die Stille des schönen Spätsommertages. Gemeinsam mit seinem Kollegen Hanke spazierte er knapp 100 Meter auf einem Waldweg hinter dem Mann mit Schäferhund, zu dessen Schutz sie abkommandiert waren, auch wenn die Gefährdungslage nach Einschätzung ihrer Vorgesetzten eher abstrakt denn konkret war.

»Schmid«, meldete sich der Angerufene.

»Hier Hauptkommissar Matowski, Kripo Bonn. Ich ermittle im Fall der ermordeten Schiedsrichter. Spreche ich mit dem Kollegen, der den Unparteiischen Udo Daehmling überwacht?«

»Ganz recht. Wir spazieren gerade durch das Burgwedeler Naherholungsgebiet. Hier ist alles ruhig.«

»Hören Sie«, fuhr Matowski aufgeregt fort, »es gibt allen Grund zu der Annahme, dass Herr Daehmling das nächste Opfer ist! Sie sollten so schnell wie möglich ...«

In diesem Moment zerriss ein Schuss die trügerische Idylle, und die folgenden Ereignisse geschahen fast gleichzeitig. Udo Daehmling griff sich an die Brust und sank zu Boden. Die Polizisten Schmid und Hanke zückten und entsicherten ihre Dienstwaffen, sahen sich einerseits nach allen Seiten um – die Richtung, aus welcher der Schuss abgefeuert worden war, hatten sie leider nicht ausmachen können – und stürmten andererseits in Richtung des Getroffenen los. Daehmlings Schäferhund kläffte wie wild, er spürte, dass es seinem Herrchen, das Blut spuckend vor sich hin röchelte, sehr schlecht ging. Leider machte der Hund die beiden Gestalten dafür verantwortlich, die sich ihnen im Laufschritt näherten, sich dabei jedoch immer wieder zur Seite drehten.

Da Schmid sein Handy nur weggesteckt, nicht aber aufgelegt hatte, hatte Matowski alles mit angehört. »Verdammt, was ist bei Ihnen los?!« Er fühlte eine ungeheure Hilflosigkeit in sich aufsteigen.

»Sei ein braver Hund, wir wollen deinem Herrchen doch nur helfen!«

»Brav, sitz!«

Die Beschwichtigungsversuche der Polizisten waren nur insofern erfolgreich, als sich Daehmlings vierbeiniger Gefährte nicht auf die beiden stürzte. Er ließ sie jedoch nicht näher als fünf Meter an den Schwerverletzten heran, auf dessen Hemd sich ein tiefroter Fleck immer weiter ausbreitete.

Schmid nahm sein Handy, beendete ohne ein Wort die noch bestehende Verbindung und wählte die Notrufnummer seiner Kollegen. »Hier

Kommissar Schmid aus dem Naherholungsgebiet Burgwedel. Wir brauchen dringend einen Notarzt und die große Suchmannschaft! Daehmling ist angeschossen worden, der Täter höchstwahrscheinlich noch in Tatortnähe.«

Die letzte Aussage war jedoch nur bedingt richtig. Unmittelbar nachdem er abgedrückt hatte, war er zwar in Deckung geblieben, doch als er erkannte, dass die beiden Polizisten keine Ahnung zu haben schienen, aus welcher Richtung der Schuss gekommen war, hatte er sein Gewehr wieder in die Tennistasche gepackt und sich geduckt, aber doch zügig in Richtung des Parkplatzes begeben, wo sein Wagen stand.

Nach zwei Minuten war er sich sicher, nicht mehr vom Tatort aus gesehen werden zu können, und er begann einen leichten Dauerlauf durchs Unterholz. Eine weitere Minute später hatte er den asphaltierten Weg erreicht, der ihn zu seinem Wagen führen würde.

Er wusste, dass dies seine bislang riskanteste Aktion war. Wie lange würde die Polizei benötigen, um die Gegend abzuriegeln? Sollte er darauf vertrauen, weder auf dem Gewehr noch auf der Tennisschläger-Tasche Fingerabdrücke oder sonstige verwertbare Spuren hinterlassen zu haben und beides ins Gebüsch werfen, wo es früher oder später sicher gefunden würde? Obwohl ihm die wenigen Minuten, die er noch bis zu seinem Wagen benötigte, unendlich lange vorkamen, entschied er sich, das Gewehr zu behalten und später an einem geeigneteren Ort zu entsorgen.

Endlich vernahm Matowski nach der Wahl von Schmids Handynummer nicht mehr das Besetzt-, sondern das Freizeichen.

»Schmid«, meldete sich dieser hörbar gestresst.

»Hier Matowski, hören Sie, was ist passiert?«

Schmid atmete tief durch. »Daehmling wurde niedergeschossen. Wir wissen nicht, woher der Schuss kam. Der Täter ist flüchtig.«

Matowski war schier am Verzweifeln. »Wie geht es Daehmling? Gibt es denn gar keine Spur vom Täter?«

»Daehmling lebt noch, aber es sieht nicht gut aus. Ein Schuss in die Brust. Leider hat sein Hund zunächst niemanden an ihn herangelassen. Wir versuchen gerade, einige Polizeisperren zu errichten. Die Autobahn ist jedoch nur einen Steinwurf entfernt, das macht die Sache nicht leichter. Geben Sie mir Ihre Nummer, ich werde mich melden, sobald es etwas Neues gibt.«

Es war Schwann, der als erster die gespenstische Stille nach dem ebenso dramatischen wie entmutigenden Telefonat durchbrach.

»Verdammte Kiste, warum konnten wir nicht ein paar Minuten früher dieses blöde Freiburg-Spiel anschauen!«

»Lass gut sein«, seufzte Matowski, »wir haben alles Menschenmögliche getan.« Er blätterte in seinem Schalke-Buch. »Die folgenden Begegnungen nach dem 0:0 gegen Freiburg inklusive dem von Daehmling nicht gegebenen Elfer waren der 3:0-Sieg in Leverkusen, das 5:1 gegen Kaiserslautern, der 3:1-Triumph bei Hansa München und das 3:1 gegen die Hertha. Und danach waren wir trotz allen Beschisses mit zwei Punkten Vorsprung Tabellenführer.«

»3:1 bei den Hanseaten?«, fragte Schwann. »Das Spiel möchte ich mir aber noch mal genauer anschauen, das kann wohl nicht mit rechten Dingen zugegangen sein. Jetzt wirst du bestimmt gleich sehen, dass auch die Schalker unverdienten Dusel hatten.«

»Gerne«, meinte Matowski und ging zu der Schachtel mit den Videokassetten. »Der Verlierer zahlt die nächste Runde Pizza.«

»Einverstanden.«

Nach kurzer Suche hatten sie die Zusammenfassung der Partie gefunden. Als Blancker bereits in der dritten Spielminute das 1:0 für Hansa markierte, jubelte Schwann: »Hochverdient.«

Den Ausgleich durch Ebbe Sand nur elf Minuten später kommentierte Matowski mit: »So, jetzt wird ernst gemacht.«

Die Begegnung wogte nun hin und her, die erste strittige Situation spielte sich jedoch im Hansa-Strafraum ab. Nach einem Eckball konnte Hansa-Torhüter Utahn, offenbar in Bedrängnis, den Ball nicht festhalten, und Mike Büskens jagte das Leder aus kurzer Distanz ins Netz. Zu diesem Zeitpunkt hatte Schiri Aust jedoch bereits abgepfiffen, wegen Foulspiels an Utahn. Die Zeitlupe sprach jedoch eine andere Sprache – der Nationaltorhüter hatte schlicht einen Fehler begangen, von einem regelwidrigen Schalker Verhalten keine Spur.

»Jetzt haben sie uns sogar schon bei den Siegen beschissen«, grummelte Matowski. »Ich glaube, meine nächste Pizza enthält alles, was die Küche an Leckereien hergibt. Ohne Rücksicht auf die Kosten.«

»Verdammte Kiste!«, moserte Schwann.

Nach zwei lehrbuchmäßig herausgespielten Kontertoren – auf Vorarbeit von Emile Mpenza hatte jeweils Ebbe Sand vollstreckt – war die Partie gelaufen. Mehr als einen Lattenkracher von Jedermann hatten die

Münchner nicht mehr zu bieten gehabt.

»Noch Fragen, Hauser?«, stichelte Matowski in Anspielung an zwei Fernsehmoderatoren eines Politmagazins, bei dem der Konservative seinem progressiven Pendant intellektuell nicht selten unterlegen war.

Schwann hatte keine.

»Ok, hier hat Schalke also ausnahmsweise mal bei den Hanseaten gewonnen«, konstatierte Estermann. »Also kein Grund für unseren Täter, den Schiri zu töten. Wie ging es weiter?«

»Danach kam, wie schon erwähnt, das 3:1 gegen die Hertha, und dann schon das ominöse 1:1 in Bochum, wo Albert Tal den Schalkern kurz vor Schluss einen Elfer verweigerte.«

»Das haben wir aber bereits bei der *kicker*-Recherche festgestellt«, bemerkte Schwann.

»Richtig«, ergänzte Matowski, »darum steht Tal auch schon unter besonderem Schutz. Ich werde nachher noch mal mit dem Kollegen Freiwart aus Trier sprechen, der hier federführend ist.«

»Wie ging es weiter?«, fragte Estermann.

Matowski benötigte keinen Blick in sein Buch, um sofort zu antworten: »2:1 gegen Wolfsburg, 0:1 in Stuttgart und dann das ominöse Finale.«

»Richtig«, sagte Schwann, »in Stuttgart habt ihr 0:1 verloren, in letzter Sekunde. War ein witziger Spieltag, wenn ich mich recht erinnere.«

»War ein Scheißspieltag«, maulte Matowski. »Bis zur 90. Minute stand es in Stuttgart 0:0 und bei Hansa gegen Kaiserslautern 1:1. Und dann schießt der Zeckler ein Tor für die Hanseaten wie nie zuvor und wohl auch nie mehr danach im Leben, und praktisch gleichzeitig macht der Balakov das 1:0 für den VfB.«

»Das möchte ich gerne sehen«, grinsten Estermann und Schwann unisono.

»Würde mich nicht wundern, wenn sie uns da auch noch betrogen hätten.« Diesmal kam Matowski jedoch nicht in die Verlegenheit, sich über Schiedsrichterfehler ärgern zu müssen.

»Kaum zu fassen«, stichelte Estermann, »eine Schalke-Niederlage, bei der alles mit rechten Dingen zugegangen ist.«

»Und die bei ordentlichen Schiri-Leistungen und demzufolge über zehn Punkten Vorsprung am vorletzten Spieltag auch reichlich irrelevant gewesen wäre«, konterte Matowski.

»Schon gut. Tja, dann bleibt im Endeffekt nur noch das Finale.«

»Mit Schiri Murks«, ergänzte Schwann, »der im Urlaub auf Mallorca weilt. Da dürfte er wenigstens sicher sein.«

»Geht ruhig heim zu euren Mädels«, meinte Matowski schließlich, hier und heute können wir nicht mehr viel tun. Dann habt ihr wenigstens noch einen Hauch von Restwochenende. Wir sehen uns dann morgen um neun zur Lagebesprechung.« Das ließen sich Schwann und Estermann nicht zweimal sagen.

Da sie im Zuge einer eventuellen Großfahndung vermutlich als erstes die Autobahnen dicht machen würden, hatte er die Landstraße in entgegengesetzter Richtung gewählt. Wenige Kilometer hinter Burgwedel, kurz vor der kleinen Ortschaft Thönse, kam ihm jedoch plötzlich ein Streifenwagen mit Blaulicht und Martinshorn entgegen. Das Herz pochte ihm bis zum Hals, als er im Rückspiegel sah, wie der Polizeiwagen anhielt und wendete.

Die Beamten machten jedoch keinerlei Anstalten, ihn zu verfolgen – sie stellten ihr Fahrzeug mit eingeschaltetem Blaulicht quer zur Straße. Das blaue Flackern wurde in seinem Rückspiegel immer kleiner, bis es nach der ersten leichten Kurve, welche die Thönser Hauptstraße vollführte, nicht mehr zu sehen war. In diesem Moment begriff er, dass er soeben denkbar knapp einer Straßensperre entkommen war.

Auf Hauptkommissar Matowski wartete zuhause keine Frau. Und selbst wenn, an diesem Spätnachmittag hätte er doch an nichts anderes denken können als an die dramatischen Ereignisse der vergangenen Stunden. Warum nur hatten sie nicht schon früher mit dem Videostudium begonnen? Daehmling wäre nicht niedergeschossen worden, und Kassler könnte vielleicht noch am Leben sein. Gut, dass wenigstens Martin Murks im Urlaub in Sicherheit war.

Auch einer der Verdächtigen, die Schwann heute hatte überprüfen wollen, war im Urlaub. Was, wenn noch weitere Unparteiische im Urlaub waren, die ebenfalls auf der Liste des Killers standen? Die er aus chronologischer Sicht schon früher hätte töten müssen? Heute war Sonntag, ein Tag, an dem es nicht ungewöhnlich wäre, wenn ein Urlauber nach Hause käme.

Matowski wurde unruhig. Hatte der Täter nicht bereits am Freitag innerhalb weniger Stunden seine ersten beiden Morde begangen? Er beschloss, sich alle Spiele der vergangenen Saison, in denen Schalke nicht gewonnen hatte und deren Referees noch am Leben waren, anzuschauen.

Mittlerweile hatten sogar die ausgewiesenen Skeptiker Schwann und Estermann einräumen müssen, dass man Schalke um sage und schreibe zwölf Punkte betrogen hatte, aber vielleicht war das immer noch nicht alles.

»Eigentlich würde ich mir lieber ein paar schöne Siege ansehen«, dachte Matowski, als er die Zusammenfassung der Begegnung vom vierten Spieltag betrachtete. Beim 1:1 bei 1860 München waren die Königsblauen erstmals nicht als Sieger vom Platz gegangen.

VI.

Trotz des Kaiserwetters auf Mallorca war Krügers Laune eher mittelmäßig. Was musste sich sein »Kunde« auch ausgerechnet in diesem gottverlassenen Nest im Norden der Insel einquartieren, weit weg von Ballermann & Co. Um sich möglichst schnell den angenehmeren Aspekten der Insel widmen zu können, hatte er beschlossen, die Angelegenheit zügig hinter sich zu bringen. Also hatte er sich nur schnell umgezogen und mit einer Zeitung bewaffnet in die Hotellobby gesetzt, an einen Platz, an dem ihm kein Feriengast entging, der vom Strand oder Swimmingpool kam und sich seinen Zimmerschlüssel an der Rezeption holte. Es war kurz nach 17 Uhr 30, und die meisten Urlauber würden sich wohl demnächst auf ihr Zimmer begeben, um sich fürs Abendessen fertig zu machen.

Bevor Krüger ihn sah, erkannte er ihn an seiner sonoren, tiefen Stimme.

»Also Schatz, ich geh jetzt noch eine Stunde schwimmen. Wir sehen uns dann um dreiviertel sieben im Zimmer.«

»Gut, aber pass auf dich auf, Martin. Du weißt, was heute in der Zeitung stand.«

»Schatz, wir sind hier weit weg von Deutschland. Und bei unserer Rückkehr wird man gut auf uns aufpassen, dafür habe ich gesorgt.«

Martin Murks, der Zahnarzt und Bundesliga-Schiedsrichter aus Kaiserslautern, wäre sicherlich weniger unbesorgt gewesen, wenn er den großen, muskulösen Mann bemerkt hätte, der ihm unauffällig zum Strand folgte. Krüger machte es sich in einem Liegestuhl gemütlich und beobachtete, wie Murks, nachdem er seine Kleider an einem Sonnenschirm deponiert hatte, aufs Meer hinaus schwamm. Durch diese hohle Gasse würde er in ungefähr einer Stunde zurückkommen, und dann wären höchstwahrscheinlich nicht mehr viele Leute am Strand, geschweige denn im Wasser. Krüger ging in sein Hotelzimmer, um sich seine Badesachen zu holen.

»Dieser verdammte Zahnklempner!« Matowskis Fluch verhallte ungehört im Bonner Polizeipräsidium. Beim 0:0 im Revierderby gegen den Erzrivalen aus der Nachbarstadt Dortmund hatte ihn folgende Szene aus der Contenance gebracht. Der Schalker Ebbe Sand und der Borusse Dede hatten beide versucht, einen hohen Ball zu erreichen. Während Sand mit dem Kopf zum Ball ging, versuchte der Brasilianer Dede einen Fallrückzieher. Damit traf er jedoch nicht das runde Leder, sondern nur den dänischen Torjäger im Gesicht, so dass dieser wegen einer klaffenden Risswunde genäht werden musste.

Da sich die Szene im Sechzehnmeterraum – wenn auch nicht in unmittelbarer Tornähe – abgespielt hatte, hätte dieses grobe Foulspiel einen Strafstoß für den FC Schalke 04 nach sich ziehen müssen. Der Kaiserslauterer Zahnarzt Martin Murks, der bei seinen Patienten hoffentlich etwas mehr Kompetenz walten ließ, hatte das Spiel unter Ignorierung des Regelwerks jedoch einfach weiterlaufen lassen.

»Ich werde hier noch wahnsinnig«, dachte Matowski, »das waren die Punkte 13 und 14, die man uns gestohlen hat. Vorausgesetzt, Jörg Böhme hätte den Elfer wie immer versenkt.« Mit den entsprechenden Fakten komplettierte er das Flipchart. Dies war am 23. Spieltag passiert, und jetzt hatte er wirklich alle Videozusammenschnitte von denjenigen Spielen gesehen, welche die Schalker nicht siegreich hatten gestalten können.

An der Pinnwand neben dem Flipchart befestigte er eine Deutschlandkarte und schnitt kleine Papierzettel zurecht. »Zwei Morde am Freitag, erst gegen Mittag bei uns und dann am Abend in Kyllburg bei Trier«, sinnierte er, während er die Zettel beschriftete und an den entsprechenden Ort der Deutschlandkarte heftete. »Der nächste am Samstagabend in München, und heute der Anschlag auf Daehmling bei Hannover. Der Täter ist verdammt mobil, gut organisiert, und er hat praktisch keine verwertbaren Spuren hinterlassen. So perfekt kann doch eigentlich keiner sein.«

Plötzlich hielt Matowski inne. Was, wenn es nicht ein, sondern mehrere Täter waren? Eine ganze Verschwörerbande? Dann wäre Martin Murks auch in seinem Urlaubsort nicht sicher. Matowski ging zu seinem

Schreibtisch und suchte die Nummer des Kaiserslauterer Kollegen, der ihm gestern mitgeteilt hatte, dass Murks gerade im Urlaub auf Mallorca war. Eingedenk der mannigfachen Aktenordner, Papiere und Notizzettel, welche sich an Matowskis Arbeitsplatz stapelten, grenzte es an ein Wunder, dass er die Telefonnummer bereits nach kurzer Suche fand.

»Polizeimeister Köster«, meldete sich der Beamte aus der pfälzischen Metropole.

»Guten Tag, Hauptkommissar Matowski, Kripo Bonn. Ich ermittle im Fall der ermordeten Schiedsrichter. Wie mir Ihr Kollege Bartsch mitgeteilt hat, weilt der Unparteiische Martin Murks aus Kaiserslautern gerade im Urlaub auf Mallorca.«

»Ganz recht«, antwortete Köster. »Und da dürfte er ja in Sicherheit sein.«

»Können Sie mir trotzdem sagen, in welchem Hotel er dort abgestiegen ist?«

»Moment, da muss ich nachsehen.« Die Kollegen in der Pfalz schienen zumindest ihre allernotwendigsten Hausaufgaben gemacht zu haben.

Zwei Minuten später erhielt Matowski die gewünschte Auskunft.

»Hotel ›Tropical‹ in Can Picafort. Wo immer das sein mag.«

»Haben Sie auch eine Telefonnummer?«

»Leider nein.«

Matowski bedankte sich und legte auf.

Nach einigen Mausklicks im Internet war er fündig geworden. Can Picafort lag im Norden der Insel, fast genau entgegengesetzt von der Hauptstadt Palma und dem berühmt-berüchtigten Badeort El Arenal. Das »Tropical« wurde als ruhiges, aber doch komfortables Familienhotel angepriesen. »Ich hoffe, die Burschen können deutsch«, dachte er, als er die angegebene Telefonnummer wählte. Matowskis Befürchtungen hinsichtlich möglicher Sprachprobleme erwiesen sich als unbegründet.

»Buenos dias, Hotel ›Tropical‹, Can Picafort.«

»Äh, buenos dias, sprechen Sie deutsch?«

»Aber natürlich, Señor, was kann ich für Sie tun?«

»Mein Name ist Matowski von der Kriminalpolizei Bonn. Wohnt bei Ihnen ein Herr Martin Murks aus Kaiserslautern in Deutschland?«

»Darüber dürfen wir am Telefon leider keine Auskunft geben.« Matowski musste tief durchatmen und startete einen zweiten Anlauf. »Falls der Herr Murks bei Ihnen wohnt, kann ich ihm dann eine Nachricht hinterlassen?«

»Selbstverständlich. Was darf ich notieren?«

»Er soll mich bitte umgehend unter folgender Nummer anrufen.«

Matowski nannte ihm seine Handynummer. »Sagen Sie ihm, es ist wichtig. Günter Matowski von der Kriminalpolizei Bonn.«

»Es wird mir ein Vergnügen sein, Señor.«

Das Wort »Idiot« kam Matowski erst über die Lippen, als er bereits aufgelegt hatte. Hoffentlich waren die Kollegen in der Inselhauptstadt Palma aus etwas brauchbarerem Holz geschnitzt. Deren Telefonnummer herauszufinden erwies sich dank Internet als ebenfalls recht einfach.

Als Hobby-Triathlet genoss Martin Murks ganz besonders das einsame Meer an der mallorquinischen Nordküste. Das war etwas völlig anderes als die öden Bahnen im heimischen Hallenbad. Außerdem war körperliche Anstrengung genau das Richtige, um sich von den schlimmen Nachrichten aus der Heimat abzulenken. Er hatte schon geahnt, dass er nicht der einzige Referee war, der sich punktuelles Eingreifen in Meisterschafts- und Abstiegskampf gut honorieren ließ. Waren Beinhorn und Windel auch in dieser Hinsicht seine Kollegen gewesen? Hatte man sie deshalb ermordet? Oder war vielleicht doch alles nur ein dummer Zufall?

Ein genauso dummer Zufall wie die 90. Spielminute damals am letzten Spieltag in Hamburg. Wie aus dem Nichts heraus hatte Barbarez die Heimmannschaft gegen den FC Hansa München mit 1:0 in Führung gebracht, und er war viel zu überrascht gewesen, um den Treffer wegen irgendeines fadenscheinigen Vorwandes abzuerkennen. Eigentlich hätte er danach abpfeifen müssen. Dann jedoch wäre Schalke Meister gewesen, und einige sehr mächtige Herren wären sehr böse geworden. Also hatte er ein paar Minuten nachspielen lassen, und ein glücklicher Zufall hatte ihm die Möglichkeit eröffnet, den Münchnern einen indirekten Freistoß aus kürzester Tordistanz zu schenken. Der Ball landete im Netz, die Hanseaten waren doch noch Meister, und vielleicht war es gerade dieser psychologische Vorteil, der den Münchnern dabei half, vier Tage später das Champions-League-Finale zu gewinnen. Nicht zuletzt aus patriotischer Sicht hatte er sich somit absolut nichts vorzuwerfen.

Und falls man ihm in Deutschland keinen Schutz garantieren könnte, würde er einfach erst einmal hier bleiben. Er war zwar für den am kommenden Wochenende angesetzten Saisonauftakt als Leiter der Partie

VFB Stuttgart gegen den 1. FC Köln eingeteilt, aber das war ihm herzlich egal.

Als er vom Meer aus sein Hotel wiedersah, blickte Murks auf die Uhr. Es war gleich dreiviertel sieben, er war also gut eine Stunde geschwommen. Mit ein paar kräftigen Stößen näherte er sich dem Strand, der ob der touristischen Abendessenszeit wie ausgestorben wirkte. Nachdem er wieder Grund unter den Füßen hatte, hielt er kurz inne und sah hinaus aufs Meer. Seine Atemfrequenz begann sich wieder zu verlangsamen, jetzt wäre es an der Zeit für ein paar abschließende Dehnungsübungen.

Genau in diesem Moment tauchte Krüger hinter Murks auf und nahm ihn in den Schwitzkasten. Der Zahnarzt wusste kaum, wie ihm geschah, als ihn Krüger, der fast einen Kopf größer war, unter Wasser drückte. Murks zappelte wie wild, er versuchte verzweifelt, sich mit den Füßen vom Grund abzustoßen, und gleichzeitig mit beiden Händen Krügers muskulösem Arm zu entkommen.

Krüger hätte ihm auch mit einem kurzen, kräftigen Ruck das Genick brechen können. Er hatte jedoch kürzlich im Fernsehen gesehen, wie Krokodile ihre Beutetiere töteten, indem sie die Zähne ihrer schraubstockartigen Kiefer fest in ihre Opfer bohrten und sie einfach lange genug unter Wasser hielten. Jetzt war er das Krokodil und Murks seine zappelnde Beute. Ein durchschnittlicher Mensch hielt gut eine Minute unter Wasser aus; Krüger war gespannt, wie lange der Zahnarzt noch gegen sein unvermeidliches Schicksal ankämpfen würde. Als gut durchtrainiertem Sportler würde es bei ihm vermutlich ein wenig länger dauern.

Da er seinen Kopf nicht aus der Umklammerung befreien konnte, begann Murks, dessen Schädel mittlerweile fast zu platzen drohte, mit beiden Händen wild um sich zu schlagen. Krüger stand jedoch eisern da und gab keinen Millimeter nach. Langsam wurden Murks' verzweifelte Befreiungsversuche schwächer, bis er schließlich aufgab und sich erst sein Mund und dann seine Lungen mit Salzwasser füllten.

Krüger grinste breit und sah sich um. Niemand hatte davon Notiz genommen, dass er gerade einen Mann ertränkt hatte. Das entscheidende Geschehen hatte sich freilich unter Wasser abgespielt, und zufällig vorbei kommende Passanten hätten lediglich Krügers Kopf und einige Wasserspritzer gesehen. Zur allerletzten Sicherheit hielt er Murks' leblosen Körper noch mehrere Minuten unter Wasser. Er spielte mit dem Gedanken, auch noch dessen Genick zu brechen, aber dann würde auch der dümmste Polizist vermuten, dass dies wohl kein Badeunfall war.

Mit einem Rettungsschwimmergriff – was ob des gerade ausgeführten Mordes einer gewissen Ironie nicht entbehrte – packte Krüger die Leiche und schwamm gut zwanzig Meter aufs offene Meer hinaus. Dort überließ er den Körper den Meeresströmungen, kraulte zurück zum Strand und begab sich in Richtung Hotel. Das Essen im Flugzeug war recht wenig gewesen, und sein erfolgreich ausgeführter Job hatte ihm Appetit gemacht.

Matowski verbuchte sein Telefonat mit den Kollegen in Palma de Mallorca nur als Teilerfolg. Man hatte ihm zwar zugesichert, dem zuständigen Beamten in Can Picafort Bescheid zu geben, aber er hatte nicht das Gefühl gehabt, dass man seine Sorge um den Kaiserslauterer Zahnarzt uneingeschränkt geteilt hätte. Der Anruf, den er wenige Minuten später erhielt, war jedoch wesentlich desaströser.

»Herr Matowski? Hier Heimberger vom Bundeskriminalamt. Wir werden im Fall der ermordeten Schiedsrichter die Federführung übernehmen. Bitte stellen Sie – sofern nicht schon geschehen – Ihren aktuellen Ermittlungsstand für uns bis morgen früh um 8 Uhr zusammen. Da in Ihrem Zuständigkeitsbereich die erste Tat geschah, werden wir bei Ihnen anfangen. Ach ja, ich gehe davon aus, dass Sie uns angemessene Räumlichkeiten zur Verfügung stellen.«

Matowski blieb nicht viel anderes übrig, als »Ja« zu sagen. Das war also der Dank. Zu Beginn der Ermittlungen noch von vielen Kollegen als Schalke-befangen belächelt, hatte er von Anfang an die richtige Intuition gehabt. Er hatte seine beiden Hansa-Fans nicht nur von seiner Theorie überzeugt, sie hatten auch einräumen müssen, dass den Schalkern durch unglaublich viele und ebenso krasse falsche Pfiffe die Meisterschaft gestohlen worden war. Sie hatten sich erfolgreich in den Täter hineinversetzt. Sie hatten seine nächste Tat vorausgesehen, und wenn sie nur wenige Minuten früher bei den Kollegen im Norden angerufen hätten, wäre Udo Daehmling wohl nicht niedergeschossen worden, und eventuell wäre man des Killers bereits habhaft geworden. Hätte, wenn und wäre. Und jetzt sollte er den Knecht für irgendwelche Hanswursten vom Bundeskriminalamt spielen. Ihnen alles doppelt und dreifach erklären, während der Täter seinen nächsten Coup plante. Und das alles morgen früh zu nachtschlafender Zeit. Herrliche Aussichten.

Plötzlich fiel ihm ein, dass Udo Daehmling ja vielleicht noch am Leben war. Er suchte die Nummer von Kommissar Schmid; dieser nahm den

Anruf nach dem dritten Klingeln entgegen. »Kommissar Schmid?«

»Hier Matowski aus Bonn. Wie ist bei Ihnen der Stand der Dinge? Wie geht es Daehmling? Hat die Fahndung schon eine heiße Spur gebracht?«

»Sobald es etwas Handfestes gibt, hätte ich mich bei Ihnen gemeldet. Schließlich haben Sie uns ja auf die richtige Spur gebracht, und beinahe hätten wir den Burschen auch erwischt.«

Matowski spürte, wie ihm dieses Lob gut tat, vor allem nach dem letzten Telefonat.

»Daehmling hat nach einer ersten Diagnose einen Lungensteckschuss erlitten, das Herz könnte auch etwas abbekommen haben«, fuhr Schmid fort. »Er liegt im Koma, und wir können von Glück reden, wenn er durchkommt. Die Großfahndung hat leider noch keinen Durchbruch gebracht, wir werden aber auf jeden Fall unsere Sperren bis morgen früh aufrecht erhalten. Vielleicht haben wir ja Glück, und er ist noch in der Nähe. Ich halte Sie auf dem Laufenden.«

Matowski bedankte sich und legte auf.

Nachdem er seinen Wagen in das Waldgebiet südlich von Magdeburg gelenkt und dort abgestellt hatte, war er lange reglos hinter dem Steuer sitzen geblieben. Erst jetzt wurde ihm so richtig klar, welch großes Glück er heute Nachmittag gehabt hatte. Er war gezwungen gewesen zu improvisieren und hatte dabei das wichtigste vernachlässigt, nämlich den sicheren Fluchtweg. Ein paar Sekunden später, und er wäre in die Polizeisperre geraten. Das Gewehr war zwar im Wagen gut versteckt gewesen, doch in der Dublette eines Wagens mit Hannoveraner Kennzeichen hätte er mit seinem weit entfernten Wohnsitz sicherlich Verdacht erregt.

Nach ungefähr einer halben Stunde hatte er sich wieder soweit gefangen, dass er seine weitere Vorgehensweise beschloss. Das Gewehr zu behalten, wäre zu riskant, das würde er als erstes entsorgen. Danach würde er den nächsten auf der Liste aufsuchen, und diesmal würde er sich wirklich etwas einfallen lassen müssen. Schließlich – um mit der Fußballersprache zu reden – hatte die zweite Halbzeit gerade erst begonnen. Und eine Verlängerung seiner Vergeltungsmaßnahmen war keineswegs ausgeschlossen.

Als Krüger an der Rezeption seinen Zimmerschlüssel holte und dabei die Frau wiedererkannte, welche in der Hotellobby mit sorgenvoller Miene auf jemanden zu warten schien, wurde sein breites Grinsen noch eine

Spur sadistischer. Es war bereits nach 19 Uhr, und die meisten Hotelgäste hatten sich schon aufs Büfett gestürzt.

Krüger betrat den Lift und drückte den Knopf für den vierten Stock. Die Innenwände der Fahrstuhlkabine waren mit Spiegeln verkleidet. Als Krüger darin sein Gesicht sah, verging ihm jedoch sein Grinsen. Auf der rechten Wange hatte ihm Murks im Todeskampf einen Kratzer zugefügt. Nicht besonders tief, aber leider auch nicht zu übersehen. Aufgrund seines hohen Adrenalinspiegels während der Tat hatte er nichts davon gespürt.

Mit einem »Bing« deutete der Fahrstuhl an, dass seine Bestimmung, der vierte Stock, erreicht war. Krüger ging zu seinem Zimmer und überlegte. Auch wenn es vielleicht etwas dauerte, bis man die Leiche fand, stand zu befürchten, dass man unter Murks' Fingernägeln Spuren seiner Haut fand. Somit konnte er kaum riskieren, die ganze Woche zu bleiben. Vor diesem Hintergrund wäre es wohl gescheiter gewesen, sich erst mal ein paar schöne Tage zu machen und erst dann seinen Auftrag auszuführen.

Leider konnte er mit seinem Auftraggeber keine Rücksprache halten, da direkter Kontakt natürlich streng verboten war. Also beschloss er, nachdem er fertig geduscht und seinen Kratzer gekonnt unsichtbar geschminkt hatte, auf Nummer Sicher zu gehen und rief beim Flughafen an. Der nächste freie Flug nach München ging erst in drei Tagen, am Mittwoch. Dagegen gab es bereits für morgen Abend eine Verbindung nach Stuttgart, und es waren noch genau zwei Plätze frei. Von dort waren es gerade einmal 200 Kilometer zurück in die Heimat.

Nachdem er zur Reservierung des Rückfluges seine Michael-Burger-Kreditkartennummer angegeben hatte, beschloss er, es zumindest heute Nacht ordentlich krachen zu lassen. Schließlich musste es selbst in diesem traurigen Fischernest ein Taxi geben, welches ihn gegen ein entsprechendes Honorar zu den Freuden von Ballermann und Co. bringen würde.

Gabriele Murks war in der Zwischenzeit das Warten leid. Da man ihre Besorgnis an der Rezeption nicht besonders ernst genommen hatte, machte sie sich nun auf den Weg hinunter zum Meer. Martin hatte ihr davon berichtet, dass er meist entlang der Bucht nach Nordosten schwamm, also beschloss sie, den Strand entlang in diese Richtung zu gehen.

Im Schein der Abendsonne hatte Gabriele Murks einen guten Blick hinaus aufs Meer, doch dort war außer einer einsamen Boje nichts zu sehen. Sie hoffte, ihr Martin würde ihr vielleicht entgegen gejoggt kommen. Vielleicht hatte er sich auch wehgetan und würde ihr entgegen humpeln, einerlei. Gabriele Murks hatte Mühe, die aufkommende Verzweiflung zu unterdrücken.

Nachdem ihr seit zehn Minuten keine Menschenseele mehr begegnet war, sah sie plötzlich eine Gruppe von Leuten vor sich, die aufgeregt zu diskutieren schienen. Als sie näher kam, bemerkte sie, dass es sich um Einheimische handelte. Einige Fischer waren offenbar dabei gewesen, ihre Netze für den Fischzug des nächsten Tages herzurichten, als etwas Unvorhergesehenes passierte. Die Fischer standen im Halbkreis am Meeresufer und diskutierten auf Spanisch, so dass sie nicht verstand, um was es ging.

Als einer von ihnen Gabriele Murks sah, ging er auf sie zu. »No, Señora, please not come here.«

Gabriele Murks durchzuckte es wie ein Blitz. Sie schob den Mann zur Seite und drängte sich an den anderen Fischern vorbei bis zu der Ursache ihrer aufgeregten Diskussionen. Als sie ihren toten Ehemann erkannte, stieß sie einen langen schrillen Schrei aus, fiel vornüber auf Martin Murks und war nur mehr zu einem leisen Schluchzen fähig.

Diesmal war es wieder der feiste Mann mit dem metzgerähnlichen Aussehen, der die Initiative ergriff und die Geheimnummer der Villa auf dem Stuttgarter Killesberg wählte. Mit den Worten »Haben Sie schon gehört, jetzt wurde auch noch Udo Daehmling niedergeschossen«, begann er das Gespräch ohne Umschweife.

»Ich weiß«, antwortete der verlebt wirkende ältere Herr, und es schien ganz so, als habe er seine aktuellen Sorgen mit dem ein oder anderen Bestandteil seines Getränkekellers zu bekämpfen versucht. Seine Gedanken waren jedoch klar. »Da Daehmling genauso wenig auf unserer Liste stand wie Kassler, können wir wohl davon ausgehen, dass unser geheimnisvoller Täter über kein Insiderwissen verfügt. Das empfinde ich wiederum als beruhigend. Beinhorn und Windel werden auch nichts mehr ausplaudern können.«

»Um unseren urlaubenden, nervenschwachen Zahnarzt kümmert sich ein absoluter Profi, um den müssen wir uns auch keine Sorgen mehr machen.«

»Bleibt Albert Tal, unser langjährigster Vertrauter. Der hat seine letzte Schiedsrichtersaison vor sich und möchte sich danach mit einem schönen Batzen Geld zur Ruhe setzen. Der Mann wusste immer, was er tat. Ich glaube nicht, dass er redet. Außerdem steht er unter besonderem Polizeischutz.«

»Aber er ist ein Risiko«, warf der andere ein, »und außerdem ist er uns als Schiedsrichterrentner sowieso zu nichts mehr nütze.«

»Sie meinen ...«

»Ganz recht. Denken Sie daran, was wir beide zu verlieren haben.«

Nachdem die Fischer es geschafft hatten, Gabriele Murks soweit zu beruhigen, dass sie ihnen ihren Namen und ihr Hotel nennen konnte, brachten sie drei der freundlichen Einheimischen zu ihrer Unterkunft. Auch das Personal an der Rezeption war sehr zuvorkommend. Man brachte Gabriele Murks auf ihr Zimmer, gab ihr eine Beruhigungstablette, und eines der Zimmermädchen blieb neben ihrem Bett sitzen.

Es war mittlerweile 21 Uhr, und der Mann an der Rezeption wartete auf seine Ablösung. Plötzlich erinnerte er sich an den Anruf des Comisarios aus Alemania, der Martin Murks sprechen wollte.

»Mierda!«, fuhr es ihm durch den Kopf. Er holte eilig den Umschlag mit der Nachricht, welche ihren Adressaten nie erreichen würde, und wählte die darin angegebene Handynummer.

Matowski saß zuhause auf dem Sofa und sah sich den Tatort-Krimi an. Allerdings blieb nicht viel von dem, womit sich seine Fernsehkollegen befassen mussten, bei ihm hängen. Zu sehr beschäftigten ihn die dramatischen letzten Tage, an deren Ende er trotz seiner richtigen Intuition praktisch mit leeren Händen dastand. Und zu allem Überfluss kam morgen dieser Wichtigheimer vom BKA und wollte ihm vorschreiben, was er zu tun und zu lassen hatte. In diesem Moment klingelte sein Diensthandy.

»Buenas tardes, Señor Matowski. Hier ist das Hotel ›Tropical‹ in Can Picafort auf Mallorca.«

»Guten Abend«, antwortete er noch ganz in Gedanken.

»Sie haben mir doch eine Nachricht gegeben für einen Herrn Martin Murks, für den Fall, dass er ein Gast unseres Hauses ist.«

Matowski erinnerte sich nun wieder an den Mann, dessen Intellekt er keine Bestnoten gegeben hatte. »Ja, richtig. Kann ich ihn jetzt sprechen?«

»Das ist leider nicht mehr möglich. Er wurde tot am Strand gefunden, vermutlich ertrunken.«

Matowski zuckte zusammen, obwohl er eigentlich der Meinung war, dass ihn nach den jüngsten Geschehnissen nichts mehr erschrecken könnte. »Ist kein Irrtum möglich? Kann ich mit seiner Frau sprechen?«

»Die Señora hat ein Beruhigungsmittel bekommen und schläft.«

»Ist die örtliche Polizei schon da?«

»Nicht hier im Hotel.«

»Bitte sagen Sie dem ermittelnden Beamten, er soll mich unbedingt anrufen!«

Den Rest des Tatort-Krimis nahm Matowski nicht mehr wahr.

»Wenn das stimmt, dann haben wir es mit einer ganzen Bande von Mördern zu tun«, sinnierte er. »Am Freitag erst Beinhorn und dann Windel, die wohnten nicht weit voneinander entfernt. Gestern Kassler in München und heute Daehmling in Hannover. Für einen intelligenten und bestens organisierten Einzeltäter wäre das vielleicht zu schaffen gewesen. Aber nicht wenige Stunden später Murks auf Mallorca.«

In Matowski begann ein Entschluss zu reifen. Was, wenn er morgen früh mit dem ersten Flug nach Mallorca flöge. Dann dürften sich Schwann und Estermann mit den BKAlern herumärgern. Eigenständige Ermittlungen würde er wohl ohnehin nicht mehr durchführen können. Es sei denn …

Er wählte die Telefonnummer der Flugauskunft und erfuhr, dass morgen früh um 6 Uhr ein Iberia-Flug von Düsseldorf nach Palma de Mallorca ging. Es gab noch drei freie Plätze, und man versprach, ihm bis 23 Uhr einen davon zu reservieren. Den Rückflug ließ Matowski zunächst offen; er hatte jedoch nicht vor, länger als maximal zwei Tage auf der Insel zu bleiben.

Das nächste Gespräch zu führen kostete schon etwas mehr Überwindung. Matowski musste seinen Vorgesetzten, Kriminaldirektor Dr. Rost, davon überzeugen, dass die Dienstreise nach Mallorca unbedingt nötig war. Da Dr. Rost jedoch auf seinen Hauptkommissar erheblich größere Stücke hielt als auf einen ihm unbekannten BKA-Mann und Matowski darüber hinaus in der ganzen Geschichte von Anfang an offenbar auf dem richtigen Dampfer gewesen war, gab der Kriminaldirektor grünes Licht.

Als Matowski schließlich um kurz vor 22 Uhr den Anruf eines spanischen Kollegen erhielt, dass es sich bei dem Ertrunkenen in der Tat um Martin Murks handelte, war sein Koffer bereits gepackt. Jetzt musste er nur noch Schwann und Estermann instruieren.

Im Hause Schwann hatte man es sich gemeinsam vor dem Fernseher gemütlich gemacht, als das Telefon klingelte.

»Mahr«, meldete sich Schwanns Lebensgefährtin.

»Entschuldigen Sie bitte die Störung am Sonntagabend«, begann Matowski. »Hier Hauptkommissar Matowski, ich muss dringend Stefan sprechen. Es ist wirklich sehr wichtig.«

Während der nächsten Minute musste sich Schwann einige äußerst unschöne Dinge anhören, und es war vielleicht besser, dass Matowski nicht deren genauen Wortlaut verstand. »Verdammte Kiste, was ist denn passiert?«, meldete sich Schwann.

»Der nächste Schiri ist tot und ab morgen nimmt uns das BKA den Fall weg«, antwortete Matowski lakonisch.

»Wer ist tot und was will das BKA?« Schwann versuchte zu begreifen, und der Zwischenruf »Du bist gleich tot, wenn du nur noch deine Arbeit im Sinn hast!« von Stefanie Mahr trug nicht zu einem besseren Verständnis bei.

»Vor zwei Stunden wurde die Leiche von Martin Murks am Strand von Mallorca angespült«, begann Matowski. »Falls es Mord war – und daran zweifle ich nicht – haben wir es mit mindestens zwei Tätern zu tun. Übrigens hat Murks nicht nur das Saisonfinale verpfiffen, sondern den Schalkern beim 0:0 gegen Dortmund einen klaren Elfmeter nicht gegeben, womit wir jetzt summa summarum bei vierzehn gestohlenen Punkten wären. Das stand auch nicht im *kicker*, war aber sehr wohl auf Video eindeutig zu erkennen. Ich beginne, an der Kompetenz der *kicker*-Redakteure zu zweifeln.«

»Und was ist mit dem BKA?«, wollte Schwann wissen.

»Ein Herr Heimberger hat angerufen, dass er die Ermittlungen übernimmt« entgegnete Matowski. »Weil der erste Mord bei uns passiert ist, wollen sie sich erstmal hier einquartieren. Morgen früh um acht kommen sie her und wollen über den Stand der Ermittlungen aufgeklärt werden.«

»Hättest du das nicht selber übernehmen und uns morgen früh Bescheid geben können?«

»Morgen früh um acht«, erwiderte Matowski, »sitze ich im Flugzeug nach Mallorca. Ich will mir dort erstmal ein genaues Bild verschaffen. Schließlich haben wir es jetzt mit mehreren Tätern zu tun.«

»Und wir dürfen uns mit den BKAlern rumärgern«, maulte Schwann.

»Macht einfach das, was ihr ohnehin vorhattet«, schlug Matowski vor. »Besucht Beinhorns Arbeitgeber, lasst die Alibis unserer Verdächtigen von den Kollegen vor Ort überprüfen und vergesst die Autowerkstätten nicht. Der Wagen, mit dem Beinhorn getötet wurde, ist noch immer nicht aufgetaucht. Und haltet Kontakt zu den Kollegen, die in den anderen Morden ermitteln. Vor allem zu Freiwart aus Trier, denn der beschützt gleichzeitig Albert Tal. Nach Lage der Dinge ist das der letzte noch lebende sogenannte Unparteiische, der den FC Schalke um die Meisterschaft betrogen hat.«

Schwann wusste, dass Matowski recht hatte. Er und Estermann würden die Stellung halten und versuchen, sich gegenüber den Kollegen vom BKA gut zu verkaufen.

»Na, willst du gleich wieder ins Präsidium?«, giftete Stefanie Mahr. »Wie wär's, wenn du dort auch gleich dein Bett aufstellst?«

Irgendwie hatte Schwann das Gefühl, dass ihm die Erfüllung seiner sexuellen Bedürfnisse heute Nacht versagt bliebe.

Krüger hingegen war sich sicher, heute Nacht »ordentlich Dampf ablassen« zu können. Dem Taxifahrer, der ihn quer über die ganze Insel chauffiert hatte, hatte er ein üppiges Trinkgeld zukommen lassen, was diesen dazu bewogen hatte, unbedingt auf seinen großzügigen Fahrgast warten zu wollen.

»Von mir aus«, hatte Krüger schließlich gegrummelt. Seine Prioritäten galten heute Nacht schließlich anderen Dingen. Seinen Kratzer im Gesicht hatte er durch geschicktes Schminken praktisch unsichtbar gemacht.

Er schlenderte die Strandpromenade von El Arenal entlang und staunte, dass seine Klischeevorstellungen noch übertroffen wurden. Die zahlreichen biergartenähnlichen Lokale waren fest in deutscher Hand, und hätten die handgeschriebenen Speise- und vor allem Getränketafeln nicht ein paar Rechtschreibfehler mehr aufgewiesen als in der Heimat, Krüger wäre sich wie zuhause vorgekommen.

Auf der Strandseite standen in Abständen von vielleicht 500 Metern durchnummerierte Blechhütten mit der Aufschrift »Balneario«, die berühmt-berüchtigten Ballermänner. Vor allem vom »Ballermann 6« hatte er schon viel gehört, was inhaltlich durchaus mit seinen Plänen für die heutige Nacht korrespondierte. Allerdings war es jetzt, um 23 Uhr 15, dafür noch ein wenig zu früh.

Eine Diskothek warb mit dem Liveauftritt eines Schlagersängers, der in den Siebzigern einige Hits gehabt hatte, in den vergangenen zwanzig Jahren jedoch weitgehend unter Ausschluss der Öffentlichkeit seinem musikalischen Gewerbe nachgegangen war.

Als er an einem auf Bayerisch getrimmten Freiluftlokal vorbeikam, beschloss er, sich erst mal ein paar Bierchen zu genehmigen.

VII.

Montag, 23. Juli 2001

Obwohl er den Schlaf dringend nötig gehabt hätte, wälzte sich Matowski unruhig in seinem Bett. Auch der Blick auf die Leuchtziffern seines Weckers, welche »00:03« verkündeten, war hierbei wenig zielführend, nicht zuletzt freilich auch deshalb, weil er um 3 Uhr gnadenlos klingeln würde.

Würde die Mordserie heute weiter gehen? Wie würden sich Schwann und Estermann gegenüber den Unsympathen vom BKA verkaufen? Würde er selbst, trotz der Rückendeckung durch Dr. Rost, wegen seiner kurzfristigen Mallorcareise Ärger bekommen? Und vor allem, würde er jemals herausfinden, wer hinter den ganzen Morden steckte? Nach Lage der Dinge eine internationale Verschwörergruppe, auch wenn der Gedanke noch so absurd war. Auf jeden Fall hoffte er, am Ende des gerade begonnenen Tages etwas gescheiter zu sein.

Inzwischen war es halb vier Uhr vorbei, und nach etwas zähem Beginn schien Krüger seinem Ziel nun doch nahe zu sein.

Im Biergarten war er bei zwei Urlauberinnen leider abgeblitzt, und beim berühmt-berüchtigten »Ballermann 6« standen eindeutig alkoholische Exzesse höher im Kurs als die Befriedigung des Geschlechtstriebs. Einen richtigen Rausch konnte er sich freilich nicht erlauben; er war Profi genug, um zu wissen, bis zu welchem Alkoholpegel er gehen konnte ohne einerseits Fehler zu begehen und andererseits seine volle Leistungsfähigkeit am folgenden Tag zu gefährden.

Dann jedoch hatte er sich nach anfänglichem Zögern in die Diskothek begeben, wo der alternde Schlagersänger seinen Auftritt hatte. Als die musikalische Livedarbietung nach einer dreiviertel Stunde beendet war, war er bereits mit zwei Blondinen aus Nordrhein-Westfalen bestens ins Gespräch gekommen.

Er hatte sich als wohlhabender Geschäftsmann auf Dienstreise ausgegeben, was im weitesten Sinne sogar der Wahrheit entsprach. Die beiden jungen Damen waren schätzungsweise Mitte zwanzig und schienen sowohl den Cocktails als auch der Sonne in intensiver Weise zugesprochen zu haben, was sich nicht zuletzt in einer kräftigen roten Gesichtsfarbe widerspiegelte. Insbesondere ihre beiden Nasen schienen in der schummrigen Diskobeleuchtung förmlich zu glühen.

Krüger hatte sich mittlerweile für eine von beiden, eine angehende Lehrerin, entschieden, und es schien ihr keineswegs unangenehm, dass er seinen Arm um ihre Schultern gelegt und sich sukzessive an sie geschmiegt hatte. Nun schien ihm der Zeitpunkt günstig, zum Großangriff überzugehen.

In diesem Moment verstummte jedoch plötzlich die Musik, und irgendjemand hatte sämtliche Lichtschalter umgelegt, so dass die Diskothek in voller Festbeleuchtung erstrahlte. Mancher Gast fand eingedenk des nun offensichtlichen Zustandes der Räumlichkeiten im Allgemeinen und des Fußbodens im Besonderen eine plausible Erklärung, warum man stellenweise das Gefühl hatte, mit seinen Schuhen am Boden festzukleben.

Eine kräftige Männerstimme brüllte etwas auf Spanisch von »Policia«, den Rest konnte Krüger nicht verstehen. Mit einem Mal war er wieder stocknüchtern, und fieberhaft schossen ihm die Gedanken durch den Kopf. Es war doch völlig unmöglich, dass man ihn hier und heute wegen des Mordes an Murks festnehmen würde. Sofern man überhaupt bereits die Leiche gefunden haben sollte, wie, verdammt noch mal, hätte man so schnell auf ihn kommen sollen? Und wissen, wo er sich gerade aufhielt?

In diesem Moment wiederholte der Polizeioffizier seine Worte in bemerkenswert gutem Deutsch. »Wir bitten vielmals um Entschuldigung, aber wir müssen leider jeden einzelnen männlichen Gast kurz befragen. Die Damen gehen bitte geordnet zum Ausgang. Meine Männer werden zu jedem Caballero kommen, bitte bleiben Sie auf Ihrem Platz. Muchas gracias.«

Die ungefähr 200 Gäste reagierten erstaunlich gelassen auf die jähe Unterbrechung ihres nächtlichen Vergnügens. Es hob zwar ein allgemeines Murren an, doch die Leute folgten willig den Anweisungen der Beamten.

»Ich glaub's ja gar nicht!«, meinte die Lehrerin zu Krüger, verzog dabei ihr Gesicht und kramte einen Kugelschreiber aus ihrem Täschchen hervor. »Sag mir doch einfach deine Telefonnummer, und dann können wir uns später wieder treffen.«

Krüger reagierte nicht; er schätzte ab, dass es angesichts der Vielzahl der Uniformierten aussichtslos sein würde, einen Fluchtversuch zu wagen, und entschied sich, darauf zu vertrauen, dass man gar nicht ihn suchte.

Die Lehrerin hatte in Ermangelung eines Zettels mit Kugelschreiber den Namen »Michael« auf die Innenfläche ihrer rechten Hand notiert. »Und?«, fragte sie erneut.

»Señoras y Señoritas, por favor.« Der Polizeioffizier musste sanfte Gewalt anwenden, um Krügers zwei Begleiterinnen in Richtung Ausgang zu bugsieren.

»Na, dann eben nicht«, rief ihm seine verhinderte Verehrerin hinterher und pfefferte ihren Kugelschreiber zu Boden.

Krüger hatte dafür jedoch keine Augen mehr. Äußerlich ruhig, innerlich jedoch höchst angespannt, beobachtete er, wie sämtliche Frauen aus der Diskothek hinauskomplimentiert wurden und sich die Polizisten der Reihe nach die Herren der Schöpfung vornahmen. Sie kontrollierten offenbar die Gesichter und Hände der männlichen Gäste und ließen sie danach gehen.

Kurz bevor Krüger an der Reihe war, sah er etwas, was seine Befürchtungen noch rapide ansteigen ließ. Bei der Überprüfung des Gesichts eines dunkelhaarigen, etwa 1,80 Meter großen Gastes schienen die Polizisten fündig geworden zu sein. Ehe sich der Diskobesucher versah, hatte man ihn unter doppelter Bewachung in ein Nebenzimmer geführt. Mit den Worten »Verdammte Scheiße, I hob doch gor nix g'macht!«, verlieh er seinem Missbehagen lautstark Ausdruck.

Krüger war nicht entgangen, dass der ebenso wie er offenbar aus bajuwarischen Gefilden stammende Abgeführte deutliche Kratzer im Gesicht hatte. Kratzer! Auch er hatte Kratzspuren im Gesicht, die ihm der Kaiserslauterer Schiedsrichter im Todeskampf zugefügt hatte! Aber eigentlich war es doch ein Ding der Unmöglichkeit, dass man die Leiche bereits gefunden, diese eingehend untersucht und eventuell Hautreste unter den Fingernägeln entdeckt hatte. Und vor allem, sie konnten doch unmöglich alle derzeitigen männlichen Inselbewohner überprüfen …

»Señor, diez segundos, por favor.« Der Polizist leuchtete mit seiner Taschenlampe in Krügers Gesicht, nahm kurz Blickkontakt mit seinem Kollegen auf und schüttelte den Kopf. »Gracias, Sie können gehen.«

»Was ist denn passiert?«, Krüger hatte innerlich aufgeatmet und sich schnell wieder gefasst, und seine Neugierde war in diesem Moment einfach stärker als seine Vorsicht.

»Perdon, aber dazu dürfen wir nichts sagen. Verlassen Sie bitte die Diskothek.«

An der frischen Luft angekommen, atmete Krüger erst einmal tief durch. Dank seiner ausgezeichneten Schminktechnik war er dieser Mausefalle entkommen. Die entscheidende Frage war nun: Was war der Grund für diese Razzia? Leider waren seine Möglichkeiten, dies hier und jetzt herauszubekommen, begrenzt.

Er beschloss, sich unter die Traube der Schaulustigen zu mischen, die sich vor dem Eingang der Diskothek gebildet hatte. Nach wenigen Minuten wurde sein bajuwarischer Landsmann, dessen lautstarke Proteste er zuvor mitbekommen hatte, in Handschellen aus dem Vergnügungstempel geführt.

»I hob doch bloß a bisserl hi g'langt, i hob doch wirklich nix g'macht!«

Den Ausflüchten des Delinquenten und den Kommentaren der anderen Schaulustigen nach zu urteilen, handelte es sich offenbar um ein Sittlichkeitsverbrechen, bei dem der verhinderte Liebhaber einige Kratzer abbekommen hatte. Krüger musste unwillkürlich lachen. »So ein gottverdammter Scheißzufall«, dachte er sich.

Da ihm die Lust auf Vergnügungen im Allgemeinen und unter der Gürtellinie im Besonderen nun gründlich vergangen war, machte sich Krüger auf den Weg zu seinem Taxichauffeur. Mit einem »Hola!« klopfte er an dessen Fahrerscheibe.

»O, buenas tardes, Señor! Darf ich Sie wieder zurück in Ihr Hotel bringen?«

»Ja, bitte sehr.«

Die Rückfahrt nach Can Picafort verlief eher unkommunikativ. Allerdings wunderte sich der Taxifahrer ein wenig über seinen Fahrgast, der immer wieder den Kopf schüttelte und vor sich hin lächelte, führte dies jedoch auf leicht überhöhten Alkoholkonsum zurück.

Obwohl er in der vergangenen Nacht kaum geschlafen hatte, fühlte sich Matowski erstaunlich frisch. Als seine Maschine pünktlich um 6 Uhr vom Düsseldorfer Flughafen startete, hatte er irgendwie das Gefühl, heute in seinem verzwickten Fall einen entscheidenden Schritt weiter zu kommen. Vielleicht redete er sich dies jedoch nur ein; schließlich benötigte er einen guten Grund für diese plötzliche Dienstreise, die man ihm leicht als Flucht vor seiner Entmachtung durch die »Kameraden« vom Bundes-kriminalamt auslegen könnte.

Er hatte überlegt, seine Dienstwaffe mitzunehmen, schließlich schien hier eine international operierende Mörderbande am Werk zu sein, die vor nichts zurückschreckte. Aufgrund der Sicherheitsvorkehrungen bei Flugreisen und den damit verbundenen Komplikationen hatte er jedoch Abstand davon genommen.

Stattdessen ruhte seine Pistole in einem abgesperrten Spind im Poli-zeirevier. Matowski ließ die elf Jahre, die er mittlerweile bei der Kripo Bonn tätig war, vor seinem geistigen Auge Revue passieren. Obwohl er einen Großteil davon bei der Mordkommission verbracht hatte, war er bislang nur wenige Male gezwungen gewesen, von der Schusswaffe Gebrauch zu machen. Die überwältigende Mehrheit der Tötungsdelikte waren – auch wenn die US-amerikanisch geprägte Film- und Fernsehwelt den Leuten etwas anderes vorgaukelte – Beziehungstaten im Familien-, Freundes- und Bekanntenkreis, bei deren Aufklärung es weniger eines Schießeisens als vielmehr psychologischen Geschicks und insbesondere Einfühlungsvermögens bedurfte.

Erst zweimal war er gezwungen gewesen, auf einen Menschen zu schie-ßen. Einmal, vor acht Jahren, auf einen bewaffneten Autodieb. Der Mann hatte unter Drogeneinfluss eine Amokfahrt durch Bonn absolviert, und als es Matowski und drei Kollegen endlich gelungen war, seinen Wagen zu stoppen, hatte er plötzlich das Feuer eröffnet. Wie die Untersuchung später ergeben hatte, war es Matowskis Kugel gewesen, die den Täter in die Schulter getroffen und letztlich kampfunfähig gemacht hatte. Das andere Mal hatten er und ein Kollege eine Wohnung gestürmt, in der ein betrunkener Waffenfetischist gedroht hatte, seine Familie auszulöschen. Auch hier war es ihnen gelungen, den Täter zu überwältigen, ohne dabei zum Äußersten gehen zu müssen. Und dann natürlich die unglaubliche Geschichte in Griechenland ...

Sobald die Maschine ihre Reiseflughöhe erreicht haben würde, wollte Matowski mit seinen spanischen Kollegen Kontakt aufnehmen. Fünf Schiedsrichter innerhalb von drei Tagen und keine auch nur lauwarme, geschweige denn heiße Spur. Es war ein Wahnsinn.

»Wahnsinn« war auch einer der Begriffe, an die Oberförster Walter Scheibner dachte, als er an diesem Morgen durch sein Revier streifte. Mitten in einer Fichtenschonung standen die Reste eines verkohlten

Autowracks, welches vermutlich einmal ein VW Golf etwas älterer Bauart gewesen war. »Diese Saubären«, fluchte er vor sich hin, »wollten wohl ihre alte Dreckskarre zum Nulltarif loswerden.«

Er ging einmal um den Wagen herum. »Und die Nummernschilder haben sie auch entfernt, damit ihnen keiner draufkommt. Aber wartet nur, unsere Freunde und Helfer sind gewiefter, als ihr vielleicht meint ...«

Walter Scheibner griff zu seinem Handy und wählte die Nummer des Polizeinotrufs.

Auch ohne Hauptkommissar Günter Matowski herrschte an diesem Montagmorgen im Bonner Polizeipräsidium Hochbetrieb. Schwann und Estermann hatten seit halb sieben Uhr früh sämtliche ihnen vorliegende Berichte gesichtet, um für die Begegnung mit dem BKA-Mann gewappnet zu sein.

»Die anderen Kollegen scheinen genauso im Dunkeln zu tappen wie wir«, meinte Schwann. In Kyllburg haben wir ein paar mittelmäßige Fußabdrücke von Allerweltsturnschuhen, in München gar nichts und in Hannover immerhin eine Gewehrkugel. Dort war unser Freund wohl am unvorsichtigsten.«

»Sofern es ein einzelner Freund war«, konstatierte Estermann. »Vier Morde mit einer derartigen Präzision innerhalb von drei Tagen ...«

»Drei Morde und ein Mordversuch – ich hoffe doch, Daehmling ist noch am Leben«, unterbrach ihn Schwann.

»Am besten rufen wir mal bei den Hannoveraner Kollegen an. Vielleicht hat ja auch deren Großfahndung auf den zweiten Blick noch etwas ergeben.«

»Und jetzt noch der ertrunkene Martin Murks auf Mallorca. Weißt du was? Wenn Matowski mit seiner Videostudie Recht hat, ist Albert Tal aus Konz der letzte Schiri, der seine Schalker verschaukelt hat. Ich spreche mal mit den dortigen Kollegen, welche Sicherheitsmaßnahmen sie ergriffen haben.«

»Und ich ruf mal in Hannover ...«

Weiter kam Estermann nicht. In diesem Moment öffnete sich die Tür zum Besprechungszimmer, und ein großgewachsener Mann mit einem irgendwie öligen Grinsen betrat den Raum.

»Heimberger, BKA. Wer von Ihnen ist Kommissar Matowski?«

»Äh, keiner«, antwortete Schwann. »Das ist Kriminalobermeister Anton Estermann und ich bin Kommissar Stefan Schwann. Hauptkommissar Matowski musste kurzfristig auf eine dringende Dienstreise.«

»Soso. Im Zusammenhang mit den Schiedsrichtermorden?«

»Ganz recht.«

»Und warum erfahre ich das hier und heute von Ihnen beiden?«

»Ähh ...«

»Weil wir Sie am Sonntagabend nicht mit dienstlichen Dingen belästigen wollten.« Schwann spürte, wie er etwas ins Schwitzen geriet.

»Nun gut, Ihr gewesener Ermittlungsleiter weiß hoffentlich, was er tut. Übrigens habe ich beschlossen, meine Zelte erst einmal hier in Bonn aufzuschlagen. Estermann, organisieren Sie ein Büro für mich. Und Sie, Schwann, setzen mich gleich einmal über Ihren Ermittlungsstand in Kenntnis. Allzu viel scheinen Sie ja noch nicht herausgefunden zu haben.«

Schwann und Estermann sahen sich an. Matowski hatte ihnen den BKA-Mann zwar nicht gerade als Sympathieträger beschrieben, aber dieses Verhalten war schon reichlich unverschämt.

Er hatte sich die Muße gegönnt, eine Tageszeitung zu kaufen und genau zu studieren. Mittlerweile hatte er es auf die Titelblätter auch der etwas seriöseren Postillen gebracht. So meldete der »Trierische Volksfreund« auf Seite eins: »Vierter Mordanschlag auf Bundesliga-Schiedsrichter«.

Udo Daehmling war offenbar noch am Leben; wie schwer ihn die Gewehrkugel verletzt hatte, stand in dem Artikel leider nicht. Diese Art der Liquidierung, die in diversen Fernsehkrimis die mit Abstand am häufigsten praktizierte war, hatte sich also in der Praxis als eher ungeeignet erwiesen. Sowohl was die effiziente Art der Tötung anbelangte als auch die anschießende Flucht.

Für Albert Tal hatte er jedoch wieder eine subtilere Methode vorgesehen.

Schwann war gerade bei der Schilderung des vermutlichen Mordes an Jürgen Kassler, der in München von einer U-Bahn zermalmt worden war, als Estermann die Türe zum Besprechungszimmer öffnete und ihn unterbrach.

»Sie haben vorhin einen ausgebrannten VW Golf gefunden, keine 30 Kilometer von der Stelle entfernt, wo Edwin Beinhorn überfahren worden ist. Der Wagen dürfte einmal rot gewesen sein und stammt aus der Dreier-Baureihe.«

»Na, da scheint ja endlich etwas Bewegung in die Sache zu kommen«, kommentierte Heimberger die Nachricht. »Fahren Sie mal gleich zum Tatort, Estermann. Ich erwarte dann einen detaillierten Bericht.«

»Eigentlich wollte ich mich heute an Beinhorns Arbeitsplatz etwas umhören.«

»Dann tun Sie das. Auch darüber erwarte ich ausführlichen Rapport. Haben Sie schon ein Büro für mich organisiert?«

»Das ist etwas schwierig ...«

»Mir scheint, bei Ihnen ist eine ganze Menge schwierig. Also los, Estermann, machen Sie sich auf die Socken. Schwann, wo waren wir gerade stehen geblieben?«

Schwann hatte es fast die Sprache verschlagen. Es war vielleicht gar nicht so verkehrt, wenn der mit einem goldenen Löffel im Hintern auf die Welt gekommene Estermann einmal etwas härter angefasst wurde, aber dieser Heimberger schien sich grundsätzlich nicht besonders sozialverträglich zu benehmen.

Als Schwann mit der Schilderung der vierten Bluttat – dem Anschlag auf Udo Daehmling – fertig war, meinte der BKA-Mann: »Die Sache in Hannover scheint mir vom Ansatz her am vielversprechendsten. Setzen Sie sich mit den dortigen Kollegen in Verbindung, ich erwarte dann Ihren Bericht.«

Matowski hatte für seine Mallorcareise nur das Nötigste in einer kleinen Reisetasche eingepackt. Da letztere als Handgepäck durchging, konnte er sich den Gang zur Gepäckausgabe sparen und direkt den Ausgang ansteuern.

In der Ausgangshalle wurde er bereits erwartet; ein gut gebauter, sonnengebräunter Mann Ende dreißig in Uniform hielt ein Pappschild mit der Aufschrift »Kommissar Matowski Bonn« in die Höhe. Matowski ging auf ihn zu und begrüßte ihn.

»Buenos dias, Hauptkommissar Günter Matowski aus Bonn.« Obwohl man hier auf der Insel vermutlich nicht mit den Nuancen deutscher Polizistendienstgrade vertraut war, hatte er die Silbe »Haupt« ein wenig stärker betont.

»Bienvenido, Señor Matowski. Inspector Pedro Rodriguez, Policia de Palma. Hatten Sie einen guten Flug?«

»Vielen Dank. Sie sprechen sehr gut deutsch.«

»Si. Viele unserer ›Kunden‹ kommen aus Alemania, da müssen wir auch deutsch verstehen.«

»Wissen Sie schon Näheres über Martin Murks?«

»Ah, Sie kommen gleich zur Sache. Fahren wir ins Präsidium, dort werden wir alle Ihre Fragen beantworten. Comisario Alvarez leitet die Ermittlungen.«

Als sie das klimatisierte Terminal verließen, geriet Matowski ins Schwitzen. Während zuhause in Bonn angenehme 25 Grad geherrscht hatten, brannte hier die Sonne bereits am Morgen erheblich unbarmherziger herunter.

Die Fahrt bis zum Polizeipräsidium dauerte gut eine halbe Stunde. Hatte zunächst eine vierspurige Straße durch eine eher karge Landschaft geführt, so wunderte sich Matowski über die Dimension der Metropole Palma. Richtig, RCD Mallorca hatte auch schon im Europapokal gespielt, das konnte eigentlich kein 20.000-Einwohner-Nest sein.

»Señor Rodriguez, wie groß ist Palma eigentlich?«

»Ungefähr 300.000 Einwohner. Die meisten Leute wundern sich, dass wir auf unserer Insel eine solch große Metropole haben. Aber das hat mit unserer Historie zu tun.«

»Sie können Gedanken lesen.«

Das Polizeipräsidium war in einem großen weißen Gebäude untergebracht, das aus dem 19. Jahrhundert stammte und ein wenig an vergangene Pracht erinnerte. Das Büro von Comisario Alvarez im dritten Stock war großzügig angelegt, und die hohe Zimmerdecke verstärkte diesen Eindruck noch. Vor allem aber sorgten die dicken Steinmauern für angenehm kühle Temperaturen. Matowski hatte sich schon in einem stickigen Loch mit fast nutzlosem Deckenventilator schwitzen sehen.

»Señor Matowski, ich freue mich, Sie hier begrüßen zu dürfen.« Die Herzlichkeit des Comisarios erschien Matowski nicht aufgesetzt. Alvarez war ungefähr 50 Jahre alt, knapp 1,70 Meter groß und ein wenig untersetzt. Auch wenn seine Stirn schon etwas hoch war, seine Haare waren tiefschwarz. Ein wenig neidisch dachte Matowski an seine eigenen ersten grauen Haare.

»Vielen Dank, dass Sie sich die Zeit nehmen«, antwortete er. »Ich führe zu Hause eine sehr schwierige Ermittlung durch, und ich hoffe, dass Sie mir vielleicht ein wenig weiterhelfen können.«

»Es geht wohl um den Schiedsrichter, der gestern ertrunken ist.«

»Sie kannten Herrn Murks?«

»Aber Comisario, wir sind doch hier alle interessiert am futbol, und

Señor Murks war einer der bekanntesten internationalen Referees. Neben Collina aus Italien, Elleray aus England, oder der Däne, auf dessen Name ich gerade nicht komme.«

»Dann wissen Sie auch, dass in Deutschland seit vergangenem Freitag mehrere Schiedsrichter zu Tode kamen.«

»Si, auch in unseren Medien spricht man davon. Sie glauben, dass auch Señor Murks ...«

»Wenn wir auf der richtigen Spur sind, müsste auch Murks auf der Liste der Mörder sein. Äh, gibt es schon ein Obduktionsergebnis?«

»Soweit ich weiß, wurde die Leiche von Señor Murks noch in der vergangenen Nacht in unsere Pathologie gebracht.«

Comisario Alvarez griff zum Telefonhörer und wählte eine interne Nummer. Nach einem kurzen Gespräch auf Spanisch, von dem Matowski kein Wort verstand, meinte er: »Der Körper von Señor Murks wurde bereits gestern Nacht in unsere Pathologie gebracht, und unser medico ist ein sehr fleißiger Mann. Wenn Sie nichts dagegen haben, gehen wir zu ihm in den Keller.«

»Ganz im Gegenteil!« Matowski war angenehm überrascht. Vielleicht hatte auch der Prominentenbonus des Bundesligareferees eine gewisse Rolle gespielt, aber die Kollegen hier in Palma schienen recht tüchtig zu sein.

»Aber zuvor«, ergänzte Alvarez, »dürfen Sie mir Ihre Reisetasche geben. Haben Sie schon eine Unterkunft?«

»Ehrlich gesagt«, antwortete Matowski, »habe ich bisher weder Hotel noch Rückflug gebucht.«

Alvarez lächelte. »Sobald Sie sich entschieden haben, wie lange Sie uns hier beehren wollen, werden wir für alles Sorge tragen.«

Comisario Alvarez, Matowski und Inspector Rodriguez, der während der gesamten Unterredung kein Wort gesagt hatte, gingen über einen langen Flur zum Treppenhaus und von dort ins Untergeschoss.

Nachdem Rodriguez eine große Stahltür geöffnet hatte, befanden sie sich im Vorraum der Pathologie. Der Geruch, der ihnen entgegenschlug, war wohl überall auf der Welt der gleiche.

Ein ca. 1,80 Meter großer Mann Ende dreißig im weißen Kittel stellte sich ihnen als Dr. Cabañero vor und begrüßte sie auf Englisch. Matowski verfluchte in diesem Moment seine nur mit mäßiger Aufmerksamkeit absolvierten Englischstunden bei Fräulein Hausdörfer, einer alten Jungfer, in denen er lieber mit seinem Banknachbarn »DFB-Pokal« gespielt oder anderen Schabernack getrieben hatte.

»Maybe we can talk German…?«, versuchte Matowski sein Glück.

»Ganz wie Sie wünschen«, erwiderte Dr. Cabañero und fügte lächelnd hinzu: »Zwei Semester Pathologie bei Prof. Eisenmenger in München. Folgen Sie mir bitte«, forderte er sie auf und öffnete eine weitere schwere Tür zum Nebenraum.

Dort standen in Reih und Glied zweimal sechs fahrbare Seziertische mit weißen Laken darüber. Fünf davon waren von bedauernswerten Zeitgenossen belegt, deren Füße unter dem Laken hervorstanden, an der großen Zehe mit einem festgebundenen Identitätszettel ausgestattet.

Cabañero ging zu einem der Tische in der Mitte und hob das Laken an. Darunter erkannte Matowski sofort den Mann, den er schon während etlicher Fußballübertragungen verflucht hatte, ganz besonders natürlich wegen des geschenkten Freistoßes für die Münchner Hanseaten am letzten Spieltag der abgelaufenen Saison in der vierten Minute der viel zu langen Nachspielzeit.

An Martin Murks' gut durchtrainiertem Körper gab es keine äußeren Zeichen einer Gewaltanwendung. Wäre seine Haut nicht ungewöhnlich blass gewesen, so hätte man fast meinen können, er schliefe nur.

»Warum hast du Idiot nur so lange nachspielen lassen und den Hanseaten das Tor geschenkt«, ertappte sich Matowski bei wenig sachlichen Gedanken. »Dann wäre Schalke Meister, ich könnte mich zuhause in Ruhe um meine Schutzgeldbanditen kümmern und du wärst nicht hier.«

»Rein äußerlich deutet auf den ersten Blick nichts auf einen gewaltsamen Tod hin«, begann Cabañero seine Ausführungen und riss Matowski aus seinen Gedanken. »Die Todesursache ist eindeutig Ertrinken, beide Lungenflügel waren gefüllt mit Meerwasser.«

»Sie sagten ›auf den ersten Blick‹«, erwiderte Matowski, »das heißt …«

»Es gibt auch Indizien, die auf einen Kampf hindeuten könnten. Auf Hals und oberen Brustkorb ist zu Lebzeiten auf breiter Basis Druck ausgeübt worden.«

Matowski wurde hellhörig. »Das heißt, man hat ihn vielleicht unter Wasser gedrückt?«

»Möglich; die Druckspuren könnten jedoch auch einige Stunden vor seinem Tod entstanden sein.«

»Lässt sich der genaue Zeitpunkt noch bestimmen?«

»Leider nein.«

»Was hat noch Ihren Verdacht erregt?«

»Wie bei jedem möglichen Tötungsdelikt haben wir seine Fingernägel untersucht. Unter dem Nagel des rechten Mittelfingers fanden sich Reste möglicherweise organischen Ursprungs. Eine genauere Untersuchung im Labor steht jedoch noch aus.«

Matowski überlegte.

»Mehr lässt sich zum jetzigen Zeitpunkt leider noch nicht sagen«, schloss Dr. Cabañero seine Ausführungen.

Matowski verabschiedete sich, und Cabañero versprach, mit ihm Kontakt aufzunehmen, sobald es neue Erkenntnisse gäbe.

Als sie wieder die Treppe nach oben beschritten, meinte Comisario Alvarez: »Sie sehen, wir tun alles, um diese Sache so schnell wie möglich aufzuklären.«

»Davon bin ich überzeugt«, antwortete Matowski ehrlich. »Wie sieht Ihre weitere Vorgehensweise aus?«

»Die bedauernswerte Señora Murks sollte heute wieder soweit sein, dass wir sie vernehmen können, sie ist schließlich eine wichtige Zeugin. Inspector Rodriguez wird deswegen gleich nach Can Picafort aufbrechen, Sie können ihn gerne begleiten.«

»Muchas gracias«, kramte Matowski seine wenigen Spanischkenntnisse zusammen.

»Vamos«, grinste Rodriguez. Der Inspector wedelte mit seinem Autoschlüssel und bedeutete Matowski, ihm zu folgen.

Heimberger hatte beschlossen, gemeinsam mit Kriminalobermeister Estermann den Arbeitsplatz von Edwin Beinhorn aufzusuchen, einen Automobilzulieferer in Remagen. Nach einer guten halben Stunde Fahrt waren sie am Ziel. An der Pforte zeigten sie kurz ihre Dienstmarken vor, und einer der Sicherheitsbediensteten führte sie an den Arbeitplatz von Edwin Beinhorn, ein Ingenieur- und Technikerbüro mit insgesamt sechs Schreibtischen. Die Kollegen beschrieben ihren verblichenen Nachbarn als korrekt auftretend, aber auch gerne etwas besserwisserisch. Eine freundschaftliche Beziehung über das kollegiale Verhältnis hinaus hatte keiner von ihnen zu Beinhorn gepflegt. Die Einschätzung seines Vorgesetzten war ähnlich; Edwin Beinhorn hatte seine Arbeit zumeist akkurat verrichtet, engere persönliche Beziehungen zu anderen Mitarbeitern des Unternehmens schien er jedoch nicht unterhalten zu haben.

Auf dem Weg zurück zum Wagen meinte Heimberger, der während der ganzen Befragungen sein öliges Grinsen aufgesetzt hatte, zu Estermann: »Leider keine größeren Ansatzpunkte, was? Sagen Sie mal, Estermann, was glauben Sie, was hinter der ganzen Sache steckt?«

Estermann hatte nicht das Gefühl, dass Heimberger wirklich an seiner Meinung interessiert war, antwortete jedoch diplomatisch. »Es könnten theoretisch auch lauter Einzeltaten sein, die nicht miteinander zusammenhängen. Wir haben vielleicht noch zu wenig in diese Richtung ermittelt.«

»Sondern?«

»Na ja, in die Schalke-Rächer-Richtung halt. Die fühlen sich ja jetzt noch um die Meisterschaft betrogen.«

»Und Sie sehen das anders?«

»Ich weiß nicht so recht; zumindest laut *kicker* und WDR hatten die Schalker schon etwas Pech mit manchen Schiedsrichterentscheidungen.«

»Und für jeden der Morde gab es ein konkretes Motiv?«

»Wir haben zumindest für jeden Schiri ein Spiel gefunden, das, ähh, etwas unglücklich gepfiffen wurde.«

In diesem Augenblick klingelte Estermanns Handy.

»Hier Schwann, das Labor hat gerade angerufen, wegen dem ausgebrannten Golf.«

»Und?«

»Im Inneren des Wagens gibt's wohl leider keine Spuren mehr, das ist völlig ausgebrannt. Aber anhand der Fahrgestellnummer wurde festgestellt, dass er gestohlen war.«

»Und weiter?«

»An der vorderen Stoßstange gibt es Spuren, die von der Kollision mit Beinhorns Fahrrad herrühren könnten. Aber das müssen sie noch näher untersuchen.«

»Ok, wir sehen uns dann gleich im Präsidium.«

»Soso«, kommentierte Heimberger, »es scheint in dieser Ermittlung auch noch Ansatzpunkte außerhalb des Fußballplatzes zu geben. Gut, dass ich die Sache in die Hand genommen habe, jetzt geht es vorwärts!«

Estermann verdrehte die Augen. »Ich fürchte fast, der glaubt das wirklich«, dachte er.

VIII.

In der Frankfurter Zentrale des Deutschen Fußballbundes herrschte an diesem Vormittag Krisenstimmung. Vertreter sämtlicher Erst- und Zweitligavereine waren gekommen, um einen Ausweg aus der Misere zu finden. Der erst vor wenigen Monaten frisch gekürte, neue Präsident – Konrad Müller-Flaschenbier – fasste die Lage zusammen: »Am kommenden Freitag sollte die neue Bundesliga-Saison starten. Angesichts der unfassbaren Vorgänge der vergangenen Tage – innerhalb der letzten drei Tage wurden mit Edwin Beinhorn, Norbert Windel und Jürgen Kassler drei aktive Bundesliga-Schiedsrichter getötet sowie mit Udo Daehmling ein weiterer schwer verletzt – stellt sich die Frage, wie wir diesem Terror begegnen können. Möglichkeit eins: wir verschieben den Saisonstart auf unbestimmte Zeit. Oder Möglichkeit zwei: wir beugen uns diesen Verbrechern nicht und starten am Freitag unter höchsten Sicherheitsvorkehrungen.«

Müller-Flaschenbier, von allen kurz MF genannt, war ein vielseitiger Mann. Seine berufliche Karriere als Vertreter für Blubberlutsch-Limonade war daran gescheitert, dass er selbst sein bester Kunde gewesen war. Nach weiteren Fehlschlägen blieb ihm nur noch die Laufbahn als Politiker, wo er es mühelos zum Kultusminister brachte. Parallel dazu übernahm er die Präsidentschaft eines Kleintierzuchtvereins, wo er innerhalb kürzester Zeit einen millionenschweren Schuldenberg aufhäufte. Folglich stieg er zum Landesminister für Finanzen auf, bis er schließlich Ende des vergangenen Jahres den gesundheitlich angeschlagenen DFB-Präsidenten Hans Dollinger zunächst als geschäftsführender und schließlich als ordentlich gewählter Nachfolger beerbte.

Nun meldete sich mit Harri Höhnisch der Manager des Meisters Hansa München zu Wort: »Alle unsere Unparteiischen – die im Übrigen hervorragende Arbeit geleistet haben und leisten – stehen unter verstärktem Polizeischutz. Ich bin der Meinung, dass wir vor dieser Mörderbande nicht kuschen dürfen, denn dann hätten diese Verbrecher ihr Ziel erreicht. Wir sollten, selbstverständlich unter maximalen Sicherheitsvorkehrungen, den Spieltag am nächsten Wochenende durchziehen. Außerdem haben dann die Journalisten wieder etwas Neues zu berichten, und die unerträglichen Spekulationen über angebliche Benachteiligungen oder Bevorzugungen hören endlich auf.«

»Ich pflichte dem Kollegen Höhnisch bei«, meinte Michael Pleiter, der

Vertreter von Borussia Dortmund. Seine schwarz-gelben Kicker hatten in der Endabrechnung Platz drei belegt. »Der Sport darf hier vor einigen wenigen Verrückten nicht klein beigeben. Außerdem ist noch gar nicht zweifelsfrei erwiesen, ob alle vier Anschläge denselben Hintergrund haben.«

»Herr Assauer«, erteilte MF dem Manager des FC Schalke 04 das Wort. »Ihre Anhänger haben ja ein wenig mit dem Fußballgott gehadert. Halten Sie es für möglich, dass aus diesen Reihen diese Taten verübt worden sind?«

Rudi Assauer zog einmal kurz an seiner Zigarre. »Ein paar Bekloppte gibt es überall. Dass aber jemand so bekloppt sein soll, Schiedsrichter zu ermorden, weil er sich betrogen fühlt, das übersteigt meine Vorstellungskraft.«

Der nächste Redebeitrag kam von Andreas Radieschen, dem Manager des SC Freiburg, einem sogenannten »kleinen« Verein. »Die Frage ist, können wir für die Sicherheit der Unparteiischen garantieren? Und was ist, wenn der Täter als nächstes zum Beispiel Spieler ins Visier nimmt? Um größtmögliche Sicherheit zu gewährleisten, wäre ein riesiges Aufgebot an Sicherheitskräften vonnöten, und das ist dann auch eine Kostenfrage.«

Allgemeines Gemurmel setzte ein; schließlich wollte keiner der anwesenden Vereinsvertreter derjenige sein, in dessen Stadion der nächste Anschlag passierte.

»Welche Auswirkungen hätte es«, ergriff MF wieder das Wort, »wenn wir den Saisonstart verschieben? Und für wie lange verschieben? Bis die Täter gefasst sind? Im Hinblick auf die Fußball-WM 2002 haben wir bereits jetzt einen sehr engen Terminplan. Ich schlage vor, wir vertagen uns auf 15 Uhr und gehen bis dahin alle noch ein wenig in uns.«

Da es bereits Mittagszeit war und die meisten der weitgehend wohlbeleibten Fußballfunktionäre schon ein gewisses Vakuum in der Magengegend verspürten, wurde Müller-Flaschenbiers Vorschlag sofort angenommen.

Zwei der Anwesenden zogen es jedoch vor, sich zu einem kurzen Gedankenaustausch in ein Nebenzimmer zurückzuziehen.

»Gibt es schon Nachrichten von unserem nervenschwachen Zahnarzt?«

»Noch habe ich nichts gehört. Allerdings wäre eine direkte Kontaktaufnahme zu unserem, ähh, Mann fürs Grobe zu riskant. Ich habe da vollstes Vertrauen. Wir sollten einfach warten, was die Medien melden. Ich halte es übrigens nicht für ausgeschlossen, dass wir bereits heute etwas hören.«

»Wir müssen jetzt nur noch Albert Tal im Auge behalten. Vielleicht schicken wir ihn unter einem Vorwand ein Jahr früher in den Ruhestand.«

»Dann haben wir aber gar keinen Vertrauensmann mehr unter den Unparteiischen.«

»Wir müssen uns ohnehin neue suchen. Ich habe da schon zwei im Auge, beide noch jung, beide können uns noch viele Jahre gute Dienste leisten.«

»Und für die kommende Saison?«

»Da sollten wir besser etwas zurückhaltender sein. Schalke dürfte sich von dem Schock der Vier-Minuten-Meisterschaft nicht so schnell erholen, ich gehe davon aus, dass wir diesbezüglich gar nicht eingreifen müssen. Ein Ärgernis bleiben freilich die linken Freiburger Zecken. Wenn sich die Chance bietet, sollten wir sie wieder in die zweite Liga schicken.«

»Ohne Einwirkung von Unparteiischen?«

»Eine Saison dauert lange. Wir werden sehen, welche Möglichkeiten sich bieten. Denken Sie an die Vergangenheit. Dort mussten wir, wenn überhaupt, nur ganz punktuell eingreifen, um alles in die richtigen Bahnen zu lenken. Die abgelaufene Spielzeit war eine hoffentlich einmalige Ausnahme.«

»Das hätte uns gerade noch gefehlt, dass die blauen Ruhrpott-Proleten in die Phalanx der Großen einbrechen. Schlimm genug, dass sie jetzt in der Champions League mitmischen und Millionen kassieren.«

Es war gegen halb zwölf Uhr, als Matowski und Inspector Rodriguez die Lobby des Hotels »Tropical« in Can Picafort betraten. Matowski fragte sich, ob der Hotelangestellte an der Rezeption derjenige war, welcher ihn beim Telefonieren den ein oder anderen Nerv gekostet hatte. Nachdem eben jener Angestellte ihnen bedeutet hatte, dass es der Señora Murks den Umständen entsprechend gut gehe und man ihm doch bitte folgen möge, war sich Matowski sicher, es mit demselben Zeitgenossen zu tun zu haben.

Das Apartment der Murks' befand sich im zweiten Stock. Der Hotelangestellte klopfte sachte an die Tür.

»Señora Murks, hier sind zwei Polizisten. Dürfen wir stören?« Nach einigen Sekunden Pause, die Matowski endlos vorkamen, antwortete eine dünne Frauenstimme: »Kommen Sie bitte herein.« Gabriele Murks war Ende dreißig, schlank und nicht unattraktiv.

Erneut ertappte sich Matowski dabei, wie er die Witwe eines mutmaßlichen Mordopfers in eine sexuelle Schublade steckte. »Zu alt, aber es ist doch erstaunlich, dass unsere traurigen Pfeifenmänner anscheinend immer was einigermaßen Schnuckeliges zu Hause haben.« Das Apartment war sauber, geräumig und sicher nicht ganz billig.

»Mein Name ist Günter Matowski, und ich komme von der Mordkommission Bonn«, stellte er sich vor. »Wie fühlen Sie sich?«

»Danke«, antwortete Gabriele Murks mit leiser Stimme, »es muss ja irgendwie weitergehen.«

»Ich verspreche Ihnen, dass wir es so kurz wie möglich machen.«

»Sind Sie extra aus Deutschland hergeflogen?«

»Ja, Sie haben ja sicher mitbekommen, dass mehrere Schiedsrichterkollegen Ihres Mannes zu Tode kamen. Als ich gestern Abend erfuhr, was geschehen ist, habe ich mich gleich in den nächsten Flieger gesetzt. Ich verspreche Ihnen, wir werden die Sache restlos aufklären. Aber dafür benötigen wir ganz entscheidend Ihre Hilfe.«

»Ja, bitte fragen Sie.«

»Haben Sie in letzter Zeit irgendeine Veränderung bei Ihrem Mann bemerkt? Bitte denken Sie ruhig auch einige Monate zurück.«

»Nach dem Bundesliga-Finale war er natürlich etwas aufgekratzt und nervös. Es gab sogar mehrere Morddrohungen in seiner Praxis. Zuhause haben wir schon seit längerem eine Geheimnummer.«

»Und vorher?«

»Schwierig. Ich glaube, er hat es irgendwie genossen, wenn die ganzen Fußball-Millionäre nach seiner Pfeife tanzen mussten.«

»Wie hat Ihr Mann auf die Pressemeldungen von den toten Schiedsrichtern in Deutschland reagiert?«

»Scheinbar gelassen. Er habe nichts zu befürchten, weil er sich nichts zuschulden habe kommen lassen. Und außerdem wären wir hier in Sicherheit, und bei unserer Rückkehr bekämen wir Polizeischutz.«

»Aber?«

»Ich kenne ihn ja lange genug. Ich glaube, in Wirklichkeit hat er sich große Sorgen gemacht. Erst die Morddrohungen, und dann werden seine Kollegen getötet. Warum nur ...«

Gabriele Murks begann zu schluchzen.

»Sollen wir später wiederkommen?«

»Nein, es geht schon ...«

»Es tut mir Leid, aber ich muss Sie nun bitten, mir den gestrigen Tag noch einmal zu schildern.«

In diesem Moment fiel Matowski eine von Horst Hrubesch, dem damaligen Assistenten von Bundestrainer Erich Ribbeck und früheren Kopfballungeheuer, in einem Interview geäußerte Phrase ein. »Ich muss das Spiel erst nochmal Paroli laufen lassen.« Er musste ein Grinsen unterdrücken, das in der jetzigen Situation nun wahrlich unangemessen gewesen wäre.

»Wir sind um halb neun aufgestanden«, begann Gabriele Murks wie in Trance, »waren duschen, frühstücken, und sind dann zum Strand gegangen. Auf dem Weg dorthin hat sich Martin wie jeden Tag eine deutsche Zeitung gekauft ...«

»... und darin gelesen, dass seine beiden Kollegen Beinhorn und Windel wahrscheinlich ermordet wurden.«

»Ja.«

»Wie hat er reagiert?«

»Er wollte sich wohl nichts anmerken lassen, aber ich glaube, er ist furchtbar erschrocken.«

»Und dann haben Sie den Tag am Strand verbracht?«

»Ja, das heißt ... Martin ist nochmal zum Hotel zurückgegangen. Er hatte etwas vergessen, ich glaube seine Sonnenmilch. Dabei hätte er welche von mir haben können.«

Matowski machte sich eifrig Notizen, während Inspector Rodriguez der Unterhaltung interessiert zuhörte, ohne freilich bis dato selbst etwas dazu beigetragen zu haben.

»Wir waren dann den ganzen Tag am Strand«, fuhr Gabriele Murks fort. »Gegen halb sechs am Abend bin ich zurück zu unserem Apartment gegangen, und Martin wollte noch eine Stunde schwimmen gehen. Er ist ... war Triathlet, müssen Sie wissen.«

Nun wurde es richtig interessant.

»Wissen Sie, wo genau er seine Runden geschwommen ist?«, wollte Matowski wissen.

»Normalerweise ging er zum hoteleigenen Strand, schwamm ein wenig hinaus und dann immer parallel zur Küste entlang.«

»Fühlen Sie sich stark genug, dass wir uns den Strand gemeinsam ansehen?«, fragte Matowski behutsam. »Auch die Stelle, wo er, äh, aufgefunden wurde?«

»Es wird schon gehen«, meinte Gabriele Murks tapfer.

Albert Tal hatte es sich trotz der offenkundig bedrohlichen Lage nicht nehmen lassen, an diesem Montag seinem Hauptberuf nachzugehen. Zuhause herumzusitzen und einfach nur abzuwarten war seine Sache nicht. Also war er – trotz Bedenken von Hauptkommissar Freiwart – zum Trierer Rathaus gefahren, wo er in der Einbürgerungsbehörde seinen Dienst tat. Zwei Polizeibeamte waren zu seinem Schutz abkommandiert worden. Der eine, Kriminalmeister Bruno Blocker, nahm einen freien Nachbarschreibtisch in Tals Büro ein, während sein Kollege, Kriminalhauptmeister Bernhard Ommer, im Flur davor zugegen war. Der Vormittag war ruhig verlaufen. Ein wenig Parteiverkehr, jedoch nichts, was den beiden Polizisten verdächtig erschienen wäre.

Nun war es Mittagszeit, und Albert Tal machte sich gemeinsam mit Blocker und Ommer auf den Weg in die Rathauskantine.

Hauptkommissar Matowski spürte schon nach wenigen Minuten am Strand, wie sein schweißdurchtränktes Hemd unangenehm am Körper klebte. Inspector Rodriguez dagegen schien die enorme Mittagshitze nicht das Geringste auszumachen, nicht der kleinste Schweißtropfen war auf seinem sonnengebräunten Gesicht zu sehen. Dabei trug der spanische Polizeibeamte im Gegensatz zu seinem deutschen Kollegen über dem Hemd seine langärmelige Uniformjacke.

Gabriele Murks war vorausgegangen; etwa drei Meter vor der Wasserkante blieb sie stehen. Nicht die kleinste Wolke war am strahlend blauen Himmel zu sehen, und das Meer schillerte in einem Türkis, welches man normalerweise nur von nachretuschierten Postkarten kennt.

»Hier war unser Stammplatz am Strand, und von hier aus drehte Martin immer seine abendlichen Schwimmrunden.«

»Sie sagten, er hat sich so gegen 17 Uhr 30 von Ihnen verabschiedet«, begann Matowski.

»Ja, das war abends seine übliche Zeit zum Schwimmen.«

»Jeden Abend zur selben Zeit?«

»Ja.«

Matowski lief der Schweiß über die Stirn, während sich der beneidenswerte Rodriguez pudelwohl zu fühlen schien.

»Ich fürchte, ich muss Sie bitten, mit uns gemeinsam denselben Weg zu gehen wie gestern Abend«, sagte Matowski.

Gabriele Murks benötigte lange für eine Antwort.

Seine Chance war gekommen. Es war 12 Uhr 10, und in der Rathauskantine herrschte Hochbetrieb. Da würde ein neues Gesicht kaum auffallen. Diesmal würde er wesentlich intelligenter vorgehen als bei Udo
Daehmling in Burgwedel. Als ungelernter Schütze mit einem Gewehr
ohne Schalldämpfer auf den Unparteiischen zu zielen, der die Schalker
gegen den HSV drei Punkte gekostet hatte, war einfach Wahnsinn gewesen. Um ein Haar hätte man ihn erwischt, und es stand darüber hinaus
zu befürchten, dass der verhasste Pfeifenmann noch unter den Leben-
den weilte.

Er fühlte den präparierten Kugelschreiber in seiner rechten Hosentasche. »Welch Ironie«, dachte er, »ein gelernter Bleistiftanspitzer wird
durch einen Kugelschreiber dahingemeuchelt.«

Albert Tal hatte bereits sein Tellergericht auf dem Tablett und stand
in der Schlange vor dem Getränkeautomaten. Wie immer war er korrekt
mit einer Krawatte ausgestattet, angesichts der sommerlichen Temperaturen hatte er sich jedoch zumindest ein kurzärmeliges Hemd gegönnt.
Während die beiden Leute unmittelbar vor Tal sich für den Cola- bzw.
Softdrinkautomaten interessierten, wollte er sich eigentlich einen Mul-
tivitaminsaft aus dem danebengelegenen Spender genehmigen. Er
drückte sich an einem der beiden Colatrinker vorbei und spürte in diesem Moment einen leichten Stich am Unterarm.

»Autsch! Was war das?«, dachte er laut.

»He, nicht drängeln! Wir waren vor Ihnen da, Herr Kollege.«

Die beiden Softdrink-Anhänger agierten zwar nicht besonders zügig,
empfanden es jedoch offenbar als schweren Affront, dass Albert Tal auf
die Überholspur ausgeschert war.

»Alles in Ordnung?« Kriminalhauptmeister Ommer, der sich mit einem
großen Schweinebraten mit Knödeln auf seinem Tablett bereits an der
Kasse angestellt hatte, sah kurz zu Albert Tal hinüber. Sein Kollege Blocker war gerade intensiv mit der Auswahl des geeigneten Nachtischs
beschäftigt, so dass er die Szene gar nicht bemerkt hatte.

»Alles klar«, antwortete der Bundesliga-Schiri.

Der Urheber von Albert Tals kurzem Schmerz war bereits auf dem Weg
zum Ausgang der Kantine. Während des kurzen Gedränges vor den
Getränkeautomaten hatte er schnell reagiert und den Kugelschreiber
aus der Hosentasche gezogen. Mit einem lautlosen Druck auf dessen
Kopf war die Spitze einer Einwegspritze anstelle der Mine am unteren

Ende zutage getreten, und mit einem präzisen kleinen Stich hatte er dem Mann, der entscheidend mitverantwortlich war für eine der größten Tragödien in der Welt des Sports eine hoffentlich tödliche Dosis eines mit einigen Minuten Verzögerung wirkenden Nervengiftes verabreicht. Dieses zu organisieren war erstaunlich leicht gewesen, ein wenig Recherche in der Bibliothek seiner ehemaligen Universität kombiniert mit dem, was die mitteleuropäische Flora zu bieten hatte, hatte sich – hoffentlich – als völlig ausreichend erweisen. Als er das Rathaus verließ, bedauerte er ein wenig, während der letzten Minuten im verabscheuungswürdigen Dasein von Albert Tal nicht anwesend sein zu können.

»Ganz schöner Betrieb hier«, sagte Kriminalmeister Blocker.

Er, Ommer und Tal hatten sich an einen kleinen Vierertisch gesetzt.

»Na ja, die meisten machen hier von zwölf bis eins Mittagspause, und dann kommen sie halt alle auf einmal«, meinte Tal.

»Das Essen scheint gar nicht so schlecht zu sein«, fand Kriminalhauptmeister Ommer, nachdem er sich den ersten Bissen Schweinsbraten mit Knödel genüsslich zu Leibe geführt hatte.

»Ist ganz in Ordnung«, antwortete Tal, der Spaghetti mit Meeresfrüchten gewählt hatte. »Habe schon bedeutend schlechtere Kantinen erlebt.«

Mit diesen Worten verleibte sich Albert Tal eine große Gabel voll Spaghetti ein. Gerade als er zu kauen begann, entglitt plötzlich die Gabel seiner linken Hand. Schweiß trat auf seine Stirn, sein Gesicht wurde blass, und es sah so aus, als wollte er etwas sagen. Es kamen jedoch nur Teile halbgekauter Nudeln aus seinem Mund.

Kriminalhauptmeister Ommer sprang auf. »Geht's Ihnen nicht gut?«

Nun wurde Albert Tals Gesicht blau, und bevor Ommer ihn stützen konnte, fiel er vornüber mit dem Gesicht in seinen Teller Spaghetti.

Ommer packte ihn an beiden Schultern und zog seinen leblosen Oberkörper hoch. Die bläuliche Verfärbung seiner Gesichtshaut nahm zu, und den weit aufgerissenen, panisch rollenden Augen von Albert Tal war zu entnehmen, dass er bei vollem Bewusstsein war.

»Blocker, ruf einen Notarzt, schnell!«, rief Ommer.

Er schüttelte Tal und gab ihm eine Ohrfeige, doch der Schiedsrichter zeigte keinerlei Reaktion. Inzwischen hatte sich eine Traube von Zuschauern gebildet, und einige der anwesenden Beamten riefen wild durcheinander. Während Blocker per Handy einen Notarzt rief, brachte Ommer Tal in die stabile Seitenlage.

»Verdammt, er atmet nicht! Ist ein Arzt unter den Anwesenden?« Bernhard Ommer blickte verzweifelt in die Runde, die sich in allgemeinem Kopfschütteln erging.

Nachdem er festgestellt hatte, dass sich in Tals Mundraum keine Fremdkörper befanden, begann Ommer mit der Herzmassage. Es vergingen acht endlose Minuten, welche Bernhard Ommer noch lange in seinen Alpträumen verfolgen sollten. Verzweifelt versuchte er, Albert Tal ins Leben zurückzuholen, doch als endlich der Notarzt eingetroffen war, konnte dieser nur noch feststellen, dass für Tal der endgültige Schlusspfiff ertönt war.

Die Mittagsglut wurde immer unerträglicher, und Matowski war sich sicher, keinen trockenen Quadratzentimeter Kleidung mehr am Körper zu besitzen. Schweigend waren er, Gabriele Murks und Inspector Rodriguez die Strandpromenade nach Osten entlanggegangen, bis schließlich der für touristische Zwecke kultivierte Strandabschnitt beendet war und die Hotelanlagen vereinzelten kleinen Steinhäusern wichen.

Schließlich erreichten sie eine Bucht, eine Art kleinen natürlichen Hafen, der gesäumt war von einer Handvoll unscheinbarer weißer Steinhäuschen. Der Ort schien wie ausgestorben, nur ein einsamer Uniformierter stand scheinbar reglos hinter fast mannshohem Schilf am Rande der Bucht. Als sie näher kamen, bemerkte Matowski, dass der Uniformierte offenbar einen kleinen, notdürftig abgesperrten Bereich sicherte.

Während Rodriguez zielstrebig auf seinen Kollegen zusteuerte, blieb Gabriele Murks stehen.

»Ich fürchte, Sie müssen jetzt noch einmal sehr stark sein«, sagte Matowski zu ihr.

»Es, es ist alles so unwirklich, ganz anders als gestern Abend ...«

Langsam gingen beide in Richtung der zwei mallorquinischen Polizeibeamten, die sich bereits rege unterhielten. Gabriele Murks hatte sich bei Matowskis rechtem Arm eingehakt, was er erst etwas verwundert, aber keineswegs unangenehm berührt zur Kenntnis nahm. Matowskis Erfolge beim anderen Geschlecht waren in der letzten Zeit nicht gerade spektakulär gewesen, und wenn er tatsächlich mit einer Familiengründung ernst machen wollte, würde er sich mit seinen mittlerweile schon 34 Jahren langsam aber sicher ranhalten müssen. Und jetzt, in diesem Moment, ging er Arm in Arm mit der Frau eines Mannes, den er vor kurzem noch am liebsten auf den Mond geschossen hätte und steckte mitten im spektakulärsten Fall seiner gesamten Karriere. Grotesk, einfach grotesk.

Diesmal schien wieder alles glatt gegangen zu sein. Mit geradezu chirurgischer Präzision hatte er Albert Tal trotz Polizeischutzes seiner verdienten Strafe zugeführt. Dies war zweifellos sein bisheriges Meisterstück gewesen. Jawohl, er war ein Meister. Der Meister der Rache. Während die Schalker ob der Ungerechtigkeit des Saisonfinales von einigen als »Meister der Herzen« betitelt worden waren – ihm freilich war diese Bezeichnung zu melodramatisch – war er der Meister der Rache, der für Gerechtigkeit sorgte.

Eine Stunde war nun vergangen, seit er dem Schiedsrichter das Nervengift verabreicht hatte. Er befand sich auf der Autobahn A1 und näherte sich dem Dreieck Nonnweiler, wo er auf die A62 in Richtung Kaiserslautern würde abbiegen müssen. Kaiserslautern, dort wo Martin Murks wochentags als Zahnarzt praktizierte, während er am Wochenende mit schöner Regelmäßigkeit Millionen ehrbarer Fußballanhänger als sogenannter »Unparteiischer« in Verzweiflung stürzte. Aber nicht mehr lange.

Der Meister der Rache hatte bereits vorgesorgt. Er hatte unter falschem Namen und mit einer gefälschten Chipkarte bewaffnet für den kommenden Donnerstag einen Behandlungstermin vereinbart. Dann würde der verhasste Dentist nach der Rückkehr aus dem Urlaub seinen Dienst im Hauptberuf wieder aufnehmen. Als Teenager hatte er den Kinofilm »Der Marathon-Mann« gesehen, in dem Dustin Hoffman vom ehemaligen KZ-Arzt Laurence Olivier mit dem Bohrer eine Zahnbehandlung der besonders unangenehmen Art über sich ergehen lassen muss. Er malte sich aus, was er mit Martin Murks alles anstellen könnte. Mit einem Dentistenbohrer konnte man keineswegs nur das Zahnmaterial eines wehrlosen Opfers malträtieren. Schließlich verfügte der menschliche Körper noch über eine ganze Reihe weiterer hochsensibler Bereiche. Martin Murks würde die Momente, in denen er Schalke um die Meisterschaft betrogen hatte, noch verfluchen.

Die Uhr auf dem Armaturenbrett zeigte 12 Uhr 59, und er schaltete das Autoradio ein. Eigentlich müssten sie in den Nachrichten schon etwas vom jähen Ableben des Herrn Albert Tal bringen.

»Die unheimliche Todesserie unter den deutschen Bundesliga-Schiedsrichtern hat ein neues Opfer gefordert.«

Mit zufriedenem Grinsen vernahm er die Stimme der Nachrichtenspre-cherin.

»Palma. Wie soeben von unseren Auslandskorrespondenten gemel-det wurde, wurde gestern Abend im Norden der Urlauberinsel Mallorca die Leiche des Unparteiischen Dr. Martin Murks angespült. Die näheren Umstände seines Todes sind noch unklar, von den spanischen Behörden gibt es noch keine offizielle Stellungnahme. Nach Edwin Beinhorn, Nor-bert Windel und Jürgen Kassler ist Murks der vierte Bundesliga-Schieds-richter, der in den vergangenen drei Tagen auf bisher noch ungeklärte Weise zu Tode kam. Um das Leben des niedergeschossenen Unparteii-schen Udo Daehmling ringen noch die Ärzte.«

Ihm schoss das Blut in den Kopf, und er hatte Mühe, nicht die Gewalt über seinen Wagen zu verlieren. Kein Wort von Albert Tal, stattdessen war Martin Murks über den Jordan gegangen!

»Nach dieser Nachrichtensendung schalten wir live zu unserem Korre-spondenten Florian Eichler nach Mallorca.«

Wie in Trance steuerte er die nächste Ausfahrt Nohfelden-Türkismühle an und stellte seinen Wagen bei der erstbesten Gelegenheit am Straßen-rand ab.

Was war geschehen? Ein Unfall? Höhere Gerechtigkeit? Oder hatte ein Schalke-Fan Murks auf Mallorca erkannt und ihm, dem Meister der Rache, seine Arbeit abgenommen? Gebannt lauschte er der Ansagerin im Radio.

»Wir schalten nun um zu unserem Korrespondenten Florian Eichler auf Mallorca.«

»Die unheimliche Todes- oder muss man sagen Mordserie unter Deutschlands Bundesliga-Schiedsrichtern erhält nun eine internationale Dimension. Wie vor einer halben Stunde bekannt wurde, wurde gestern Abend im Norden der Insel nahe des Ortes Can Picafort die Leiche des Kaiserslauterers Dr. Martin Murks angespült, der hier gemeinsam mit seiner Gattin Urlaub machte. Die näheren Umstände sind noch unklar, und von offizieller Seite gab es noch keine Stellungnahme. Angesichts der Ereignisse der vergangenen Tage muss jedoch von einem Gewaltverbre-chen ausgegangen werden. Murks war eine der Hauptfiguren des hoch-dramatischen Meisterschaftsfinales der vergangenen Bundesliga-Saison gewesen, als er in Hamburg lange nachspielen ließ und dem FC Hansa München mit einem umstrittenen Freistoß in der 94. Spielminute noch zur Meisterschaft verhalf.«

Er kurbelte das Fenster der Fahrertür herunter, um frische Luft zu bekommen.

Da sein ob des öden Jobs in sengender Sonne bedauernswerter Kollege nur spanisch sprach, musste sich Inspector Rodriguez als Dolmetscher betätigen.

»Nach dem Auffinden der Leiche hat man noch gestern Abend sowohl den Bereich, wo er angespült wurde, als auch den Platz, wo ihn die Fischer hingetragen haben, sofort abgesperrt. Eigentlich sollte die Spurensicherung bereits da gewesen sein, Inspector Esteban wartet jedenfalls seit heute früh darauf.«

»Wobei ich fürchte«, meinte Matowski, »dass es hier nicht allzu viele Spuren zu sichern gibt.«

Er zückte seinen Notizblock. »Interessanter wäre schon die Frage, wer Herrn Murks gestern Abend noch gesehen hat, nachdem er sich gegen 17 Uhr 30 zum Schwimmen verabschiedete.«

»Wir sollten vielleicht heute Abend versuchen, Hotelgäste und Passanten zu diesem Thema zu befragen«, schlug Rodriguez vor. »Es wäre uns eine Ehre, wenn Sie uns dabei unterstützen könnten.«

Matowski überlegte kurz. In diesem Moment wurde ihm bewusst, dass er bisher reichlich spontan vorgegangen war. Langsam würde er sich entscheiden müssen, wie lange er noch auf der Insel bleiben wollte. Immerhin harrten zuhause noch vier weitere Gewalttaten auf Aufklärung, und dieser seltsame Heimberger vom BKA machte die Angelegenheit sicher auch nicht weniger kompliziert.

»Die Ehre wäre ganz auf meiner Seite«, antwortete Matowski. »Allerdings möchte ich mich gerne noch zuvor mit meinen Kollegen in Deutschland abstimmen.«

»Bien, dann schlage ich vor, wir bringen die Señora zum Hotel zurück und fahren wieder ins Präsidium. Dort können wir dann alles Notwendige für Ihre Unterkunft und Ihren Rückflug veranlassen.«

»Das ist nicht aufgesetzt, das ist echt«, dachte sich Matowski und bewunderte die freundliche Art der hiesigen Landsleute. »Davon könnten sich unsere Affen ruhig mal eine Scheibe abschneiden.«

»Ausgezeichneter Vorschlag«, entgegnete er. »Frau Murks, ist das aus Ihrer Sicht auch in Ordnung?«

»Ja, ich glaube, es ist besser, ich lege mich noch ein wenig hin.«

»Außerdem« ergänzte Rodriguez, »können wir sehen, ob Señor Cabañero schon etwas Neues herausgefunden hat.«

Als sie gerade das Hotel verlassen wollten, hielt Matowski inne.

»Einen Moment, wir könnten uns vielleicht jetzt schon eine Gästeliste vom Hotel geben lassen. Es ist zwar nur eine vage Hoffnung, aber vielleicht stoßen wir ja auf einen interessanten Namen.«

»Ein ausgezeichneter Gedanke« entgegnete Rodriguez, »zumindest haben wir dann schon einmal einen Überblick, wie umfangreich die Befragungen heute Abend werden könnten.«

Fünf Minuten später hielt Matowski einen vierseitigen Ausdruck mit sämtlichen Gästen in Händen, welche zum Zeitpunkt des Ablebens von Dr. Martin Murks im Hotel »Tropical« registriert waren.

IX.

Hauptkommissar Freiwart war wenig begeistert. In puncto Körperbau war er ohnehin schon etwas stattlicher konzipiert als seine Mitarbeiter Blocker und Ommer. Im Moment aber wirkten die beiden neben ihm regelrecht wie Pygmäen.

»Mehr gibt es leider nicht zu sagen«, schloss Ommer seinen mündlichen Bericht gerade ab.

»Dann wollen wir uns das Ganze mal visualisieren«, befahl Freiwart. »Kommt mit in unser Besprechungszimmer, wir bringen unsere Pinnwand auf den neuesten Stand.«

An einer großen grünen Stofftafel waren sämtliche Informationen festgehalten, die Freiwart und seine Leute im Zusammenhang mit der Ermordung Norbert Windels, des hauptberuflichen Konzertpianisten und Leiters einer Musikschule sowie nebenamtlichen Schiedsrichters, zusammengetragen hatten:

Opfer: . . . . Norbert Windel, 37 Jahre alt
Tatzeit: . . . . Freitag, 20. Juli 2001,
                        zwischen 17:00 und 22:00 Uhr
Tatort: . . . . Villa von Norbert Windel
Todesursache: . . . . . mehrfache stumpfe Gewalteinwirkung
                        gegen den Kopf

Tatwaffe:	Holzprügel, vermutlich Baseballschläger (nicht gefunden)
Spuren:	Abdrücke von Turnschuhen, Größe 41, Marke Adidas, vermutlich dem Täter zuzuordnen
Mögliche Motive: . .	1. Beziehungstat (ehemalige Cello-Schülerin)
	2. Nebenberuf Schiedsrichter
Tatverdächtige:	keine

»Wenn ich mir das so ansehe«, grummelte Freiwart, »besonders weit sind wir im Fall Windel noch nicht gekommen. Und jetzt haben wir den zweiten Mord an der Backe.«

»Vielleicht war es bei Tal ein einfacher Herzinfarkt«, wandte Kriminalmeister Blocker ein.

»Und vielleicht ist die Erde eine flache Scheibe«, war sich Freiwart seiner Sache sicher. »Was glaubt ihr, was die Presse mit uns machen wird? Vor unseren Augen wird, trotz der Anwesenheit zweier Beamter, der zweite Bundesliga-Schiedsrichter aus unserem Einzugsbereich ermordet und der, ja, der nun wievielte eigentlich insgesamt? Der Martin Murks ist ja gestern auf Mallorca ertrunken. Das ist einfach Irrsinn.«

»Zumindest«, bemerkte Ommer, »können wir wohl die Prioritäten bei den möglichen Motiven umkehren.«

»Absolut«, konstatierte Freiwart. »So, und jetzt mal zu den Fakten, die wir über Albert Tal haben.«

Gemeinsam erstellten die Beamten eine zu Windel analoge Kurzzusammenfassung, welche freilich noch mehr Lücken aufwies.

Opfer:	Albert Tal, 45 Jahre alt
Tatzeit:	Montag, 23. Juli 2001, zwischen 12:00 und 12:20 Uhr
Tatort:	Kantine des Trierer Rathauses
Todesursache:	Atem-, Herzstillstand, Ursache unbekannt
Tatwaffe:	unbekannt
Spuren:	keine
Mögliche Motive: . .	Nebenberuf Schiedsrichter
Tatverdächtige:	keine

»Nicht besonders reichhaltig«, meinte Freiwart. »Ommer und Blocker, ihr unterhaltet euch mal mit den Hinterbliebenen. Tal hat eine Ehefrau hinterlassen.« Die beiden nickten.

»Ich selbst werde gleich mal unseren Kollegen Matowski aus Bonn anrufen, der hat ja von Anfang an auf den Schiedsrichter-Killer gesetzt. Vielleicht gibt es ja in einem der anderen Fälle etwas Bewegung.«

»Schwann, Apparat Matowski, guten Tag«, meldete sich der grauhaarige Kommissar, der den Apparat seines Vorgesetzten auf Rufumleitung gestellt hatte.

»Freiwart, Kripo Trier. Ist Herr Matowski zu sprechen?«

»Der ist heute früh nach Mallorca geflogen, nachdem er erfahren hat, dass Schiri Martin Murks dort ums Leben gekommen ist.«

»Die Meldung haben wir heute Vormittag bekommen. Und jetzt halten Sie sich fest, vor einer Stunde ist Albert Tal gestorben.«

»Nein!«

»Leider doch. Zwei meiner Leute haben den ganzen Tag auf ihn aufgepasst. Tal wollte unbedingt seinem Job bei der Ausländerbehörde im Trierer Rathaus nachgehen. Kurz nach zwölf ist er plötzlich in der Kantine tot zusammengebrochen. Unser Pathologe versucht gerade herauszufinden, warum.«

»Verdammte Kiste! Das kann doch unmöglich alles ein Täter sein.«

»Ich versteh's auch nicht. Haben Sie bei einem der anderen Schiedsrichtermorde handfeste Spuren? Wir tappen im Fall Windel leider auch noch ziemlich im Dunkeln.«

»In der Sache Beinhorn haben wir vermutlich das Tatfahrzeug entdeckt, mit dem er überfahren wurde. Leider ausgebrannt und ohne Nummernschilder; anhand der Fahrgestellnummer konnten wir zumindest feststellen, dass es vor ein paar Wochen in Dortmund gestohlen wurde. Motive im persönlichen Umfeld haben wir auch abgeklopft, aber die scheinen auszuscheiden.«

»Alles, was nichts mit Fußball zu tun hat, können wir wohl erst mal zurückstellen. Wie sieht es in den anderen Fällen aus?«

»Aus München und Hannover hab ich nichts Neues gehört, aber die Kollegen wollten sich melden, sobald sich ein Anhaltspunkt ergibt.«

»Na ja, dann sind wir wenigstens nicht die einzigen, die nicht viel Greifbares in der Hand haben«, meinte Freiwart sarkastisch. »Wir bleiben in Kontakt.«

»Auf jeden Fall. Auf Wiederhören.«

Estermann, der Schwann gegenüber saß, hatte mitgehört. »Hab ich das richtig verstanden?«

»Ja«, entgegnete Schwann, »vor einer Stunde ist Albert Tal tot umgefallen, Ursache unbekannt.«

»Hölle, genau wie von Matowski befürchtet.«

»Ja, bei dem Anschlag auf Daehmling sind wir nur um wenige Sekunden mit unserer akuten Warnung zu spät gekommen, aber Albert Tal konnte nicht mal verstärkter Polizeischutz retten. Ein Wahnsinn.«

»Aber irgendwann muss der Täter doch mal einen Fehler machen.«

»Bisher scheinbar nicht. Und weißt du was?«

»Was?«

»Wenn Matowski mit seiner Spielanalyse recht hat, wird jetzt erst mal Ruhe sein.«

»Stimmt, alle Spiele, bei denen sich ein paranoid-fanatischer Schalkefan benachteiligt gefühlt haben könnte, hat der Killer nun abgearbeitet.«

»Und wenn er nun mit anderen Fußballvertretern weitermacht? Hansa-Spieler? Präsidiumsmitglieder? Leute vom DFB?«

»Oder er wartet, bis in der neuen Saison wieder einer die Schalker benachteiligt.«

»Also wenn ich Schiedsrichter wäre, würde ich freiwillig kein Schalke-Spiel mehr pfeifen.«

In diesem Moment betrat Heimberger das Büro.

»Na, meine Herrn, ich hoffe, ich störe nicht«, sagte er und setzte dabei sein öliges Grinsen auf. »Was macht der neueste Bericht aus Hannover?«

»Hier«, übergab ihm Schwann ein dreiseitiges Schriftstück. »Der Anruf, den ich gerade erhalten habe, dürfte Sie aber auch interessieren.«

»So?«

»Schiedsrichter Albert Tal ist vor einer Stunde tot zusammengebrochen, Ursache noch unbekannt.«

»Was?! Der stand doch unter Polizeischutz?!«

»Ganz recht. Scheint alles ziemlich mysteriös.«

»Wer ermittelt dort?«

»Hauptkommissar Freiwart von der Kripo Trier. In seinen Zuständigkeitsbereich fällt übrigens auch der Mord an Windel.«

»Zunächst einmal, sehr verehrter Herr Kommissar Schwann, ist das *mein* Zuständigkeitsbereich. Ich glaube, ich muss mit diesem Freiwart mal ein ernstes Wort reden.«

Heimberger verließ das Zimmer und ging zu Matowskis Büro, wo er sich häuslich eingerichtet hatte.

Die Fahrt von Can Picafort zurück zum Polizeipräsidium von Palma war nicht besonders gesprächsintensiv verlaufen. Nachdem die Liste mit den 112 Hotelgästen erwartungsgemäß keine spektakulären Namen enthalten hatte, begann Matowski darüber nachzugrübeln, ob es nicht besser gewesen wäre, zuhause zu bleiben. Die spanischen Kollegen schienen alles gut im Griff zu haben, und wie bei den anderen Fällen gab es praktisch keine verwertbaren Indizien.

Gegen 14 Uhr betrat Matowski das Büro von Comisario Alvarez, während Inspector Rodriguez sich von ihm vorerst verabschiedet hatte.

»Buenas tardes, Señor Matowski, ich hoffe, Sie sind bei Ihren Ermittlungen einen Schritt weitergekommen.«

»Leider nein, bisher gibt es noch keine Spuren. Vielleicht bringen uns die Zeugenbefragungen im Hotel heute Abend etwas voran.«

»Que pena. Von Señor Cabañero gibt es leider auch noch keine neuen Erkenntnisse.«

»Ich würde gerne einmal mit meinen Leuten in Deutschland sprechen. Kann ich bei Ihnen telefonieren?«

»Naturalmente«, reichte ihm Alvarez seinen Telefonhörer. »0049 für Alemania, und weiter bitte?«

Matowski nannte ihm Schwanns Nummer. Die Verbindung war erstaunlich gut.

»Schwann, Kripo Bonn, Mordkommission?«

»Hallo, hier Matowski. Hier auf Mallorca herrscht bestes Urlaubswetter, aber leider hab ich nicht allzu viel davon. Murks ist offenbar ertrunken, es könnte jedoch etwas nachgeholfen worden sein. Die genaue Autopsie ist gerade in Arbeit. Leider bis dato keine Zeugen und keine Spuren.«

»Da habt ihr uns immerhin eines voraus«, meinte Schwann lakonisch.

»Wie meinst du das?«

»Heute Mittag ist Albert Tal tot zusammengebrochen. Wir kennen noch nicht mal die Todesursache.«

»Verflucht, sag das nochmal!«

»Er wollte unbedingt an seinen Arbeitsplatz im Ausländeramt der Stadt Trier. War die ganze Zeit unter doppelter Polizeibewachung. Und beim Essen in der Kantine ist er plötzlich zusammengebrochen und war tot.«

Es vergingen einige Sekunden betretenen Schweigens, bis Matowski wieder das Wort ergriff.

»Was ist mit Daehmling, ist der wenigstens noch am Leben?«

»Laut letzter Meldung aus Hannover ja, er liegt allerdings noch im künstlichen Koma und konnte noch nicht befragt werden.«

»Habt ihr denn bei irgendeinem der anderen Morde eine neue Spur?«

»Leider nein. Bei den potenziell Verdächtigen, die wir gestern besucht haben, warten wir noch auf Nachrichten von unseren Kollegen vor Ort, die wollen heute deren Alibis überprüfen.«

»Na ja, ehrlich gesagt habe ich nicht das Gefühl, dass einer von denen in Frage kommen könnte. Aber man weiß ja nie.«

»Wie lange willst du noch auf Mallorca bleiben?«

»Wenn ich es mir so recht überlege, ist es wohl das Gescheiteste, wenn ich versuche, noch für heute Abend einen Heimflug zu bekommen. Die Kollegen haben hier alles gut im Griff, und die Spurenlage ist ja auch nicht so berauschend.«

»Und wie wollen wir weiter vorgehen?«

»Tja, wenn sich herausstellen sollte, dass beim Ertrinken von Murks nachgeholfen wurde, dann haben wir es mit keinem Einzeltäter zu tun, sondern mit einer ganzen Bande, die verdammt gut organisiert zu sein scheint. Das Beste ist wohl, wir treffen uns morgen früh zur üblichen Besprechung und überlegen, wo wir als nächstes ansetzen wollen.«

»Ok, alles klar, also bis dann.«

»Ciao.«

Während des Gesprächs war Matowski noch einmal die ganze Ratlosigkeit ihrer Situation klargeworden. Innerhalb von vier Tagen fünf tote und ein schwerverletzter Schiedsrichter, genau diejenigen, die durch haarsträubende Fehlleistungen den Schalkern die Meisterschaft gekostet hatten. Und die Täter hatten so gut wie keine verwertbaren Spuren hinterlassen. Würde das Morden trotzdem weitergehen? Vielleicht standen auch noch Offizielle des DFB oder Spieler vom FC Hansa München auf der Todesliste? Hier auf Mallorca würde nach menschlichem Ermessen wohl nichts mehr weiter passieren.

Hauptkommissar Günter Matowski wurde in diesem Moment klar, dass er so schnell wie möglich nach Deutschland zurück musste.

»Ich glaube«, sagte er zu Comisario Alvarez, »es ist das Beste, ich fliege noch heute nach Deutschland zurück.«

»Schade«, antwortete dieser, »wir hätten gerne gemeinsam mit Ihnen versucht, diesen Fall zu lösen.«

»Ich fürchte, ich kann hier nicht allzu viel Konstruktives zur Lösung beitragen. Es könnte jedoch sein, dass zuhause weitere Morde verübt werden, es tut mir leid, ich hätte vielleicht gar nicht herkommen sollen.«

»Wie Sie wünschen, aber ich möchte betonen, dass wir die Ehre Ihres Besuches gerne länger gehabt hätten.«

Alvarez griff zum Telefonhörer und führte ein kurzes Telefonat auf Spanisch. Danach blickte er zu Matowski auf und meinte: »Es gibt noch einen Platz in einem Flug nach Köln/Bonn heute um 16 Uhr 10, es liegt ganz bei Ihnen.«

»Ich glaube, es ist das Beste, ich nehme diesen Flug. Bitte verstehen Sie mich nicht falsch, aber ich werde daheim dringend gebraucht.«

Comisario Alvarez machte die Buchung perfekt und bedeutete Matowski, dass das Flugticket am Check-in-Schalter auf seinen Namen hinterlegt würde.

Als Matowski gemeinsam mit Inspector Rodriguez den Polizeiwagen bestieg, der ihn zum Flughafen bringen sollte, hatte er mehr denn je das Gefühl, versagt zu haben. Und mehr noch, vor seinem Versagen davon gelaufen zu sein. Anstatt sich der verzwickten Situation zu Hause zu stellen, saß er hier in einem mallorquinischen Polizeiwagen und ließ sich von einem hiesigen Kollegen spazieren fahren, der mit Sicherheit Besseres zu tun hatte.

Die Fahrt durch Palma verlief ohne besondere Vorkommnisse, und dank seiner Ortskenntnisse konnte Rodriguez einige Schleichwege nutzen, welche ihnen größere Staus ersparten. Nun befanden sie sich auf einer Ausfallstraße, die zur Flughafenautobahn führte.

Plötzlich durchschoss Matowski ein Gedanke. Am Anfang hatte er noch vage und kaum zu greifen in seinem Unterbewusstsein gearbeitet, doch jetzt bohrte er sich tiefer und immer tiefer in seine Gehirnwindungen. Matowski zögerte ein wenig, bevor er Inspector Rodriguez ansprach.

»Ähh, Señor Rodriguez, ich hätte noch eine, ähh, Bitte.«

»Sprechen Sie, ich freue mich, wenn ich noch etwas für Sie tun kann, nachdem Ihr Aufenthalt heute bereits endet.«

»Stellen Sie sich vor, Sie werden als Auftragskiller von Deutschland nach Mallorca geschickt. Sie fliegen hierher und erledigen Ihren Job.«

»Und dann?«

»Genau das ist der springende Punkt. Bleiben Sie nach der Tat noch auf der Insel oder versuchen Sie, so schnell wie möglich wieder zurück nach

Deutschland zu fliegen?«

»Das hängt davon ab, wann mein Rückflug geht.«

»Und wenn der Rückflug, sagen wir, erst in drei Tagen geht und es Ihnen zu heiß wird?«

»Zu heiß?«

»Ich meine, wenn Sie kalte Füße bekommen?«

»Perdon, ich verstehe nicht ganz.«

Matowski musste kurz lachen, als ihm die Gegensätzlichkeit seiner beiden Metaphern bewusst wurde, die freilich trotzdem dieselbe Bedeutung hatten. »Wenn Sie Angst haben, noch drei Tage hier auf der Insel zu verbringen. Vielleicht, weil die Leiche schnell gefunden werden könnte und Sie das Opfer im Todeskampf noch gekratzt hat. Denken Sie an die Partikel, die Dr. Cabañero unter den Fingernägeln von Martin Murks gefunden hat.«

»Si, comprendo. Hmm, aber vielleicht würde ich mein Opfer erst am Ende meines Aufenthaltes ermorden. Und am nächsten Morgen steige ich in mein Flugzeug und fliege wieder nach Hause.«

»Aber was ist, wenn Ihr Opfer an diesem letzten Tag für Sie nicht greifbar ist? Wenn er zum Beispiel einen ganztägigen Ausflug mit einer Reisegruppe macht oder etwas in der Art? Dann müssen Sie unverrichteter Dinge wieder abdüsen.«

»Es verdad ...«

»Und bedenken Sie, wenn das Ganze wie ein Unfall aussehen soll, sind die Möglichkeiten erst recht eingeschränkt. Je schneller der Täter die Sache hinter sich bringt, desto besser. Er weiß, dass er nicht viele Gelegenheiten haben wird. Und dann ergreift er gleich die erste, und hinterher wird ihm bewusst, dass er einige Tage hier fest sitzt.«

»Und dann ...«

»... wird er genau das gleiche machen, wie Comisario Alvarez vorhin für mich. Er wird versuchen, kurzfristig einen Rückflug zu bekommen.«

Rodriguez dokumentierte mit einem breiten Grinsen, dass er verstanden hatte. »Und über kurzfristige Umbuchungen nach Alemania gibt es bei den Fluggesellschaften bestimmt Aufzeichnungen!«

»Ganz genau!«

Inspector Rodriguez schaltete sein Mobiltelefon ein und ließ sich mit dem Flughafen verbinden. Anschließend erklärte er Matowski: »Die Kollegen der Flughafenpolizei werden sofort bei sämtlichen Fluggesellschaften anfragen, ob es seit gestern Abend kurzfristige Flugbuchungen nach Alemania gegeben hat.«

»Und dann können wir uns getrost aufteilen«, ergänzte Matowski. »Diejenigen, die bereits wieder in Deutschland sind, werden wir überprüfen, und ihr könnt alle anderen Umbucher am Flughafen unter die Lupe nehmen.«

»Exactamente!«

Kommissar Schwann war gerade dabei, das Fax eines Gelsenkirchener Kollegen zu studieren. Die Überprüfung des potenziell Tatverdächtigen Christian Oldenburger – einer der fünf Kandidaten, die Matowski und der Schalker Fanbeauftragte Sandmann ermittelt hatten – war negativ verlaufen. Mehrere Kollegen hatten sein Alibi für die Tatzeit der beiden Morde an Beinhorn und Windel am Freitag bestätigt, dieser Mann konnte zu den Akten gelegt werden. Gerade als er das Schriftstück in den entsprechenden Ordner einheftete, klingelte sein Telefon. Der Pförtner Stefan Hagemann meldete die Ankunft eines Pakets für Hauptkommissar Matowski, und da dieser außer Haus war, hatte er sich an dessen Stellvertreter Schwann gewandt.

Neugierig machte sich Schwann auf den Weg zur Pforte. Plötzlich hielt er jedoch inne. Was, wenn in dem Paket eine Bombe war? Vielleicht waren sie dem Mörder bzw. der international operierenden Mörderbande unbemerkt schon sehr nahe gekommen? Zügig ging er weiter und öffnete schließlich die Tür zum Büro seines Kollegen vom Empfang.

»Hallo, steht denn ein Absender auf dem Paket?«

»Ja«, antwortete Hagemann, »das kommt von einem Kollegen aus München, ein Kriminalmeister Herbert Dehner.«

»Hmm, wir sollten diesen Dehner vielleicht einmal anrufen.«

»Wieso, ist was mit dem Paket?«

»Vielleicht werde ich langsam paranoid, aber ich möchte einfach auf Nummer sicher gehen.«

In einem kurzen Telefonat mit der bayerischen Landeshauptstadt stellte sich heraus, dass Matowski seinen dortigen Kollegen Hiermann gebeten hatte, ihm aus der Unterföhringer Zentrale des Fernsehsenders Sat1 alle Aufzeichnungen der Fußballsendung *ran* aus der abgelaufenen Saison zu besorgen. Beruhigt nahm Schwann das Paket und machte sich auf den Weg in den Videoraum.

Das Paket enthielt neben zahlreichen Videokassetten auch ein kurzes Begleitschreiben: »Sehr geehrte Kollegen, anbei die Kopien aller *ran*-Sendungen der Saison 2000/2001. Auf einer gesonderten Kassette finden Sie alle Schalke-Spiele. Gruß H. Dehner.«

Schwann überlegte kurz und holte dann seinen Kollegen Estermann. »Hi Anton, ich hab grad ein Paket aus München bekommen.«

»Und was ist Schönes darin?«

»Alle *ran*-Sendungen der abgelaufenen Saison.«

»Haben wir nicht schon genug Fußball geschaut?«

»Ich weiß nicht, das wäre wieder ein anderer Blickwinkel. Denk an Rashomon. Bisher hatten wir den *kicker* und die Zusammenschnitte, die Matowski vom WDR bzw. von ›AufSchalke‹ besorgt hat. Beide vielleicht etwas lokalpatriotisch eingefärbt.«

»Und?«

»Eine Kassette ist dabei, wo sie extra für uns nur die Schalke-Spiele zusammengeschnitten haben. Muss verdammt aufwändig gewesen sein. Ich schlage vor, wir schauen sie uns noch mal alle an.«

»Eigentlich haben wir uns doch schon zur Genüge mit dem ›Meister der Herzen‹ beschäftigt.«

»Ja, mit dem Ergebnis, dass wir a) beinahe den Mordversuch an Daehmling verhindert hätten und uns b) von Matowski ewig werden vorhalten lassen müssen, dass seine Königsblauen eigentlich mit Riesenvorsprung Meister geworden wären, hätte man sie nicht immer so bitterböse benachteiligt. Vielleicht haben wir ja noch etwas übersehen und ein weiterer Unparteiischer schwebt in besonderer Gefahr.«

»Du hast mich überzeugt«, konstatierte Estermann. »Allein schon deswegen, weil wir unter Garantie einige Spiele finden werden, in denen die Schalker Punkte vom Schiri geschenkt gekriegt haben.«

»Eben« grinste Schwann. »Glück und Pech gleichen sich im Laufe einer Saison nämlich immer aus, auch wenn das im *kicker* vielleicht nicht so ganz rübergekommen ist. Bisher haben wir ja nur die Schalker Punktverluste auf Video analysiert.«

Beide schalteten ihre Telefone auf Rufumleitung ins Videozimmer und begaben sich ebendort hin.

Kurz nach drei Uhr betraten Matowski und Rodriguez das mallorquinische Flughafengebäude. Am Check-in-Schalter für Flug LH 1438 nach Köln/Bonn hatte sich eine Schlange von etwa 30 Personen gebildet.

»Hmm«, meinte Matowski, »ich glaube, wir sollten gleich mal bei den Kollegen vorbeischauen.«

Das Büro der Flughafenpolizei war angenehm klimatisiert. Während sich Inspector Rodriguez in seiner Muttersprache mit den dortigen Kollegen unterhielt, fühlte sich Matowski zunehmend unwohler. In all der Hektik war er noch nicht einmal dazu gekommen, sich ein frisches Hemd anzuziehen, und seine gegenwärtige Oberbekleidung enthielt vermutlich mehr Schweiß, als sämtliche Trikots aus Stefan Effenbergs gesamter Fußballerkarriere jemals aufnehmen mussten.

Rodriguez überreichte Matowski eine zweiseitige Liste mit allen kurzfristig getätigten Flugbuchungen nach Deutschland seit 17 Uhr am Abend des vergangenen Tages. Auch sein eigener Name war darauf zu lesen. »Na ja, immerhin können wir diesen Verdächtigen wohl streichen«, dachte er, in sich hinein grinsend. Er faltete die beiden Papiere und steckte sie in die Brusttasche seines Hemdes.

Gemeinsam gingen Matowski und Rodriguez wieder in Richtung des Check-in-Schalters für den Flug nach Köln/Bonn. Die Schlange davor war nur unwesentlich kürzer geworden.

»So«, begann Matowski, »nun ist es wohl an der Zeit, mich für alles aufs Herzlichste bei Ihnen zu bedanken!«

»De nada«, wehrte Rodriguez bescheiden ab, »Sie hätten für uns dasselbe getan.«

Nachdem sein spanischer Kollege gegangen war, versuchte Matowski, seine Gedanken zu sammeln. Wenn er ehrlich war, freute er sich am allermeisten auf sein Bett zuhause. Um dieses freudige Ereignis nicht noch unnötig in Gefahr zu bringen, vergewisserte er sich, ob er Flugticket und Personalausweis griffbereit hatte.

Instinktiv griff er in die Innentasche seiner Jacke. Im selben Moment fiel ihm jedoch ein, dass er sein Ticket ja noch gar nicht in Besitz nehmen können, harrte es doch noch seiner am Check-in-Schalter. Trotzdem hatte er ein Stück Papier in der Hand. Richtig, die Gästeliste vom Hotel ›Tropical‹ in Can Picafort.

Ihm kam ein verwegener Gedanke. »Eine Chance von eins zu einer Million, aber so kann ich wenigstens die Wartezeit sinnvoll nutzen«, dachte er bei sich. Er holte die Liste mit den kurzfristig gebuchten Flügen nach Deutschland aus seiner Hosentasche. Diese waren chronologisch sortiert, während die Hotelurlauber sich einer alphabetischen Reihenfolge erfreuten.

»So, wer hat denn alles umgebucht ... Robert Eisenhofer nach Hamburg – Fehlanzeige. Peter Riegert nach Stuttgart – auch nix.«

Plötzlich zuckte Matowski zusammen: Ein gewisser Michael Burger war tatsächlich auf beiden Listen vertreten! Er hatte für heute Abend um 21 Uhr 20 einen kurzfristigen Flug nach Stuttgart gebucht, und zwar gestern Abend um 19 Uhr 23.

Mit einem Mal war alle Müdigkeit wie weggeblasen. Matowski ergriff seine Reisetasche und stürmte zum Ausgang des Flughafengebäudes. Vielleicht würde er Rodriguez noch erreichen. Die Urlauber in der Warteschlange hatten für den erst etwas lethargisch wirkenden, nun aber urplötzlich eine ungeheure Hektik verbreitenden Zeitgenossen freilich nur ein Kopfschütteln übrig.

Inspector Rodriguez war gerade dabei, seinen Dienstwagen zu starten, als ihm der wild gestikulierende Matowski entgegenstürmte. »Wir haben den Mörder!«

»Como dice?«

»Inspector Rodriguez, wir müssen schleunigst nach Can Picafort ins Hotel ›Tropical‹! Ein gewisser Michael Burger, der dort zu Gast ist, hat für heute Abend kurzfristig einen Heimflug gebucht!«

»Caramba! Und Sie meinen, er ist noch im Hotel?«

Matowski sah auf die Uhr. »Ja, es ist jetzt viertel nach drei, und sein Flug geht erst in sechs Stunden.«

Rodriguez hatte verstanden. Zunächst instruierte er per Telefon seine Kollegen am Flughafen, ganz besonders auf einen »Michael Burger« zu achten, der heute Abend nach Stuttgart fliegen wollte. Anschließend schaltete er das Blaulicht ein und trat das Gaspedal bis zum Bodenblech durch. Unterwegs führte er zwei weitere Gespräche auf Spanisch.

Nach kurzer Zeit ging die Autobahn in eine Landstraße über, doch Rodriguez holte weiterhin das Letzte aus seinem Polizeiwagen heraus. Für Matowski vergingen die Minuten jedoch unendlich langsam, und in seinem Kopf überschlugen sich die Gedanken. War das der Fehler, den jeder Mörder irgendwann einmal begeht und auf den er so lange gewartet hatte? Wer war dieser Michael Burger? War das überhaupt sein richtiger Name? War er Mitglied eines international operierenden Verschwörerrings? Oder würde sich am Ende alles nur als unglaublicher Zufall entpuppen? Nein, irgendwie hatte es Matowski im Gefühl, dass jetzt der große Durchbruch zum Greifen nahe war.

In der Zwischenzeit waren die Nachrichten vom Tod der beiden Unparteiischen Martin Murks und Albert Tal auch zu den mehr oder weniger angegrauten Herren in der Zentrale des deutschen Fußballbundes gedrungen. Hatte man nach Wiederaufnahme der Debatte zunächst noch das Für und Wider einer Aussetzung des Spielbetriebes heftig diskutiert, so war nach den beiden kurz hintereinander eintreffenden Hiobsbotschaften die Sache klar.

»Es ist einfach ungeheuerlich«, fasste Präsident Müller-Flaschenbier die Empfindungen aller zusammen. »Unter diesen Umständen sehe ich keine Möglichkeit, den Spielbetrieb am kommenden Wochenende wieder aufzunehmen.«

Ein entsprechender Beschluss wurde einstimmig gefasst.

Zu der vor dem Gebäude wartenden Journalistenschar hatten sich in der Zwischenzeit auch eine ganze Reihe von Fußball-Anhängern und andere Neugierige gesellt.

»Wie wollen wir das am besten der Öffentlichkeit sagen?« fragte Hansa-Manager Harri Höhnisch. »An jedem Spiel hängt schließlich eine Unmenge an Logistik«

MF, der als ehemaliger Politiker ein Gespür für öffentlichkeitswirksame Auftritte besaß, hatte auch hierfür schon eine Lösung parat. »Wir sagen heute kurz und knapp, dass der erste Bundesliga-Spieltag komplett verschoben wird. Morgen früh um 10 Uhr werde ich dann vom Balkon des Römers aus eine entsprechende Pressekonferenz geben.«

Der Frankfurter Römer, das Rathaus der Stadt, besitzt einen großzügig dimensionierten Balkon, auf dem sich im Falle einer gewonnenen Welt- oder Europameisterschaft die siegreiche Mannschaft von den Anhängern feiern lässt. Da der Platz vor dem Rathaus mehreren tausend Personen Platz bietet, würde sich der Präsident dort als wahrer Staatsmann präsentieren können.

Bevor das Hotel »Tropical« in Sichtweite kam, schaltete Rodriguez sein Blaulicht wieder aus und drosselte die Geschwindigkeit. Er parkte den Wagen in einer Seitenstraße außerhalb der Sichtweite des Hotels und fragte Matowski: »Wie wollen wir weiter vorgehen?«

»Rufen Sie Ihren hiesigen Kollegen zu Hilfe. Wenn dieser Burger der ist, den wir suchen, dann ist er verdammt gefährlich.«

In diesem Moment öffnete sich die Tür auf der Beifahrerseite und Matowski erkannte den Polizisten wieder, der am Ort des Auffindens von Murks' Leiche unter praller Sonne Wache gestanden hatte, ohne einen Tropfen Schweiß zu vergießen. »Buenas tardes, Señores«, begrüßte er sie.

Matowski verstand sofort. »Sie haben schon an alles gedacht und vorhin nicht nur den Kollegen am Flughafen Bescheid gegeben.«

»Ganz recht«, grinste Rodriguez. »Ich nehme an, Sie mussten Ihre Dienstwaffe zuhause lassen?«

»Ja, leider. Jetzt könnte ich sie verdammt gut gebrauchen.«

»Dann schlage ich vor, wenn es Ihnen recht ist, werden wir beide das Zimmer des Herrn Burger aufsuchen, während unser Kollege Esteban den möglichen Fluchtweg abschneiden wird.«

»Esteban«, dachte Matowski, »klingt wie ›Estermann‹. Hoffentlich geht alles gut.«

X.

Nachdem die DFB-Krisensitzung beendet war, machten sich die Vertreter der Bundesligavereine wieder auf den Heimweg. Zwei der anwesenden Herren zogen sich jedoch zu einer abschließenden Beurteilung der Lage wieder ins Nebenzimmer zurück.

»So, unser Mann hat also auf Mallorca ganze Arbeit geleistet.«

»Ein absoluter Profi eben. Der Zahnarzt wird jedenfalls niemandem mehr auf den Nerv gehen.«

»Und heute Mittag stirbt Albert Tal, unser langjähriger Vertrauensmann. Der sechste Unparteiische in vier Tagen. Die Presse wird toben.«

»Aber gleichzeitig auch unser letzter Mitwisser. Der geheimnisvolle Schiedsrichterkiller hätte uns eigentlich keinen größeren Gefallen erweisen können.«

»Und Daehmling, der den Anschlag überlebt hat, steht gar nicht auf unserer Lohnliste. Alles, was jetzt noch zu tun bleibt, ist Ruhe zu bewahren.«

Der Mann an der Rezeption des Hotels »Tropical« musste nicht lange nachsehen. »Si, Señor Burger wohnt in Apartment 402 im vierten Stock. Lassen Sie mich sehen, sein Schlüssel ist gar nicht hier. Er müsste also auf seinem Zimmer sein. Soll ich Sie anmel...«

Der Gesichtsausdruck der drei Polizisten ließ ihn die Frage beenden, bevor sie vollständig gestellt war.

»Auf welcher Seite des Gebäudes ist Zimmer 402?«, fragte Matowski.

Der Concierge betrachtete den Zimmerplan. »Auf der Ostseite, dort, wo sich der Swimmingpool befindet.«

Esteban sah zu seinen Kollegen, meinte »A dios« und durchquerte die Lobby in Richtung der Außenanlagen. Höheren Beistand konnten sie nun wahrlich gut gebrauchen.

Zwei Fahrstühle standen bereit, Hotelgäste in die höher gelegenen Stockwerke zu bringen. Matowski drückte auf beide Knöpfe und bedeutete dem Concierge, zu ihnen zu kommen. »Wir holen jetzt beide Aufzüge hierher, und Sie blockieren die Kabinen.«

»Bien. Darf ich fragen, worum es geht?«

»Nein.«

Da es erst 16 Uhr 50 war, befanden sich die meisten Gäste noch am Strand oder Pool, und die Fahrstuhlblockade erregte kein allzu großes Aufsehen. Matowski und Rodriguez stiegen nun zügig die Treppen hinauf.

»Was machen wir, wenn er gar nicht da ist?« fragte Rodriguez.

»Dann warten wir in seinem Apartment auf ihn. Aber ich fürchte, das wird nicht passieren.«

Als sie den vierten Stock betraten, war keine Menschenseele zu sehen. Dicke Teppiche dämpften ihre Schritte. Vor der Tür von Zimmer 402, die keinen besonders stabilen Eindruck machte, hielten beide inne. Sie postierten sich links und rechts der Tür, und Rodriguez deutete an, dass er nun die Initiative ergreifen würde.

Mit der rechten Hand am Revolver sagte er mit möglichst unverfänglicher Stimme: »Buenas tardes, Señor, Zimmerservice. Haben Sie Wäsche zum Reinigen?«

Quälend lange Sekunden geschah gar nichts, bis von innen eine Stimme ertönte: »Einen Moment, bitte.«

Krüger war gerade beim Packen. Er spürte, wie sein Adrenalinspiegel anstieg. Gab es in diesem Hotel wirklich einen Waschservice? Zugegeben, es war ein Haus der gehobenen Preiskategorie, es war also keineswegs unwahrscheinlich. Je weniger Aufsehen er erregte, umso weniger würde man sich später an ihn erinnern. Also würde er den übereifrigen Pagen kurz, aber freundlich abwimmeln

Matowskis Nerven waren zum Zerreißen gespannt, als sich aus dem Inneren von Zimmer 402 Schritte der Tür näherten und das Drehen des Türknaufs deren unmittelbar bevorstehende Öffnung ankündigte.

Zum ersten Mal seit Tagen lag er wieder in seinem eigenen Bett. Seit Donnerstag war er kreuz und quer durch Deutschland gefahren und hatte seine Mission erfüllt. Nun schien eigentlich alles erledigt zu sein, wenn auch noch mit kleinen Schönheitsfehlern. Bei Beinhorn und Windel war alles wie am Schnürchen gelaufen, ebenso bei Kassler. Im Fall Daehmling dagegen war er der Ordnungsmacht nur mit knapper Not entkommen, wohingegen er die unerkannte Liquidierung von Albert Tal trotz unmittelbarer Polizeipräsenz mit Fug und Recht als sein Meisterstück bezeichnen durfte. Jawohl, er war der Meister der Rache.

Was aber war mit Martin Murks? Für den verhassten Kaiserslauterer Zahnarzt hatte er den qualvollsten Tod vorgesehen gehabt, schließlich hatte er mit der durch nichts begründbaren vierminütigen Nachspielzeit und dem Freistoßgeschenk an die Hanseaten dafür gesorgt, dass Schalke doch noch um die Meisterschaft betrogen worden war. Trotz all der haarsträubenden Benachteiligungen der Königsblauen während des gesamten Saisonverlaufs wäre alles gut ausgegangen, hätte Murks nicht den Münchnern noch diese verhängnisvolle Großchance auf dem Silbertablett serviert. Und darüber hinaus hatte er die Königsblauen auch noch einige Spieltage früher im Revierderby um einen klaren Foulelfmeter und damit zwei Punkte betrogen. Wer hatte Martin Murks dorthin geschickt, wo auch der teuerste und stabilste Zahnersatz schmilzt?

Irgendwie fühlte er sich um seinen Höhepunkt betrogen. Und anstatt die vielen zweifelhaften Schiedsrichterentscheidungen der vergangenen Saison noch einmal kritisch zu hinterfragen oder womöglich sogar am grünen Tisch zu revidieren, konzentrierten sich Polizei, Presse und DFB auf ihn. Was musste denn noch alles geschehen, damit man das himmelschreiendste Unrecht der gesamten Sportgeschichte wieder gut machte?

Natürlich, der DFB, allen voran Präsident Konrad Müller-Flaschenbier. Wie hatte der sich gemeinsam mit den Hansa-Oberen gefreut, als die Münchner in Hamburg den gottverdammten Ausgleich erzielt hatten. Förmlich in den Armen war man sich gelegen, er hatte die quälenden Fernsehbilder noch vor Augen, als wären sie erst soeben über den Bildschirm geflimmert.

Konrad Müller-Flaschenbier. Ein Reaktionär und Kotzbrocken der übelsten Art. Politischer Ziehsohn eines ehemaligen Marine-Deckschrubbers, der bis zur deutschen Kapitulation 1945 sein schmieriges Handwerk versehen hatte. MF, der zu Zeiten der rechten Mordbrenner von Solingen, Rostock und Hoyerswerda vor *linkem* Terror gewarnt hatte. Der sich auf der Autobahn strikt weigerte, die linke Fahrspur zu benutzen und notfalls auf dem Pannenstreifen überholte. Der sogar auf einer Wahlkampfveranstaltung ungestraft hatte hetzen dürfen: »Die Chaoten in Berlin, in der Hafenstraße in Hamburg und in Wackersdorf springen schlimmer rum als die SA damals.« Mit anderen Worten, das Besetzen leer stehender Häuser sei schlimmer als das Ermorden von Juden.

Hatte dieser menschliche Abschaum den Tod nicht mindestens ebenso verdient wie seine korrupte Schiedsrichtermafia?

Krüger öffnete die Tür einen Spalt breit und blickte in das Gesicht von Inspector Rodriguez. »Vielen Dank, aber ich benötige keinen Wäscheservice.«

Rodriguez hatte jedoch sofort seinen rechten Fuß in die Spalte zwischen Tür und Türstock geklemmt. Ehe Krüger sich versah, waren die beiden Beamten im Zimmer, und er befand sich in der Defensive.

»He, was soll das, haben Sie noch alle Tassen im Schrank?«, beschwerte er sich.

»Ganz ruhig, Herr Burger, wir sind von der Polizei. Ich bin Hauptkommissar Matowski, und das ist mein Kollege Inspector Rodriguez.«

Die beiden Beamten zeigten ihre Dienstausweise vor.

»Und weswegen überfallen Sie mich hier im Urlaub in meinem Hotelzimmer?«

»Es geht um eine Routineüberprüfung, Señor« antwortete Rodriguez. »Dürfte ich Sie bitten, uns aufs Präsidium zu begleiten?«

Krüger fühlte sich zurückversetzt in die vergangene Nacht in der Diskothek. Auch dort hatte er sich innerhalb weniger Sekunden zwischen Angriff und Kooperation entscheiden müssen. Damals hatte sich die Kooperation als die richtige Alternative erwiesen, er hatte sich auf Grund blitzschneller Abwägung der Wahrscheinlichkeiten dafür entschieden.

Nun war jedoch die Situation anders. Keine Nachtclub-Razzia mit mehreren vorläufigen Festnahmen, kein Schuss ins Blaue, sondern man hatte ihn gezielt in seinem Hotelzimmer unter einem falschen Vorwand aufgesucht. Bei einer Überprüfung *aller* Hotelgäste – schließlich wohnte auch Martin Murks hier – wäre man sicher anders vorgegangen.

»Einen Moment bitte, ich hole noch meine Papiere.«

Das Geheimfach in seiner Handgepäcktasche war seine Chance. Dort hatte er unter anderem stets einen in mehrere Teile zerlegten Hartplas-tik-Revolver dabei, unsichtbar für die Röntgengeräte am Flughafen. Gut, dass er die Gewohnheit hatte, für den Fall des Falles als erste Amtshand-lung in einem neuen Domizil den Revolver zusammenzusetzen und zu laden. Der spanische Polizist hatte zwar die Hand an seiner Waffe, der deutsche Kollege war jedoch möglicherweise gar nicht bewaffnet. Wenn er zuerst den Spanier erschoss, wären seine Chancen, zu entkommen, gar nicht schlecht.

Krüger handelte blitzschnell. Sein Handgepäckstück lag auf einem klei-nen Tisch vor der Fensterfront zum Balkon. Mit dem Rücken zur Balkon-tür blickte er kurz zu den beiden Polizeibeamten auf, die etwa drei bis vier Meter von ihm entfernt am anderen Ende des Zimmers standen, und meinte »So, da ist der Ausweis schon«, als seine Hände das kalte Hart-plastik seines Revolvers fühlten.

Im nächsten Moment riss er seine rechte Hand nach oben und schoss zwei Mal auf Rodriguez. Die erste Kugel traf den Inspector knapp unter-halb der linken Schulter, Bruchteile von Sekunden später schlug schmat-zend das zweite Geschoss im Bereich zwischen Bauch und Brust ein. Rodriguez stöhnte kurz auf, und der Revolver entglitt seiner Hand, ohne dass er auch nur annähernd von ihm hätte Gebrauch machen können.

Die nächsten beiden Schüsse aus Krügers Waffe galten Matowski, doch der war, aus seiner Sicht rechts von Rodriguez stehend, instinktiv durch die offene Türe ins Badezimmer gehechtet, und die Kugeln verfehlten ihn knapp.

Nun war weiterhin Krüger am Zug. Nach seinen Schüssen auf Matow-ski hatte er sich hinter das Bett geworfen, um Deckung zu finden. Für einige Sekunden herrschte eine unheimliche Totenstille. Den Spanier hatte er höchstwahrscheinlich erledigt. Hatte er den deutschen Polizis-ten auch getroffen? Oder lauerte dieser mit der Waffe in der Hand im Badezimmer darauf, dass Krüger sich als erster bewegte?

Krüger entschloss sich zum Rückzug. Immer in Deckung bleibend, öff-nete er die Balkontüre. Er befand sich zwar im vierten Stockwerk, es gab jedoch, wie er bereits in Erfahrung gebracht hatte, eine Feuerleiter. Lang-sam kroch er rückwärts auf den Balkon.

Esteban hatte bereits kein gutes Gefühl gehabt, als er den Swimming-pool erreichte. Rund die Hälfte der gut und gerne 100 Liegen war von Urlaubern belegt, und die Feuertreppe, die unter anderem Zimmer 402 bediente, endete genau hier. Im absoluten Ernstfall konnte es ein Blutbad geben.

Plötzlich hörte er Schüsse, erst zwei und dann unmittelbar darauf noch einmal zwei. »Atencion, atencion, weg, weg, get away!« Laut schreiend und wild mit den Armen fuchtelnd versuchte Esteban, die Urlauber, die nicht wussten, wie ihnen geschah, aus der Gefahrenzone zu bewegen.

Immer wieder drehte er sich in Richtung des Balkons von Apartment 402 um, doch die meiste Zeit blickte er auf die Menschen in ihren Badehosen und Bikinis, die sich mit quälender Langsamkeit in Bewegung setzten. Als er die meisten schon in Sicherheit wähnte, drehte er sich erneut um. Zwischen drittem und viertem Stock befand sich ein Mann in Hockposition auf der Feuerleiter und richtete einen schwarzen Gegenstand ...

Krüger drückte dreimal kurz hintereinander den Abzug seines Revolvers, den rechten Arm am Geländer der Feuerleiter aufgestützt. Bereits der erste Schuss war ein Treffer.

Esteban kam nicht mehr dazu, seine Waffe zu ziehen. Tödlich in die Brust getroffen, sackte er zusammen und fiel nach hinten, die Beine bizarr verdreht. Unter seinem Körper bildete sich langsam eine immer größer werdende Blutlache.

Panik breitete sich unter den Urlaubern aus. Menschen schrien, liefen kopflos umher oder verharrten apathisch kauernd am Boden. Aus der Rezeption kam der Concierge angelaufen. »Madre mia, madre mia!« Zu mehr als einer schrillen Anrufung der Muttergottes war er jedoch nicht in der Lage.

Plötzlich fielen erneut Schüsse.

Im Badezimmer hatte Matowski zunächst regungslos am Boden gelegen, die Arme zum Schutz um den Kopf gelegt. Er benötigte mehrere Sekunden, um zu vergegenwärtigen, dass er unverletzt geblieben war. Im Schlafzimmer herrschte gespenstische Stille. Was würde geschehen? Würde im nächsten Moment der Killer kommen und auch ihn ins Jenseits befördern? Jetzt, wo er endlich eine heiße Spur hatte?

Matowski sah sich im Bad um. Auf den ersten Blick gab es nichts, was ihm notfalls als Waffe dienen konnte. Vorsichtig stand er auf und lugte ins Zimmer. Inspector Rodriguez lag leblos am Boden, neben ihm, fast zum Greifen nahe, sein Revolver, der ihm aus der Hand gefallen war. Den hinteren, der Terrasse zugewandten Teil des Apartments konnte er freilich nicht einsehen ohne seine Deckung zu verlassen.

Matowskis Herz klopfte bis zum Hals, als er auf allen Vieren um die Ecke dorthin blickte, von wo soeben noch der Killer auf ihn geschossen hatte. Nichts, dafür war die Balkon-Schiebetüre geöffnet. Hastig griff er nach Rodriguez' Revolver. Sein Kollege war zwar nicht mehr dazu gekommen ihn abzufeuern, er war aber bereits entsichert.

Mit dem Revolver im Anschlag bewegte sich Matowski langsam auf die Balkontüre zu. Es war ihm, als hörte er leise Schritte auf Metall. Vorsichtig lugte er auf den Balkon. Niemand war zu sehen.

Auf allen Vieren kroch er auf den Balkon, dessen Brüstung massiv gemauert war. Er warf einen Blick nach oben – nichts. Dafür schien unterhalb Tumult zu herrschen, dort, wo der Swimmingpool liegen musste, den er aus seiner Hockposition freilich nicht einsehen konnte. Er entschied sich, langsam aufzustehen, den Revolver von Inspector Rodriguez schussbereit in der rechten Hand.

Unten am Pool lief ein Mann in Uniform, es musste Esteban sein, wild gestikulierend und schreiend umher. Plötzlich fielen drei Schüsse, und Esteban sackte zusammen. Matowski warf den Kopf nach links und rechts, dem lauten Knall nach zu urteilen musste sich der Schütze in seiner unmittelbaren Nähe befinden! Da, nur wenige Meter schräg unterhalb von ihm auf der Feuertreppe kniete der Killer mit seinem Revolver im Anschlag, und er würde kaum Skrupel haben, sich seinen Fluchtweg weiter frei zu schießen.

Matowski legte auf Krüger an. »Waffe weg, Polizei!«

Krüger hielt kurz inne, sein Gehirn versuchte sofort zu verarbeiten, aus welcher Richtung dieser Ruf gekommen war. Er entschloss sich, aufs Ganze zu gehen.

In einer blitzschnellen Drehbewegung, bei der er sich gleichzeitig aufrichtete und ein wenig nach hinten beugte, riss Krüger seinen Oberkörper samt mit ausgestreckten Armen fixiertem Revolver in Richtung Matowski. Doch der Bonner Hauptkommissar war schneller.

Wie in Trance feuerte Matowski auf Krüger, die erste Kugel verfehlte ihn knapp, die zweite traf ihn in die linke Schulter und warf seinen Oberkörper über das Geländer der Feuerleiter. Krüger kam noch dazu, einen Schuss abzufeuern, doch die Kugel flog nur in den strahlend blauen mallorquinischen Himmel. Matowskis dritte Kugel traf Krüger in die Brust, er verlor endgültig das Gleichgewicht und stürzte mit einem markerschütternden Schrei in die Tiefe.

Mit einem Geräusch wie bei einem brechenden Ast schlug Krüger am Rand des Swimmingpools auf, er überschlug sich einmal, und sein Körper glitt über den Beckenrand ins Wasser. Als er wieder die Augen aufschlug, sah er sich in Rückenlage im Wasser treiben. Aus Brust und Schulter meldeten sich höllische, brennende und stechende Schmerzen. Dagegen schien ihm der Großteil seines restlichen Körpers seltsam fremd.

Durch den Aufprall auf den Beckenrand war Krügers fünfter Nackenwirbel gebrochen, er trieb querschnittsgelähmt an Armen und Beinen im Pool. Seine Kleider hatten sich schnell voll Wasser gesogen, und immer wieder geriet sein Gesicht unter Wasser, ohne dass er etwas dagegen tun konnte.

Krüger wollte um Hilfe schreien, doch er erwischte lediglich einen Mund voll massiv gechlorter Flüssigkeit. Seine Augen rollten wild hin und her, er versuchte verzweifelt, Mund und Nase wieder über die Wasserlinie zu bekommen, doch sein lebloser Körper mit den vollgesogenen, unendlich schwer gewordenen Kleidern zog ihn unbarmherzig immer wieder nach unten.

Matowski verharrte noch einige Sekunden in seiner Position. Zum dritten Mal in seiner Polizeilaufbahn hatte er von einer Schusswaffe Gebrauch machen müssen; diesmal offenbar mit verhängnisvollem Ausgang. Er hatte soeben mit ansehen müssen, wie zwei seiner Kollegen erschossen worden waren, und er hatte selbst einen Menschen getötet. Sicherlich kein besonders wertvolles Exemplar der Spezies Homo Sapiens, aber eben doch ein Mensch. Matowski fühlte plötzlich eine bleierne Müdigkeit in sich aufsteigen. Seit Freitag, seit vier Tagen stand er unter Volldampf, und insbesondere die letzte Nacht hatte er kaum geschlafen. Und ob ihn ein toter Killer entscheidend weiterbringen würde, stand in den Sternen.

Langsam ging er zurück ins Zimmer und sah auf Inspector Rodriguez. Zwei dunkelrote, große Flecken zeichneten sich auf dessen Uniformjacke ab. Gerade, als Matowski näher treten wollte, bewegte Rodriguez fast unmerklich die Lippen: »Donde... esta... el... assassino...?«

Er war noch am Leben! Matowski ging in die Knie, beugte sich zu ihm hinunter und nahm seine Hand. »Ich habe ihn erwischt, mit Ihrer Waffe. Bewegen Sie sich nicht, ich rufe sofort einen Krankenwagen.«

Matowski ging hinüber zum Bett, auf dessen dem Terrassenfenster zugewandten Nachttisch ein Telefon stand. Mit der »0« war er sofort mit der Rezeption verbunden. Diesmal war der Concierge zum Glück nicht so schwer von Begriff, ärztliche Hilfe war bereits unterwegs.

Auf dem Weg zurück zu Rodriguez fiel Matowskis Blick auf den kleinen Beistelltisch vor der Fensterfront. Darauf stand ein stabil gebauter kleiner Handgepäckkoffer, aus dem Burger seine Waffe gezogen haben musste. Der Koffer schien in seinem Boden eine Art Geheimfach zu haben, jedenfalls war dort eine seltsame Art von Schublade geöffnet, wie sie Matowski bei einem Gepäckstück noch nie gesehen hatte.

Neugierig zog er ein Papiertaschentuch aus seiner Hosentasche und fasste vorsichtig ins Geheimfach. Er spürte ein kleines, rechteckiges Kästchen, das bequem in seiner Hand Platz hatte. Vorsichtig holte er es ans Tageslicht. Es war ein Diktiergerät. Wie elektrisiert drückte Matowski auf die Taste zum Zurückspulen der Kassette, stets darauf bedacht, keine Spuren zu verwischen. Gebannt betätigte er die Starttaste.

Zunächst war nur eine diffuse Geräuschkulisse zu hören, Schritte auf hartem Untergrund. Dann jedoch begann ein Dialog.

»Ist hier noch frei?«

»Nehmen Sie nur Platz. Wie sinnig, Sie befassen sich mit den Fußballseiten. Am Lufthansa-Schalter sind auf den von Ihnen gewünschten Namen ›Michael Burger‹ ein Flugticket nach Mallorca samt Hotelgutschein sowie eine kleine Aktenmappe hinterlegt. Letztere enthält alle Daten Ihres Mandanten, die Sie benötigen. Er wohnt im gleichen Hotel wie Sie.«

»Hat also mit Fußball zu tun. Wäre es hilfreich, wenn es, ähh, wie ein Unfall aussieht?«

»Nicht zwingend erforderlich, aber durchaus hilfreich. Das ist alles. Bezahlung wie vereinbart auf Ihr österreichisches Nummernkonto.«

Matowski durchzuckte es wie ein Blitz. Er hielt gerade den Beweis für den Auftragsmord an Martin Murks in Händen! Der Killer mit dem Falschnamen Michael Burger hatte, offenbar zur Absicherung, die Auftragserteilung aufgezeichnet. Und das irrwitzigste daran war: Matowski glaubte, die Stimme des Auftraggebers zu erkennen!

Er spulte noch einmal zurück, um sich die Aufnahme ein zweites Mal anzuhören. Kein Zweifel, das musste er sein. Matowski spürte, wie die Lebensgeister zurückkehrten, eine ungeheure kalte Wut stieg in ihm auf.

Sie waren die ganze Zeit auf dem völlig falschen Dampfer. Hier hat kein Schalke-Rächer gemordet, hier musste ein Mitverschwörer zum Schweigen gebracht werden! Ein Mitverschwörer beim ungeheuerlichsten

Betrug der gesamten Sportgeschichte.

Matowski ballte beide Fäuste und zitierte Charles Bronson aus ›Murphy's Law‹. »Dir quetsch ich die Eier!«

Den Schraubstock dafür glaubte er gerade in den Händen zu halten.

Zur gleichen Zeit füllten sich Krügers Lungen endgültig mit Wasser. Niemand hatte es gewagt, sich dem Killer zu nähern. Sein Todeskampf im Swimmingpool hatte volle dreizehn Minuten gedauert.

XI.

Der Radiosender, den er eingestellt hatte, brachte im Viertelstundentakt ständig aktualisierte Nachrichten. Thema Nummer eins waren natürlich die Schiedsrichtermorde und deren mittlerweile internationale Dimension. Die abschließende Neuigkeit zu diesem Thema ließ ihn jedoch aufhorchen.

»In einer Sondersitzung des deutschen Fußballbundes mit Vertretern aller Erstligisten wurde heute wegen der akuten Gefährdungslage über eine mögliche Aussetzung des Bundesliga-Spielbetriebs debattiert. Am kommenden Freitag sollte eigentlich die neue Saison 2001/2002 starten, der erste Spieltag wird jedoch zunächst aus Sicherheitsgründen ausgesetzt. Wie es im Folgenden konkret weiter gehen soll, ist noch nicht bekannt, jedoch wird DFB-Präsident Konrad Müller-Flaschenbier vom Balkon des Frankfurter Römers aus morgen ab 10 Uhr eine öffentliche Pressekonferenz abhalten. Es wird mit zahlreichen Fußballanhängern gerechnet. Wir werden live berichten.«

Auf dem Balkon des Frankfurter Römers stand für gewöhnlich alle paar Jahrzehnte die Fußballnationalmannschaft und ließ sich für einen errungenen Titel feiern. Aber dieser ekelerregende MF benutzte die Situation, um sich wieder einmal selbst zu inszenieren. Andererseits wäre das doch eigentlich gar keine schlechte Gelegenheit ...

In seinem Kopf begann ein Plan zu reifen.

Nach einer knappen Viertelstunde war der Notarzt im Hotel »Tropical« eingetroffen und kümmerte sich gemeinsam mit zwei Sanitätern um Inspector Rodriguez. Dessen Verletzungen schienen ernst, aber nicht lebensbedrohlich zu sein.

Matowski saß auf dem Bett und gab seinen spanischen Kollegen den Ablauf der vergangenen dramatischen halben Stunde zu Protokoll. Er endete mit den Worten: »Und dort auf dem Tisch glaube ich, den Schlüssel für die Lösung dieses ganzen Falles in Händen zu halten.«

»Sie verstehen, Señor, dass wir dieses Beweismittel wie alles andere auch hier im Zimmer erst einmal selbst eingehend untersuchen müssen.«

Matowski überlegte verzweifelt. Hätte er das Bandgerät bzw. die Kassette einfach an sich genommen, jeder Rechtsanwalt hätte ihn dafür an die Wand genagelt. Plötzlich hatte er eine Idee. Seit neuestem fanden Schwann und Estermann zunehmend Gefallen daran, sich kurze Videoclips inklusive zugehöriger Geräuschkulisse per E-Mail zuzuschicken. Und, zugegebenermaßen, einige davon waren wirklich recht spaßig, auch wenn sie streng genommen nicht im Einklang mit den Dienstvorschriften standen. »Verbinden Sie mich bitte mit Comisario Alvarez.«

Nachdem der spanische Polizist einige Worte in seiner Muttersprache am Telefon gewechselt hatte, übergab er Matowski den Hörer. »Buenas tardes, Señor Matowski. Eine furchtbare Geschichte. Ich hoffe, wenigstens Sie sind wohlauf.«

»Ja, danke der Nachfrage. Hören Sie, ich habe hier ein ungeheuer wichtiges Beweismittel entdeckt, ein Aufzeichnungsgerät mit einer Kassette. Darauf ist zu hören, wie der Killer seinen Auftrag erhält, anscheinend wollte er sich damit absichern. Und jetzt hören Sie, ich bin mir ziemlich sicher, die Stimme des Auftraggebers erkannt zu haben.«

»Caramba! Und was schlagen Sie vor?«

»Ich fliege sofort nach Deutschland zurück und treffe mich mit meinem zuständigen Kollegen. Wenn Sie die Möglichkeit hätten, eine digitale Kopie dieser Kassette erstellen zu lassen und diese meinem Kollegen als E-Mail zu senden, dann könnten wir noch heute Nacht eine Verhaftung vornehmen – gesetzt den Fall, mein Verdacht bestätigt sich.«

»Diese Möglichkeit besteht, unser Labor ist in dieser Hinsicht gut ausgestattet. Wir werden so schnell wie möglich Ihre Kopie erstellen. Je schneller Estebans Mörder gefasst wird, desto besser.«

»Ausgezeichnet!« Matowski fühlte sich auf einmal zehn Jahre jünger. »Vielleicht kann mich einer Ihrer Kollegen hier zum Flughafen bringen ...«

»Das werde ich gleich veranlassen. Und sobald Sie zurück in Deutschland sind, melden Sie sich, an welche E-Mail-Adresse wir Ihre Datei schicken sollen. Hasta la vista, Señor Matowski.«

»Hasta la vista, Señor Alvarez."

Matowski übergab das Handy wieder an seinen Besitzer, der die Anweisungen von Comisario Alvarez entgegennahm. Nachdem das Telefonat beendet war, erfolgte der Befehl: »Ramon, bringe unseren Comisario Matowski zum Flughafen, rapidamente.«

Auf dem Weg dorthin schaltete Matowski sein Handy ein; das Zeitdisplay zeigte 17 Uhr 50. Nach viermaligem Klingeln meldete sich der Münchner Kollege.

»Oberkommissar Hiermann?«

»Hallo, hier Matowski, Kripo Bonn. Gibt's schon was Neues im Fall Kassler?«

»Leider nein. Es hat sich noch kein Zeuge gefunden, der irgendetwas beobachtet hätte, was uns weiterbringen könnte.«

»Dafür könnte mir heute ein entscheidendes Indiz begegnet sein.«

»Na dann erzählen Sie mal.«

»Sie haben sicher schon gehört, dass Schiri Martin Murks auf Mallorca ertrunken ist. Es spricht alles dafür, dass es Mord war. Und jetzt halten Sie sich fest. Ich bin höchstwahrscheinlich im Besitz eines Tonbandmitschnitts von der Beauftragung des Killers.«

»Wie bitte?«

»Sie haben richtig gehört. Und jetzt kommt der Clou: ich bin mir ziemlich sicher, dass ich die Stimme des Auftraggebers erkannt habe. Ich benötige unbedingt Ihre Amtshilfe. Ich hoffe, Sie haben heute Abend noch nichts vor?!«

Hauptkommissar Günter Matowski nannte seinem Kollegen Christian Hiermann den Namen.

»Sind Sie wirklich sicher? Das gibt ein absolutes Erdbeben!«

»Ziemlich sicher. Ich werde versuchen, so schnell wie möglich nach München zu kommen. Ich schlage vor, Sie besorgen sich in der Zwischenzeit ein Video von irgendeiner Sportsendung mit einem entsprechenden Interview. Und dann hoffe ich, dass Ihr Laborexperte für Stimmvergleiche heute Nacht greifbar ist.«

»Wann glauben Sie, sind Sie hier?«

»Das weiß ich in Kürze, wir sind gerade auf dem Weg zum Flughafen.

Ich melde mich, sobald ich den genauen Zeitpunkt kenne.«

Hiermann drückte die Taste zur Beendigung des Gesprächs. Das war der absolute Wahnsinn. Er griff zum Telefonhörer und rief Kriminalmeister Herbert Dehner an.

»Herbie? Komm mal kurz zu mir ins Büro. Heute Nacht geht's rund, und du wirst mit dabei sein!«

Schwann und Estermann sahen sich an. Gerade war der Schalker Stürmer Emile Mpenza samt Ball aufs Dortmunder Tor zugelaufen und zu Fall gekommen. Der Unparteiische Martin Murks pfiff Elfmeter. Die Zeitlupe brachte jedoch zu Tage, dass Torhüter Lehmann den Ball gespielt und Mpenza ihm darüber hinaus auf die Hand getreten war und dabei geschickt eingefädelt hatte. Also eine klare Fehlentscheidung.

»So, von wegen Schalke wurde immer benachteiligt!«, konstatierte Estermann triumphierend.

»Und im *kicker* stand auch von dieser Fehlentscheidung nichts zu lesen«, ergänzte Schwann.

Jörg Böhme verwandelte den unberechtigten Strafstoß gerade souverän.

»Bestimmt haben die Schalker die Partie dann mit 1:0 nach Hause geschaukelt. Mal sehen wie's weiter geht, vielleicht wird ja den Dortmundern noch ein reguläres Tor geklaut.«

»Mag sein«, bilanzierte Schwann, »dass wir mit der Analyse der nicht gewonnenen Schalke-Spiele dem Mörder auf die Spur gekommen sind. Aber eine objektive Aussage über die gesamte Saison bekommen wir erst, wenn wir uns auch die Schalker Siege genauer anschauen.«

»Ist vor allem witzig, dass der Murks hier den Blauen die Punkte schenkt. Der Murks, den sie wegen des letzten Spieltages so verflucht haben.«

»Tja, es gleicht sich halt im Lauf einer Saison doch immer wieder alles aus«, grinste Schwann. »Ich geh gleich mal zu Matowskis Flipchart und zieh den Schalkern zwei Punkte wieder ab.«

»Wart lieber, wie die Partie weiter geht. Vielleicht werden aus den zwei Punkten ja noch drei.«

»Gute Idee!«

Der weitere Spielverlauf ließ die Gesichter der beiden Hansa-Anhänger jedoch wieder etwas länger werden. Schalke bestimmte – wie auch schon vor dem 1:0 – die Partie und erhöhte durch einen Treffer von

Emile Mpenza, einem mehr oder weniger erzwungenen Eigentor von Jörg Heinrich sowie einem Kopfballtor von Ebbe Sand auf 4:0. Die Dortmunder Borussen hatten dem nichts mehr entgegenzusetzen.

»Hmm«, überlegte Estermann, »wie viele Punkte ziehen wir den Schalkern jetzt für diesen geschenkten Elfer ab?«

»Ehrlich gesagt, wohl gar keinen«, antwortete Schwann. »Da haben wir uns wohl etwas zu früh gefreut.«

»Aber wenigstens ein Tor sollten wir ihnen abziehen. Denk dran, es hätte auch das Torverhältnis über die Meisterschaft entscheiden können.«

»Das machen wir. Außerdem sind wir erst am sechsten Spieltag.

Es kommen bestimmt noch ein paar Schiri-Fehler zugunsten von Schalke, die auch punktrelevant waren. Und die werden wir Matowski auf dem Silbertablett präsentieren.«

Der Mann, dessen fußballerische Ansichten gerade von seinen beiden Mitarbeitern kritisch hinterfragt wurden, hatte Glück. Alle Flüge nach München waren zwar offiziell ausgebucht, man hatte ihm jedoch einen Notsitz beim Kabinenpersonal einer Maschine angeboten, Start um 19 Uhr 10 und Landung auf dem Franz-Josef-Strauß-Flughafen der bayerischen Landeshauptstadt um 21 Uhr 20. Eigentlich seltsam, das war der einzige ihm bekannte Flughafen Deutschlands, der nach einer Person benannt worden war. Und dann ausgerechnet nach Franz Josef Strauß. Selbst den Unionsanhängern unter seinen Freunden waren die Verstrickungen in allerlei dubiose Geschichten mancher CSU-Größen im Allgemeinen und von deren Übervater im Besonderen nicht ganz geheuer. Aber in Bayern tickten die Uhren wohl etwas anders als im Rest der Republik.

Erst später fiel ihm ein, dass er notfalls noch eine andere Möglichkeit gehabt hätte, um nach München zu gelangen. Schließlich lag im Leichenschauhaus von Palma ein Mann, der sein kurzfristig nach Stuttgart gebuchtes Ticket nicht mehr benötigen würde, und von der Schwabenmetropole wäre München im Mietwagen relativ schnell zu erreichen gewesen.

Kurz vor dem Check-in rief Matowski seinen Münchner Kollegen Hiermann an, um seine Ankunftszeit mitzuteilen. Gerade als er das Gespräch beenden wollte, gab der Akku seines Handys den Geist auf. Da jedoch alle entscheidenden Informationen ausgetauscht waren, hielt sich die Tragik in Grenzen. Matowski überlegte, wo er sein Ladegerät hatte. Richtig, in einer seiner Schreibtischschubladen im Büro. Da lag es wirklich gut.

Beinahe pünktlich um 19 Uhr 17 startete die Maschine in Richtung der bayerischen Landeshauptstadt.

Rechtsanwalt Günter Karger hatte einen langen, aber keineswegs erfolglosen Tag bei Gericht hinter sich gebracht. Er spielte zunächst mit dem Gedanken, noch einen Blick in seine Stammkneipe im Allgemeinen sowie in das ein oder andere Gläschen Bier im Besonderen zu werfen, entschied sich dann jedoch zugunsten seiner Kanzlei, um die heutige Post zu begutachten.

Der größte Feierabendverkehr war bereits vorbei, als er in die stadtauswärts nach Norden führende Kölner Straße einbog. Es war ein herrlich lauer Sommerabend, eigentlich viel zu schade, um jetzt noch zu arbeiten. Plötzlich fiel ihm wieder ein, was sich heute bei Gericht wie ein Lauffeuer herumgesprochen hatte: schon wieder hatten zwei Bundesliga-Schiedsrichter das Zeitliche gesegnet, und einer davon war Albert Tal aus Konz, der hier in der Kantine des Trierer Rathauses aus noch nicht geklärter Ursache tot zusammengebrochen war. Wenn er sich recht entsann, hatte er Tal vor einigen Jahren einmal in einer Verkehrssache vertreten. Da er sich aber nicht viel aus Fußball machte, hatte er den Referee auch nicht in besonderer Erinnerung behalten.

Es war gerade halb acht, Karger schaltete sein Autoradio ein.

»... noch keine näheren Erkenntnisse zur genauen Todesursache. – Berlin. Bundeskanzler Schröder ...«

Günter Karger fluchte innerlich, dass er die Uhr in seiner Nobelkarosse nicht korrigiert hatte, sie ging nämlich zwei Minuten nach.

»Bei dem Geld, das man heutzutage für so einen Wagen hinblättern muss, könnte man eigentlich eine funkgesteuerte Uhr verlangen«, dachte er bei sich. Bevor er jedoch seine Überlegungen hinsichtlich einer Klage gegen den Automobilkonzern konkretisieren konnte, hatte er sein Ziel erreicht und bog in die Einfahrt zu seiner Kanzlei ein.

In seinem Büro im ersten Stock hatte er eine wunderbare Aussicht auf die Mosel und die dahinter liegende Altstadt von Trier. Das Panorama rückte jedoch komplett in den Hintergrund, als er den großen braunen Umschlag auf seinem Schreibtisch sah, der offenbar mit der heutigen Post gekommen war: Absender war der vor wenigen Stunden verblichene Albert Tal!

Karger überlegte, ob er damit gleich zur Polizei gehen solle, seine Neugierde war jedoch stärker. Der Brief war an ihn adressiert, also konnte ihn kein Gesetz der Welt daran hindern, ihn zu öffnen. Der Umschlag enthielt ein Anschreiben sowie einen weiteren, etwas kleineren Umschlag, diesmal in Weiß. Der Text des Anschreibens ließ die Hände des durchaus abgebrühten Strafverteidigers feucht werden.

»Sehr geehrter Herr Karger, im Falle meines Ablebens bitte ich Sie, den Inhalt des beigefügten Kuverts an die Kriminalpolizei zu übergeben. Mit freundlichen Grüßen – Albert Tal«

Albert Tal hatte konkret um sein Leben gefürchtet, und zwar aufgrund von gewissen Tatsachen, die hier in diesem Kuvert waren! Wie elektrisiert betrachtete Karger noch einmal das Anschreiben. Er solle »den Inhalt« der Polizei übergeben, da stand nichts von einem ungeöffneten oder gar versiegelten Umschlag. Auch diesmal siegte die Neugierde, und Günter Karger, der sich in seinem Alltag vorwiegend mit Bagatelldelikten wie Fahrerflucht nach Blechschaden herumplagen musste, tauchte ein in den spektakulärsten Fall seiner Karriere.

Das weiße Kuvert enthielt rund zehn handgeschriebene Seiten, zum Glück in einer gut leserlichen Schrift.

»Hiermit erkläre ich, Albert Tal aus Konz, geboren am 11. November 1955 in Mainz, an Eides statt, dass ich die nun folgenden Aussagen im Vollbesitz meiner körperlichen und geistigen Kräfte zu Protokoll gebe und diese in vollem Umfang der Wahrheit entsprechen.«

Die folgenden Zeilen ließen ihn regelrecht erschaudern, weniger jedoch wegen der darin geschilderten Begebenheiten. Günter Karger war plötzlich klar geworden, dass höchstwahrscheinlich eine ganze Reihe von Menschen in den vergangenen Tagen hatten sterben müssen, um zu verhindern, dass gewisse Dinge ans Tageslicht kommen würden. Dinge, die hier detailliert beschrieben wurden. Hier ging offenbar jemand über Leichen, und er hielt den Schlüssel zu den Hintermännern in Händen!

War er auch in Gefahr? Wer innerhalb weniger Tage vier oder fünf Menschen ermorden kann, ohne die geringsten Spuren zu hinterlassen, hatte vermutlich auch Informationen über die Verbindungen dieser fünf

Personen. Kannte vielleicht auch deren Ansprechpartner in Rechtsangelegenheiten.

Karger spürte, wie ihm der Schweiß auf die Stirn trat. Als für gewöhnlich kühl und analytisch denkender Jurist versuchte er, die Lage abzuschätzen. Keine Frage, dieser ominöse weiße Umschlag mit den Aussagen von Albert Tal musste so schnell wie möglich zur Polizei. Sollte er die Beamten anrufen und um einen Hausbesuch bitten oder persönlich vorbei fahren? Er entschied sich für das Telefonat und griff zum Hörer.

Als Kommissar Alexander Gaul kurz vor 20 Uhr seinen Nachtdienst bei der Kripo Trier antreten wollte, waren alle seine Kollegen noch anwesend. Hauptkommissar Freiwart war gerade dabei, seine Lagebesprechung zu beenden.

»Also, meine Herren, wir sehen uns dann morgen wieder um acht. Bis dahin sollte der endgültige Obduktionsbefund im Fall Tal vorliegen.«

»Richtig, Albert Tal«, begann Gaul, als er das Zimmer betrat.

»Habt ihr schon den Bericht von Seemeier und mir gelesen?« Freiwart und die Kollegen schauten Gaul fragend an.

»Ich meine den Bericht von der Nacht von letzten Samstag auf Sonntag, als wir auf Albert Tal aufgepasst haben.«

»Und zwar mit etwas mehr Erfolg als gewisse Kollegen«, stichelte Seemeier.

»Ruhe!«, erstickte Freiwart eventuell aufkommende interne Streitereien im Keim. »Was ist mit dem Bericht?«

»Ich hab doch beobachtet, wie Tal einen großen Briefumschlag eingeworfen hat.«

»Und jetzt wäre es interessant zu wissen, was da drin steht.«

»Genau. Der Brief war an einen Anwalt adressiert.«

»Davon stand aber nichts im Bericht.«

»Na ja«, zögerte Gaul, »es war vielleicht am Rande der Legalität, aber als Tal wieder gegangen war, hab ich mir den Brief aus dem Postkasten geangelt. Ich hab ihn natürlich unversehrt gelassen, wollte aber gern wissen, wohin er adressiert ist.«

Freiwart betrachtete die Sache pragmatisch. »Legal oder nicht, für wen war der Brief?«

»Ein Rechtsanwalt. Karmann oder so ähnlich.«

In diesem Moment öffnete der diensthabende Kollege für den Nachtdienst die Tür zum Besprechungszimmer. »Entschuldigung, wenn ich störe, aber da ist ein Rechtsanwalt Karger am Telefon. Er glaubt, wichtige Informationen im Fall der Schiedsrichtermorde zu haben und bittet dringend um einen Hausbesuch.«

»Karger, Günter Karger! Ganz genau, so hieß der Bursche!«, bestätigte Gaul.

Freiwart übernahm das schnurlose Telefon seines Kollegen.

»Hauptkommissar Freiwart, guten Abend.«

»Hier Rechtsanwalt Günter Karger. Ich habe Herrn Albert Tal einmal in einer Verkehrssache vertreten, vermutlich hat er mir deshalb vertraut und mir per Post einen Umschlag mit einer Art Testament geschickt. Nur im Falle seines Todes zu öffnen.«

Freiwart pfiff durch die Zähne. »Wo sind Sie? Haben Sie den Umschlag bei sich?«

»In meiner Kanzlei, Kölner Straße 142, erster Stock. Ja, und ich habe auch schon hineingeschaut. Der Inhalt scheint mir ziemlich brisant zu sein.«

»Bleiben Sie, wo Sie sind. Wir sind in fünf Minuten da.«

Günter Karger atmete tief durch. Gleich würden ein paar Polizeibeamte kommen, und dann wäre er aus dem Schneider. Wobei es zugegebenermaßen auch reichlich unwahrscheinlich ist, dass der Schiedsrichterkiller das gesamte Umfeld seiner Opfer lückenlos überwachen kann. Eigentlich hatte er sich, auch wenn die Aussagen in Tals Testament äußerst brisant waren, völlig umsonst gesorgt. Vielleicht sollte er sich weniger mittelmäßige amerikanische Krimis anschauen.

Plötzlich hörte er jedoch näher kommende Schritte aus dem Flur. Das konnte unmöglich schon die Polizei sein, er hatte den Hörer gerade eben erst aufgelegt. Außerdem war die Außentür des Gebäudes um diese Uhrzeit verschlossen, und er hatte niemanden Klingeln gehört, geschweige denn jemandem die Türe geöffnet. Günter Karger erstarrte, als sich die Klinke seiner Kanzleitüre senkte.

Frustriert kommentierte Estermann die Szene, als Olaf Thon das vermeintliche 5:3 gegen die SpVgg Unterhaching erzielte, der Unparteiische jedoch – irrtümlich, wie die Zeitlupe dokumentierte – auf Abseits entschied. »Das ist nicht zu fassen. Jetzt schauen wir seit geschlagenen fünf Stunden alle 34 Schalke-Spiele der abgelaufenen Saison an und haben keine einzige Partie gefunden, wo die Schalker vom Schiri Punkte geschenkt gekriegt haben.«

»Ganz im Gegenteil«, antwortete Schwann zerknirscht. »Im Endeffekt haben sie einmal einen ergebnisirrelevanten Schwalbenelfer erhalten ...«

»... beim 4:0-Sieg in Dortmund ...«

»... und dreimal wurden einwandfreie Tore nicht anerkannt, wo sie aber trotzdem gewonnen haben.«

»Bei den 4:0-Erfolgen gegen Frankfurt und in Berlin, und jetzt beim 5:3 gegen Haching am letzten Spieltag.« Er zögerte ein wenig. »Und wohl auch beim 3:1 in München.«

»Aber alles keine spielentscheidenden Szenen, lediglich Kosmetik fürs Torverhältnis. Ich fürchte, das mit dem Ausgleich von Glück und Pech in einer Saison trifft hier nicht so ganz zu.«

Estermann besann sich auf sein abgebrochenes Maschinenbaustudium. »Ich hab mal was von einem ›Gesetz der großen Zahl‹ gelernt. Auf lange Sicht müssten sich Glück und Pech tatsächlich ausgleichen, aber wohl erst bei einer Million Spiele. Die 34 Partien einer Saison sind dafür viel zu wenig.«

Schwann schwieg zunächst betreten, schließlich war soeben sein fußballerisches Weltbild in sich zusammengebrochen. Dann meinte er: »Ich schlage vor, wir machen Feierabend. Alle Verdächtigen aus der Schalker Fan-Datei haben wasserdichte Alibis, wir stehen praktisch wieder bei Null.«

»Gute Idee. Und wenn wir Glück haben, geht der Heimberger erst mal den Trierer Kollegen auf den Senkel und wir haben unsere Ruhe.«

»Dann treffen wir uns morgen um acht«.

»Oh, hallo Herr Karger. Um diese Zeit noch fleißig?«

Günter Karger atmete tief durch. Seine Putzfrau, die einen eigenen Schlüssel für seine Kanzlei hatte, stand mit etwas verwundertem Gesichtsausdruck vor ihm.

»Guten, ähh, Abend, Frau Kaya. Ja, leider gibt's noch eine ganze Menge zu tun. Würde ... würde es Ihnen etwas ausmachen, erst nächste Woche wieder zu kommen? Ich ... ich brauche ein wenig meine Ruhe.«

»Na gut, wie Sie meinen.« Nurten Kaya hatte kein Problem damit, den heutigen Sommerabend anstelle von Arbeit bei ihrer Familie zu verbringen.

Die folgenden sieben Minuten kamen Günter Karger wie eine Ewigkeit vor, bis er durch sein Panoramafenster das erlösende Polizeiauto vorfahren sah. Also war alle Aufregung umsonst gewesen. Als er aufstand, um den Polizeibeamten entgegen zu gehen, spürte er, dass seine Knie noch nicht wieder die maximale Stabilität gewonnen hatten.

»Hauptkommissar Freiwart, und das ist Kriminalobermeister Seemeier«, stellte sich der hiesige Ermittlungsleiter vor, während beide ihre Dienstausweise vorzeigten.

»Gut, dass Sie so schnell kommen konnten«, begrüßte sie Karger.

»Folgen Sie mir bitte in mein Büro, ich habe die brisanten Unterlagen oben.«

»Mal sehen, wie groß die Sprengkraft wirklich ist«, dachte Freiwart, als er die Treppenstufen in Relation zu seinem kräftigen Körperbau erstaunlich flink nahm.

Obwohl er in den 36 Stunden kaum geschlafen hatte, gelang es Matowski nicht einmal, etwas entspannt im Flugzeug zu dösen. Es war einfach zu viel passiert in den letzten Tagen, insbesondere heute. Aber jetzt verfügte er endlich über einen handfesten Beweis für eine der unglaublichsten Verschwörungen in der Sportgeschichte, die in vielfache Korruption und schließlich Mord gemündet hatte. Sogar mehrfachen Mord. Und richtig, der Mann, den er im Hotel erschossen hatte, konnte eigentlich rein logistisch gesehen unmöglich auch all die anderen Schiedsrichter getötet haben. Es mussten noch weitere Killer unterwegs sein. Umso dringender musste er die Hintermänner so schnell wie möglich hinter Schloss und Riegel bringen.

Als die Stewardess das Abendessen servierte, fiel Matowski auf, dass er seit dem Frühstück während des Hinfluges nichts mehr gegessen hatte. Hungrig machte er sich über die Spaghetti und die darin eingebetteten, mikroskopisch kleinen Fleischstückchen her. Diese Stärkung würde er in der ihm bevorstehenden langen Nacht noch gut gebrauchen können.

»Herr Karger, Sie haben wirklich nicht übertrieben«, stellte Hauptkommissar Freiwart fest, nachdem er das »Testament« Albert Tals einige Minuten überflogen hatte. »Ich nehme an, Sie haben nichts dagegen, wenn wir das Original mitnehmen.« Mit einem Blick auf den Kopierer in einer Ecke von Kargers Büro ergänzte er:»Sie können sich natürlich gerne vorher eine Kopie für Ihre Unterlagen machen. Auf die hohe Vertraulichkeit muss ich Sie hoffentlich nicht gesondert hinweisen.«

»Selbstverständlich, das bleibt alles unter uns. Andernfalls hätte ich wohl meinen Beruf verfehlt.« Karger dachte kurz nach. »Obwohl, eigentlich habe ich den letzten Wunsch von Albert Tal mit der Übergabe an Sie bereits erfüllt. Und, um ehrlich zu sein, ich bin sogar ganz froh, wenn ich diese Unterlagen, auch nicht in Kopie, nicht mehr bei mir habe.«

»Wie Sie meinen. Allerdings kann ich mir nicht vorstellen, dass Sie in Gefahr sind. Wir bedanken uns für die Zusammenarbeit und wünschen Ihnen noch einen angenehmen Abend.« Dann sah er Kriminalobermeister Seemeier an, der noch nicht allzu viel zur Kommunikation beigetragen hatte. »Und wir beide werden uns auch einen schönen Abend machen. Aber als erstes geb ich mal dem Kollegen Matowski Bescheid.«

Freiwart wählte Matowskis Handynummer, landete jedoch nur auf der Mailbox, wo er eine kurze Nachricht hinterließ.

XII.

Für Kriminalmeister Herbert Dehner, genannt Herbie, bedeutete es keinen allzu dramatischen Eingriff in sein Privatleben, dass er heute Abend den Kollegen aus Bonn vom Münchner Flughafen abholen sollte. Nach einem abgebrochenen Jurastudium hatte er die Polizeilaufbahn eingeschlagen, seine früher einmal gehegten Ambitionen hatten sich jedoch mittlerweile ein wenig gelegt. Im Herbst würde er seinen vierzigsten Geburtstag feiern, und seit einer geplatzten Verlobung vor einigen Jahren war er Single, so dass es ihm im Grunde nicht zuwider war, dass laut seines Vorgesetzten Hiermann ein interessanter Abend bevorstünde.

Gerade als Dehner ein wenig in Gedanken zu versinken drohte, klopfte es an die Scheibe des Streifenwagens, in dem er am Ausgang A des Terminals 1 des Münchner Flughafens Position bezogen hatte. Dehner öffnete die Türe.

»Sie sind Kommissar Matowski, hab ich recht?«

»Hauptkommissar Günter Matowski aus Bonn, ganz recht.«

»Angenehm, Dehner. Oberkommissar Hiermann schickt mich, Sie haben Beweismaterial im Fall Kassler dabei?«

»Nicht direkt dabei, aber in Sekundenschnelle verfügbar.«

Auch wenn Dehner diese Andeutung nicht so recht zu interpretieren wusste, nickte er und startete das Polizeiauto. Es war Matowski, der nach einigen Minuten Fahrt das Gespräch wieder eröffnete.

»Gibt es bei Ihnen etwas Neues im Fall Kassler? Vielleicht Aufnahmen einer U-Bahn-Überwachungskamera oder ein verspäteter Zeuge, der sich noch gemeldet hat?«

»Ich muss ganz ehrlich sagen, leider nein.«

»Liegt das Obduktionsergebnis schon vor?«

»Da kann ich nur sagen: ich weiß es nicht. Aber die Todesursache war ja eindeutig die U-Bahn.«

»Schon, aber es könnte ja Hinweise auf einen prämortalen Stoß geben.«

»Sie meinen, falls da einer hergegangen ist und ...«

Das Gespräch verstummte, da beide ihren Gedanken nachhingen.

Dehner grübelte über Matowskis Fragen, während dieser das Gefühl hatte, dass sein Chauffeur so ziemlich alle intellektuellen Vorurteile auf sich vereinigte, die man gemeinhin nördlich der Mainlinie gegen die Bewohner des schönen Bayernlandes hegte.

Der Eindruck, den er dagegen von Oberkommissar Christian Hiermann bekam, war ein gänzlich anderer. Kurz vor 22 Uhr erreichte das ungleiche Duo das Münchner Polizeipräsidium. Abgesehen davon, dass bei der Fassade eher die grauen als die weißen Farbtöne dominierten, erinnerte es Matowski ein wenig an sein mallorquinisches Pendant. Hiermann begrüßte seinen Kollegen aus NRW herzlich.

»Schön, dass Sie hier sind. Sie müssen ja einen ziemlich heftigen Tag hinter sich haben.«

Matowski schilderte die dramatischen Ereignisse seines langen Tages und schloss mit den Worten: »Und jetzt müssen wir nur unseren Kollegen Alvarez anrufen, dann bekommen wir per E-Mail eine Kopie der Kassette aus dem Diktiergerät des Killers.«

»Eigenartig, sich so abzusichern«, meinte Hiermann. »Sofern der Kamerad noch ein paar weitere Leute auf dem Gewissen hat, existiert da unter Umständen ein höchst interessantes Archiv.«

»In der Tat«, entgegnete Matowski, »daran hab ich vor lauter Schiedsrichtern noch gar nicht gedacht. Aber auch im Hinblick auf seine Identität können uns die spanischen Kollegen vielleicht schon etwas sagen.«

»Bitte bedienen Sie sich«, deutete Hiermann auf das Telefon auf seinem Schreibtisch.

Matowski griff zu seinem Geldbeutel und holte die Visitenkarte von Comisario Alvarez hervor. Trotz der späten Stunde war sein spanischer Kollege noch im Büro.

»Buenas tardes, Señor Alvarez.« Matowski wunderte sich selbst über seine komplett spanische Begrüßung. »Wie geht es Inspector Rodriguez?«

»Bien, seine Verletzungen sind zum Glück nicht lebensbedrohlich.«

»Gott sei Dank!«

»Er hatte wirklich großes Glück. Ich nehme an, Sie rufen von München aus an?«

»Ganz recht.«

»Dann nennen Sie mir bitte Ihre E-Mail-Adresse. Unsere Kollegen vom Labor haben eine digitale Kopie der Kassette aus dem Diktiergerät erstellt.«

Matowski sah Hiermann an. »Wie lautet Ihre E-Mail-Adresse?«

»Christian.Hiermann@freunde-und-helfer-muenchen.de.«

Matowski wiederholte die Adresse und fragte, ob es weitere Neuigkeiten auf der Insel gäbe.

»Die Hautpartikel unter den Fingernägeln von Señor Murks sind menschlichen Ursprungs. Der Mörder mit dem Pass auf den Namen ›Michael Burger‹ – eine ausgezeichnete Fälschung übrigens – hatte Kratzspuren im Gesicht, die überschminkt waren. Ich hoffe, dass uns morgen das Ergebnis des DNA-Abgleichs vorliegt.«

Matowski bedankte sich und beendete das Gespräch. Wenige Sekunden später zeigte der Bildschirm an Hiermanns Computer an, dass eine neue E-Mail eingetroffen war. Hiermann klickte auf »Weiterleiten« und sandte die Mail umgehend an einen »Helmut.Hartwig@freunde-und-helfer-muenchen.de«.

»Das ist unser Laborexperte unter anderem für Stimmenabgleiche«, erklärte er. »Wir haben uns wie besprochen einen Videomitschnitt einer Sportsendung besorgt, wo ihr Verdächtiger als Interviewpartner zu Gast war.«

»Ausgezeichnet!« Matowski spürte, wie ihn eine innere Unruhe ergriff. Er stand nun kurz vor dem entscheidenden Durchbruch. Hoffentlich.

»Folgen Sie mir ins Labor. Herbie, du auch.«

»Wollen Sie sich nicht erst mal selber die Aufzeichnung anhören?«, fragte Matowski.

»Genau!«, machte Dehner auf sich aufmerksam.

»Ich bin neugierig ohne Ende«, antwortete Hiermann. »Aber ich warte lieber fünf Minuten und hör mir das Ganze zusammen mit unserem Laborexperten an.«

Helmut Hartwig entsprach so gar nicht den Vorstellungen, die man von einem Polizeibeamten gemeinhin hat. Er war schlank, gut 1,80 m groß und hatte seine schulterlangen glatten Haare zu einem Pferdeschwanz zusammengebunden. Anstelle einer Uniform trug er ein kariertes Hemd und Jeans, aber in seinem Job als Kriminallabortechniker kam es weniger auf Äußerlichkeiten wie eine Uniform an, als vielmehr auf exzellentes Fachwissen in den unterschiedlichsten Disziplinen, und da machte ihm so schnell niemand etwas vor.

Nachdem man sich gegenseitig bekannt gemacht hatte, deutete Hartwig auf einen Fernsehmonitor, der mit einem Oszillographen verbunden war. »Hier können wir uns gleich mal das Fernsehinterview Ihres Verdächtigen anschauen, wobei der Oszillograph sämtliche Charakteristika seiner Stimme aufzeigt.«

»Und dagegen spielen wir dann die digitale Aufnahme vom Diktiergerät«, ergänzte Matowski und bekam feuchte Augen.

»Ganz genau – fangen wir gleich mal mit Ihrer Aufzeichnung an.«

Mit einigen wenigen Mausklicks brachte Hartwig die Beauftragung des Killers mit dem Aliasnamen Michael Burger seinen drei Kollegen nicht nur zu Gehör, sondern machte die einer jeden menschlichen Stimme unverwechselbaren Merkmale gleichzeitig auf einer der beiden kreisrunden Anzeigen des Oszillographen transparent.

»So, und jetzt vergleichen wir das Ganze mal mit unserem Video.«

Auf dem schwarzen Fernsehbildschirm erschien der Moderator Waldemar Hartmann und richtete eine Frage an sein in diesem Moment noch nicht sichtbares Gegenüber. Als dessen Antwort kam, blickten alle vier gebannt auf den Oszillographen.

»Also wenn ich ganz ehrlich bin ...«, begann Dehner.

Matowski meinte: »Wir haben es hier zwar mit verschiedenen Aufnahmetechniken zu tun, aber ich bin mir sicher, das ist die gleiche Stimme.«

»Die hören sich wirklich ziemlich ähnlich an«, ergänzte Hiermann. »Das scheint ein verdammt heißes Eisen zu sein!«

Hartwig blieb scheinbar ungerührt und drehte an zwei Knöpfen.

»So, aufgepasst«, begann er. »Das menschliche Ohr lässt sich manchmal überlisten, aber die Technik ist unbestechlich. Bitte vergleichen Sie die zwei Kurven auf den beiden Oszillographenschirmen. Zunächst links der Mordauftrag.«

»Wie sinnig, Sie befassen sich mit den Fußballseiten. Am Lufthansa-Schalter sind auf den von Ihnen gewünschten Namen ›Michael Burger‹ ein Flugticket nach Mallorca samt Hotelgutschein sowie eine kleine Aktenmappe hinterlegt. Letztere enthält alle Daten Ihres Mandanten, die Sie benötigen. Er wohnt im gleichen Hotel wie Sie.«

»Und jetzt rechts das Fernsehinterview.«

Der FC Hansa wird auch diese Herausforderung meistern. Da sind wir schon mit ganz anderen Problemen fertig geworden.

Vergleichen wir nun zwei vom Aufbau her ähnliche Sätze«, erklärte Hartwig.

Letztere enthält alle Daten Ihres Mandanten, die Sie benötigen. – Der FC Hansa wird auch diese Herausforderung meistern.

»Ich hab zwar nicht Mathematik studiert«, meinte Hiermann, »aber für mich schauen die beiden Kurvenverläufe verdammt ähnlich aus.«

»Das sind sie auch ohne Frage«, antwortete Hartwig.

»So ähnlich«, fragte Matowski, »dass wir auf dieser Basis einen Haftbefehl bekommen?«

»Ich würde sagen«, konstatierte Hartwig, »dass diese beiden Sätze mit 99,9-prozentiger Wahrscheinlichkeit von ein und derselben Person gesprochen wurden.«

»Das gibt ein Erdbeben«, sagte Hiermann. »Einer der größten Münchner Promis erteilt einen Mordauftrag ...«

» ... der kurz danach ausgeführt wird!«, ergänzte Matowski. Er hatte in den vergangenen gut vierzig Stunden zwar kaum geschlafen, doch in diesem Moment fühlte er sich wieder frisch. »Und wenn ich daran denke, wie viele Leute in den letzten Tagen ins Jenseits befördert wurden, dann plädiere ich dafür, sofort zu handeln.« Er sah auf die Uhr. »Gerade erst halb elf. Wir sollten sofort mit dem diensthabenden Jour-Staatsanwalt sprechen.«

»Sie haben recht«, entgegnete Hiermann, »sechs tote Schiris in vier Tagen, dazu ein Polizist und ein Auftragskiller. Wenn da keine Gefahr im Verzug ist, dann weiß ich auch nicht mehr.«

»Vor allem«, ergänzte Matowski, »steht zu befürchten, dass noch weitere Auftragsmörder aktiv waren oder sogar noch sind. Dass alle sechs Schiedsrichter vom selben Mann getötet bzw. verletzt worden sind – ich habe noch die Hoffnung, dass Daehmling durchkommt – ist praktisch unmöglich.«

»Völlig richtig, wir müssen sofort handeln. Herr Hartwig, würden Sie bitte Ihre Erkenntnisse so zu Papier bringen, dass wir daraus einen Haftbefehl ableiten können?«

»Kein Problem. Ich füll schnell das entsprechende Formular aus, dauert vielleicht zehn Minuten. Ich nehme an, dass ich dann Feierabend machen kann.«

»Absolut«, entgegnete Hiermann. »Herbie, hilf du Herrn Hartwig bei seiner Expertise und bring sie mit in mein Büro. Herr Matowski, wir gehen schon mal vor und sorgen dafür, dass sich der Herr Jour-Staatsanwalt nicht langweilt.«

Matowski spürte eine Gänsehaut. Wie Hiermann vorhin richtig konstatiert hatte, war es gerade einmal vier Tage her, dass der erste Mord verübt worden war. Matowski dagegen kam es wie eine halbe Ewigkeit vor. Und nach all den wilden Ereignissen der letzten Tage stand er nun vor seiner ersten Verhaftung. Der Verhaftung eines Mannes, den er ohnehin noch nie gemocht hatte. Der offenbar in irgendeiner Form mehrere Unparteiische bestochen hatte, die Meisterschaft zuungunsten des FC Schalke 04 zu manipulieren. Was letztlich auf geradezu grotesk-tragische Weise gelungen war. Und jetzt war dieser saubere Herr dabei, sich seiner Mitwisser zu entledigen. Soviel war klar: die Ereignisse der heutigen Nacht würden ein absolutes Erdbeben auslösen.

Der Bereitschaftsabend von Staatsanwalt Norbert von Wenck war bislang wenig spektakulär verlaufen, doch als Hiermann ihm die Lage schilderte, war er sofort hellwach. Sie vereinbarten, ihm die Hartwigsche Stimmenanalyse in sein Büro zu faxen, damit er auf dieser Basis einen Haft- und Durchsuchungsbefehl ausstellen konnte. Von Wenck wurde schnell klar, dass er dabei war, in ein Wespennest zu stechen. Da jedoch eindeutige Beweise vorlagen und Gefahr im Verzug war, wäre jede andere Vorgehensweise nicht zu verantworten gewesen.

Matowski, Hiermann und Dehner besprachen in der Zwischenzeit die Lage.

»Von Wenck meldet sich gleich, wenn der Haft- und der Durchsuchungsbefehl fertig sind«, begann Hiermann. »Dann fahren wir gemeinsam los und treffen uns bei unserem prominenten ›Kunden‹«.

»Die Presse darf davon keinen Wind bekommen«, meinte Matowski. »Falls es noch weitere Mitverschwörer geben sollte, möchte ich dies gern heute Nacht im Verhör herausfinden. Und wir wollen die Burschen ja nicht unnötig warnen. Außer uns dreien, dem Staatsanwalt und dem Kollegen Hartwig weiß niemand überhaupt von der Existenz der belastenden Aufnahme.«

»Das könnte eine ziemlich lange Nacht werden«, sagte Dehner.

In diesem Moment klingelte das Telefon auf Hiermanns Schreibtisch. Dieser hob den Hörer ab und beendete nach wenigen Worten das Gespräch. »Von Wenck«, meinte er. »Wir treffen uns in zwanzig Minuten vor der Villa unseres Zielobjektes in Grünwald.«

Der Showdown konnte beginnen.

XIII.

Dienstag, 24. Juli 2001

Das Zielobjekt war niemand geringeres als Harri Höhnisch, seines Zeichens Manager des FC Hansa München. Matowski erinnerte sich noch dunkel an Höhnisch als Hallenhalmaspieler, der verletzungsbedingt seine sportliche Karriere relativ jung hatte beenden müssen und im Anschluss daran den Managerposten bei den Münchnern bekleidete. In dieser Eigenschaft wurde er schon früh zur Reizfigur, als er dem damaligen Dauerrivalen, Borussia Mönchengladbach, für viel Geld den Platzwart Erwin Pacholke abwarb. Pacholke passte als waschechter Niederrheinbewohner überhaupt nicht ins System der Münchner und kam demzufolge kaum zum Zuge. Aber der nicht durch ein großes Olympiastadion gesegnete und demzufolge finanziell erheblich schlechter gestellte Rivale vom Niederrhein war schon einmal entscheidend geschwächt.

In der Folgezeit fiel Höhnisch immer wieder durch ähnliche Transaktionen auf oder durch gezielte psychologische Kriegsführung, wenn es beispielsweise ein Verein mit erheblich geringeren monetären Möglichkeiten wie Werder Bremen gewagt hatte, am Thron der Hanseaten zu rütteln. Damit und mit seiner – wie Matowski fand – unerträglichen Arroganz war er zu einem der meist gehassten Männer der Fußballszene geworden. Der scheinbare Höhepunkt war gerade einmal vor gut einem halben Jahr erreicht, als Höhnisch durch gezielte Bemerkungen bei seinem Friseur verlauten ließ, der designierte Bundestrainer Christoph Dummke – ebenfalls ein Mann, der die Unverschämtheit besessen hatte, den Hanseaten wiederholt die Meisterschaft streitig machen zu wollen – sei gummibärchensüchtig. Ein Sturm der Entrüstung tobte durch die Fußballwelt, die Fans aller anderen Mannschaften solidarisierten sich mit Dummke, und beim Spiel auf Schalke musste Höhnisch sogar unter Polizeischutz gestellt werden, da konkrete Morddrohungen gegen ihn laut geworden waren. Eigentlich wäre Höhnisch erledigt gewesen, doch der immer weiter in die Enge getriebene Dummke gab schließlich eine freiwillige Hirnprobe ab, und es stellte sich heraus, dass er tatsächlich wiederholt Gummibärchen zu sich genommen hatte. Sein Job als Bundestrainer war beendet, bevor er begonnen hatte, und Harri Höhnisch durfte als der Mann triumphieren, der wieder einmal recht behalten hatte. Ungeachtet seiner Vorgehensweise weit unterhalb der Gürtellinie.

Matowski erinnerte sich noch gut an die heißen Debatten, und da er auch Dummke nicht sonderlich mochte, seit dieser in einer Fußballsendung einmal die »hervorragende Politik« der die Menschenrechte nicht immer respektierenden Regierungschefin seines damaligen Gastgeberlandes gelobt hatte, fand er es höchst erbaulich, dass sich hier zwei Antipathieträger gegenseitig bis aufs Messer bekämpften.

Und nun stand er kurz davor, eben jenen Harri Höhnisch für ziemlich lange Zeit hinter Gitter zu bringen. Jetzt ergaben die Gewalttaten der letzten Tage einen Sinn. Höhnisch hatte die Meisterschaft 2000/2001 mithilfe einiger Schiedsrichter massiv manipuliert und war wohl erpresst worden, nachdem der ein oder andere Referee kalte Füße bekommen hatte. Und weil er in der Vergangenheit mit all seinen schmutzigen Tricks immer wieder durchgekommen war, hatte er diesmal zum Äußersten gegriffen und sechs Unparteiische ermorden lassen. Aber jetzt war Schluss mit lustig, Höhnisch hatte einen verhängnisvollen Fehler begangen und einen Killer engagiert, der den Mordauftrag hieb- und stichfest auf einem Diktiergerät festgehalten hatte. Und wenn Udo Daehmling überlebte, hätten sie wahrscheinlich sogar noch einen Belastungszeugen.

Man würde die Meisterschaft 2001 am grünen Tisch wohl den Schalkern zusprechen müssen. All den Königsblauen Fußballanhängern, die im Mai so unendlich hatten leiden müssen, könnte Gerechtigkeit widerfahren. Und wer weiß, wie viele Titel der Hanseaten in der Vergangenheit auf ähnlich kriminelle Art und Weise zustande gekommen waren? Warum hatte mit Thorsten Schelmer ausgerechnet ein Hansa-Spieler das sogenannte »Phantomtor« erzielt, das letztlich München den Titel und Nürnberg den Abstieg gebracht hatte? Warum wurden Hansa-Spieler trotz brutalster Fouls wie dem von Ohrenberger gegen Fresser fast nie vom Platz gestellt? Wieso gab es immer wieder zweifelhafte Elfmeter für die Hanseaten, aber oft nach klaren Regelverstößen im Strafraum keine Elfer für deren Gegner? Weshalb kamen die Hanseaten bei *ran* immer als letztes Spiel? Wurde beim seit Jahrzehnten berühmt-berüchtigten »Hansadusel« massiv nachgeholfen? Es gab noch unendlich viele Fragen, die Matowski Herrn Harald Höhnisch gerne stellen wollte.

Zunächst jedoch galt es festzustellen, ob der Verdächtige überhaupt zuhause war. Die Höhnisch'sche Villa, im Münchner Nobelviertel Grünwald gelegen, wirkte um kurz nach Mitternacht völlig ruhig, als Matowski, Hiermann und Dehner eintrafen. Staatsanwalt von Wenck war bereits kurz zuvor angekommen und stieg aus seinem BMW der Fünferserie, als er die Ankunft der drei Polizeibeamten bemerkte. Gemeinsam gingen sie zu dem großen schmiedeeisernen Gartentor, welches den einzigen Durchlass in einer übermannshohen, efeuumrankten Mauer bot. Sowohl auf dem Briefkasten als auch neben dem Klingelschild prangte ein schlichtes ›Höhnisch‹.

»Sollen wir einfach klingeln oder rechnen Sie mit Widerstand?«, fragte von Wenck in die Runde.

»Ich glaube nicht, dass der Mann so wahnsinnig ist und Gegenwehr leistet«, antwortete Matowski. »Schließlich weiß er nichts von unseren Beweisen.«

Oberkommissar Hiermann drückte auf die Klingel. Einmal, zweimal, und schließlich noch ein drittes Mal. Gerade, als eine Diskussion anhub, ob man sich gewaltsam Zutritt zum Haus des Verdächtigen verschaffen sollte, ertönte eine verärgerte, aber jedem Fußballfreund wohlbekannte Stimme aus der Sprechanlage: »Ja bitte?!«

»Herr Harald Höhnisch?«, fragte Matowski.

»Ja, was wollen Sie denn mitten in der Nacht!?«

»Hauptkommissar Matowski, wir müssen Sie in einer dringenden Angelegenheit sprechen, die leider keinerlei Aufschub duldet!«

»Wollen Sie mich verschei... Würden Sie sich bitte ausweisen? Außerdem habe ich meine Rechte als unbescholtener Steuerzahler, können wir das nicht morgen früh erledigen?«

»Hier Staatsanwalt Norbert von Wenck. Ich habe hier einen Durchsuchungsbefehl, der wegen Gefahr im Verzug umgehend in die Tat umgesetzt werden muss. Bitte öffnen Sie die Türe.«

»Zeigen Sie mir zuerst ihren Ausweis. Halten Sie Ihre Dienstmarke in die Kamera am linken Pfosten des Gartentores.«

Die vier Beamten blickten nach oben, wo die Linse einer unter Efeuranken geschickt getarnten Kamera alles im Blick hatte, was sich dem Eingang näherte. Matowski, Hiermann und Dehner holten ihre Dienstmarken heraus und richteten sie gen Kamera.

»Also gut«, tönte es aus der Sprechanlage, »treten Sie ein. Ich hoffe, Sie haben einen wirklich guten Grund für Ihren nächtlichen Besuch.«

»O ja«, dachte Matowski, »den haben wir.«

Wie von Geisterhand öffnete sich lautlos das Gartentor, und die vier traten ein. Offenbar durch einen Bewegungsmelder ausgelöst schalteten sich einige Lampen ein und beleuchteten einen mit unregelmäßigen Steinplatten gefliesten, etwa 20 Meter langen Weg. Dieser endete an einer siebenstufigen Steintreppe, welche zu einer breiten Eingangstüre führte. Kurz bevor sie diese erreichten, öffnete sich die Tür, und Matowski erkannte die feiste Gestalt im Bademantel als den Hansa-Manager Harri Höhnisch. Matowski fand, dass der wenig geliebte Repräsentant des Münchner Vorzeigeklubs noch etwas beleibter wirkte als im Fernsehen. Auf jeden Fall legte er verbal die gleiche Selbstgefälligkeit an den Tag respektive die Nacht wie bei seinen öffentlichen Auftritten.

»Würden Sie mir vielleicht mal verraten, warum Sie mich hier mitten in der Nacht aus dem Bett schmeißen? Und bitte zeigen Sie mir nochmal Ihre Dienstausweise!«

Matowski, Hiermann und Dehner zückten wortlos erneut ihre Marken.

Von Wenck dagegen hielt Höhnisch ein DIN-A4-Blatt entgegen und antwortete: »Staatsanwalt Norbert von Wenck. Ich habe hier einen Haftbefehl gegen Herrn Harald Höhnisch wegen des dringenden Tatverdachts der Beauftragung eines Tötungsdeliktes zum Nachteil von Dr. Martin Murks.«

Matowski hatte die Formulierung »Tötungsdeliktes zum Nachteil von ...« stets etwas bizarr euphemistisch gefunden, aber die Juristen hatten halt ihre eigene Sprache. Wäre die Beleuchtung etwas besser gewesen, hätten die vier Beamten erkennen können, wie die Farbe aus dem normalerweise schweinchenrosa kolorierten Gesicht des Hansa-Managers wich. Er antwortete jedoch äußerlich gelassen.

»So etwas Lächerliches habe ich in meinem ganzen Leben noch nicht gehört. Aber bevor Sie mir das Wort im Munde herumdrehen, spreche ich ab jetzt nur noch nach Rücksprache und in Gegenwart meines Anwaltes.«

»Das ist Ihr gutes Recht ...«, antwortete Hiermann.

»... über das wir Sie gerade aufklären wollten«, ergänzte Matowski. »Aufgrund der Schwere der Vorwürfe sehe ich mich leider gezwungen, Ihnen Handschellen anzulegen.«

»Das werden Sie nicht wagen!«

Matowski wagte sehr wohl. Jetzt hätte er gerne Schwann und Estermann dabei gehabt, die stets in den höchsten Tönen das überaus clevere Management ihres Erfolgsvereins lobten. Die Vorstellung ihrer langen Gesichter, wenn sie sich eingestehen mussten, dass offenbar einige der Erfolge auf höchst kriminelle Art und Weise zustande gekommen waren, ließ ihn innerlich tief und breit grinsen.

»Wie Sie wissen, haben wir einen Durchsuchungsbefehl«, meinte Matowski mit Blick auf von Wenck. »Falls es abgeschlossene Räume, Tresore oder Ähnliches gibt, wäre es in ihrem eigenen Interesse, uns dafür die Schlüssel auszuhändigen. Andernfalls sähen wir uns gezwungen, Gewalt anzuwenden.«

»Bitte fühlen Sie sich wie zuhause, ich habe nichts zu verbergen«, schnaubte Höhnisch. »Aber jetzt will ich umgehend mit meinem Anwalt telefonieren!«

»Selbstverständlich«, entgegnete Hiermann. »Wir begleiten Sie gerne zu Ihrem Telefon. Ist eigentlich noch jemand heute Nacht im Haus anwesend?«

»Nein, meine Frau ist auf Verwandtschaftsbesuch.«

In der sicheren Obhut von drei Polizisten und einem Staatsanwalt durfte Höhnisch mit seinem Rechtsbeistand telefonieren, wobei ihm die Handschellen vorübergehend wieder abgenommen wurden. Anschließend wurde die weitere Vorgehensweise besprochen. Man beschloss, dass von Wenck und Dehner vor Ort blieben, Verstärkung riefen und eine gründliche Hausdurchsuchung durchführen sollten. Matowski und Hiermann dagegen wollten den Hansa-Manager auf dem Präsidium ins Kreuzverhör nehmen.

Sein Wecker würde morgen bereits um 5 Uhr 30 klingeln, doch er lag immer noch wach in seinem Bett. Eigentlich wollte er schon längst schlafen, denn morgen würde er wieder all seine körperlichen und geistigen Fähigkeiten benötigen. Morgen würde er Konrad Müller-Flaschenbier, den durch und durch korrupten und verabscheuungswürdigen Präsidenten des Deutschen Fußballbundes zur Hölle schicken.

Und was danach kam, da hielt er sich alle Optionen offen. Es gab in der Welt des Fußballs noch eine ganze Reihe von üblen Gestalten, welche das Antlitz der Erde beschmutzten. Doch der »Meister der Rache« würde sich alle noch vornehmen, immer schön der Reihe nach.

Im Vernehmungszimmer eins des Münchner Polizeipräsidiums herrschte numerischer Gleichstand. Auf der einen Seite die Kriminalen Matowski und Hiermann, auf der anderen Harri Höhnisch und sein Anwalt Stefan Gestade.

Hauptkommissar Matowski ergriff das Wort: »Also, Herr Höhnisch, wie wir Ihnen bei Ihrer Verhaftung bereits mitgeteilt haben, besteht der dringende Tatverdacht, dass Sie die Ermordung des Bundesliga-Schiedsrichters Dr. Martin Murks in Auftrag gegeben haben. Wollen Sie sich zu diesem Punkt äußern? Ein frühes Geständnis hat sich noch in den allermeisten Fällen als strafmildernd ausgewirkt.«

Höhnisch grinste nur, sah kurz zu seinem Anwalt hinüber und schüttelte seinen Kopf. Das Antworten übernahm Gestade: »Für einen derart ungeheuerlichen Vorwurf haben Sie doch sicher hieb- und stichfeste Beweise sowie ein glaubwürdiges Motiv.«

»In der Tat«, entgegnete Hiermann und meinte: »Bitte schauen Sie doch einmal hier auf meinen PC. Oder, noch besser, hören Sie gut zu.«

Mit einem Mausklick auf den Startknopf eines auf dem Bildschirm erscheinenden Audio- und Videowiedergabeprogramms präsentierte Hiermann die Aufnahme, die erst vor wenigen Stunden als E-Mail bei ihm eingetroffen war.

»Ist hier noch frei?«

»Nehmen Sie nur Platz. Wie sinnig, Sie befassen sich mit den Fußballseiten. Am Lufthansa-Schalter sind auf den von Ihnen gewünschten Namen ›Michael Burger‹ ein Flugticket nach Mallorca samt Hotelgutschein sowie eine kleine Aktenmappe hinterlegt. Letztere enthält alle Daten Ihres Mandanten, die Sie benötigen. Er wohnt im gleichen Hotel wie Sie.«

»Hat also mit Fußball zu tun. Wäre es hilfreich, wenn es, ähh, wie ein Unfall aussieht?«

»Nicht zwingend erforderlich, aber durchaus hilfreich. Das ist alles. Bezahlung wie vereinbart auf Ihr österreichisches Nummernkonto.«

Harri Höhnisch wurde plötzlich etwas blasser um die Nase, doch sein Anwalt Stefan Gestade setzte ein etwas hochnäsig wirkendes Lächeln auf und meinte: »Und das ist alles, was Sie gegen meinen Mandanten in der Hand haben? Eine dürftige Aufzeichnung eines Gesprächs, welches alles Mögliche zum Inhalt haben könnte mit einer Stimme, die eine vage Ähnlichkeit mit der meines Mandanten hat? Darf ich einmal sehen, wer den Haftbefehl unterschrieben hat? Ich glaube fast, dass die Karriere dieses Staatsanwalts ein jähes Ende nehmen könnte.«

»Glaub' ich nicht«, erwiderte Matowski. »Punkt eins: die Stimme wurde von unserem Laborexperten zweifelsfrei als die von Herrn Höhnisch identifiziert. Die entsprechende Expertise können Sie gerne einsehen.«

»Worauf Sie sich verlassen können.«

»Punkt zwei: Die Originaltonbandaufnahme befindet sich in der Asservatenkammer des mallorquinischen Polizeipräsidiums. Sie wurde heute« – Matowski sah auf die Uhr – »beziehungsweise gestern von den spanischen Kollegen im Besitz eines Mannes sichergestellt, der mit einem gefälschten deutschen Personalausweis auf eben diesen Namen ›Michael Burger‹ im selben Hotel abgestiegen ist wie Martin Murks.«

»Soso.« Gestade schien immer noch nicht sonderlich beeindruckt, während bei seinem Mandanten einige Schweißtropfen zu sehen waren.

»Punkt drei: Unter den Fingernägeln von Murks wurden Hautreste sichergestellt. Ich nehme an, Sie haben bereits den Medien entnommen, dass Martin Murks am vergangenen Sonntagabend im Meer vor Mallorca ertrunken ist. Er war in seiner Eigenschaft als Triathlet jedoch ein ausgezeichneter Schwimmer. Passend dazu wurden im Gesicht des ›Michael Burger‹ Kratzspuren gefunden, was zusammen mit der Tonbandaufnahme eindeutig auf einen Auftragsmord hindeutet.«

»Gibt es denn schon eine DNA-Analyse dieser ominösen Hautreste?«, fragte Gestade. »Nach einem Geständnis dieses ›Michael Burger‹ frage ich erst mal gar nicht.«

»Die DNA-Analyse wird von den spanischen Kollegen so schnell wie möglich durchgeführt, wir erwarten noch heute ein Ergebnis«, sagte Matowski.

»Also weder ein DNA-Beweis noch ein Geständnis«, grinste Gestade. »Ich stelle fest, dass Sie außer ein paar vagen Anhaltskommas – von Anhalts*punkten* möchte ich in diesem Zusammenhang gar nicht erst reden – rein gar nichts gegen meinen Mandanten in Händen halten. Sofern Ihnen an Ihrer Karriere auch nur das Geringste liegt, schlage ich vor, Sie entschuldigen sich umgehend bei Herrn Höhnisch und lassen uns gehen. Wir müssen beide morgen in unserem Beruf wieder unseren Mann stehen.«

Während bei Hiermann eine leichte Verunsicherung spürbar wurde, ließ sich Matowski nichts anmerken. »Moment, Herr Anwalt. Wir haben eine Leiche, einen Auftragsmörder und eine hieb- und stichfeste Aufzeichnung über eben diese Beauftragung. Die zweifelsfrei von Ihrem Mandanten ausging. Und jetzt würde ich gerne eine ganze Reihe von Fragen an Herrn Höhnisch stellen.«

»Also gut«, meinte Gestade, »Sie wollen also die harte Tour. Dann möchte ich mich zunächst einmal gerne mit meinem Mandanten unter vier Augen besprechen. Ich nehme an, Sie haben jetzt alles vorgebracht, was Sie an so genannten Beweisen vorliegen zu haben glauben.«

Hiermann rief einen diensthabenden Kollegen, der den Hansa-Manager und seinen Rechtsbeistand zu einem leer stehenden Zimmer brachte.

»Sind Sie sicher, dass wir den Höhnisch nicht etwas vorschnell verhaftet haben?«, meinte Hiermann.

»Mir sind auch schon leise Zweifel gekommen, ob wir nicht noch ein wenig hätten warten sollen. Zum Beispiel auf die DNA-Analyse«, erwiderte Matowski. »Andererseits ist bei fünf toten und einem schwer verletzten Schiedsrichter innerhalb von vier Tagen höchste Eile im Handeln geboten. Vom Auftragskiller und dem ermordeten sowie dem verletzten Kollegen einmal ganz zu schweigen. Und die Tonbandaufnahme ist schließlich eindeutig.«

»Nur vor Gericht wird das wohl kaum reichen«, antwortete Hiermann.

»Umso mehr müssen wir den Herrn Höhnisch jetzt in die Zange nehmen«, entgegnete Matowski. »Aber zuallererst muss ich mal dorthin, wo auch der Polizeipräsident zu Fuß hingeht.«

Hiermann musste lachen. »Durch die Tür nach links und dann nach zehn Metern auf der rechten Seite.«

Auf dem Weg zur Toilette schossen viele Gedanken durch Matowskis Kopf. Irgendwie hatte er sich die Verhaftung von Harri Höhnisch anders vorgestellt. Vielleicht nicht unbedingt, dass der ungeliebte Hansa-Manager in Tränen ausbrechen und sofort ein Geständnis ablegen würde, aber eingedenk der Tonbandaufnahme hatte er doch gehofft, den Verdächtigen etwas mehr in die Enge treiben zu können als es bislang den Anschein hatte.

Wenn die Hanseaten sechs Schiedsrichter bestochen und nun zum Schweigen gebracht hatten, dann musste es bestimmt auch Aufzeichnungen darüber geben. Kontobewegungen, Barabhebungen, irgendetwas Handfestes.

Vielleicht würden ja die Kollegen bei der Durchsuchung der Höhnisch'schen Villa ein entsprechendes Beweisstück finden. Und am besten sollte auch gleich die Geschäftsstelle der Hanseaten einmal gründlich unter die Lupe genommen werden. Matowski beschloss, noch während seiner »Sitzung« Staatsanwalt von Wenck anzurufen, wie es denn mit einem Durchsuchungsbefehl für die Hansa-Geschäftsstelle aussähe. Als er jedoch sein Handy in Händen hielt, fiel ihm ein, dass der Akku auf dem Flughafen von Palma de Mallorca seine letzten Reserven eingebüßt hatte, während sich das Ladegerät zuhause in einer Schreibtischschublade befand. Also widmete er sich zunächst dem ureigentlichen Zweck seiner momentanen Lokalität.

Als er zurück ins Vernehmungszimmer kam, beendete Hiermann gerade ein Telefonat mit Kriminalmeister Dehner.

»Ok, Herbie, sobald ihr etwas Interessantes gefunden habt, bitte umgehend melden.«

»Also noch keine heiße Spur im Hause Höhnisch?«, fragte Matowski.

»Leider nein.«

»Apropos Telefon. Mein Handy-Akku ist leer. Haben Sie vielleicht ein passendes Ladegerät? Ich habe ein Nokia 5110.«

Hiermann sah auf Matowskis Mobiltelefon und meinte: »Mein lieber Schieber, das ist ja ein echtes Museumsstück. Ihr müsst wohl auch ziemlich sparen.«

»Na ja, so lange es noch funktioniert.«

»Schauen wir mal kurz in mein Büro. Vielleicht haben wir ja Glück.«

In der Tat war das Ladegerät für Hiermanns etwas moderneres Handy auch für Matowskis Gerät geeignet.

Eine Viertelstunde später, es war schon kurz nach 2 Uhr, saßen sich die vier Kontrahenten wieder im Vernehmungszimmer gegenüber.

»Wie sieht es aus, Herr Höhnisch«, begann Matowski, »haben Sie sich

145

zu einem Geständnis entschlossen? Wie schon erwähnt, wer frühzeitig reinen Tisch macht, erhält meist ein wenig Anerkennung in Form von Strafnachlass.«

»Auf dieser Basis können wir das Gespräch sofort wieder beenden«, erklärte Anwalt Gestade lakonisch.

»Also gut, dann werde ich einmal ein paar konkrete Fragen an Ihren Mandanten stellen«, fuhr Matowski fort. »In welchem Verhältnis standen Sie zu Schiedsrichter Martin Murks?«

Erneut wollte der Anwalt antworten, doch Harri Höhnisch sah ihn kurz an und meinte: »Ist schon in Ordnung. Wenn ich mit den Herren kooperiere, dann komme ich umso schneller wieder hier heraus.«

»In der Tat«, antwortete Matowski. Während der Hansa-Manager aber im Zusammenhang mit seinem letzten Satz in der Kategorie von ein paar Stunden dachte, hatte Matowski ganz andere Größenordnungen im Sinn. Vielleicht zwölf anstelle von fünfzehn Jahren.

»Also, in welchem Verhältnis standen Sie zu Schiedsrichter Martin Murks?«

»Ein ausgezeichneter Unparteiischer, vielleicht der Beste, den wir in den vergangenen Jahren in Deutschland hatten. Wir haben uns am Rande des ein oder anderen Spiels einmal unterhalten, aber es gab eigentlich nie Grund zur Klage. Wie gesagt, er war ein Klassemann, und wenn es auf dem Platz gerecht zugeht und der Bessere gewinnt, ist das ja ganz im Sinne des FC Hansa München.«

Matowski musste sich beherrschen. »Dann sind Sie wohl auch der Meinung, dass Murks im Fall des indirekten Freistoßes für den FC Hansa München in der 94. Minute im Spiel beim Hamburger SV korrekt entschieden hat?«

»Auch das war völlig regelkonform. Sagen Sie mal, sind Sie vielleicht Schalke-Anhänger?«

»Hier stelle ich die Fragen.« Am Ende würde Matowski noch wegen Befangenheit abgelehnt, also ließ er sich auf gar keine diesbezügliche Diskussion ein.

Höhnisch fuhr fort. »Sie sehen also, ich habe nicht den geringsten Grund, dem Herrn Murks irgendetwas Böses zu wollen.«

»Und wie erklären Sie sich dann das Tonband, das wir vorhin vorgespielt haben?«

»Nehmen wir einmal an – rein hypothetisch – das wäre tatsächlich meine Stimme.«

»Selbstverständlich werden wir bei einem Sachverständigen unseres Vertrauens ein Zweitgutachten einholen«, meldete sich Anwalt Gestade zu Wort.

»Also«, warf Hiermann ein, »was, wenn auch Ihr Zweitgutachten ergibt, dass auf unserem Tonband der Herr Höhnisch zu hören ist?«

»Ich kann – weiterhin rein hypothetisch gedacht – nichts Strafbares an der aufgezeichneten Unterhaltung erkennen.« Nun war wieder der Anwalt in seinem Element. »Es ist von einer Mallorcareise, einem Mandanten und einem Unfall die Rede. Man muss schon sehr viele schlechte Krimis gelesen haben, um daraus eine Verabredung zu einer so schwerwiegenden Straftat wie Mord herzuleiten. Im Übrigen – selbst wenn es sich um die Stimme meines Mandanten handeln sollte – wer garantiert uns, dass dieser ominöse ›Michael Burger‹ sich nicht diese angebliche Unterhaltung mit Herrn Höhnisch am heimischen Computer aus den Fragmenten verschiedener Fernsehinterviews zusammengestückelt hat? Wo ist eigentlich der Herr Burger?«

»Herr Burger«, begann Matowski, »befindet sich noch auf Mallorca. Beim Versuch, sich seiner Verhaftung zu entziehen, hat er einen Polizeibeamten getötet und einen weiteren schwer verletzt. Sie werden verstehen, dass eine Gegenüberstellung im Augenblick außerhalb unserer Möglichkeiten liegt.«

Matowski sah kurz zu Hiermann hinüber, und der verstand sofort. Es wäre sicher nicht von Nachteil, wenn Gestade und vor allem Höhnisch glaubten, dass der Killer noch am Leben wäre und gegen den Hansa-Manager aussagen könnte, um damit vielleicht seine eigene Haut zu retten. Matowski war sich jedoch bewusst, dass er genau auf seine Formulierungen achten musste. Eine bewusste Falschinformation würde ihm der Anwalt später ordentlich um die Ohren schlagen.

»Im Übrigen«, ergänzte Hiermann, »hat unser Laborexperte ausgeschlossen, dass es sich um eine zusammengestückelte Aufnahme handelt.«

»Bevor wir dazu und zur grundsätzlichen Stimmidentität mit meinem Mandanten kein einschlägiges Zweitgutachten vorliegen haben, verweigern wir zu diesem Punkt die Aussage«, insistierte Gestade.

Matowski nahm einen neuen Anlauf. »Herr Höhnisch, ich will Ihnen jetzt einmal erzählen, wie sich die Sache nach unseren Ermittlungen abgespielt hat.«

»Da bin ich aber mal gespannt.«

»Während des gesamten Verlaufs der Saison 2000/2001 gab es eine ganze Reihe von groben Schiedsrichter-Fehlentscheidungen, von denen in allererster Linie der FC Schalke 04 betroffen war, und zwar ausschließlich derart, dass die falschen Pfiffe zu krassen Benachteiligungen geführt haben.«

»Also doch Schalke-Fan«, triumphierte Höhnisch, »ich hab mir doch gleich gedacht, dass Sie bei Ihrem Dialekt nicht von hier sind.«

Matowski fuhr ungerührt fort. »Eingedenk einer derart einseitigen Verkettung von spielentscheidenden Fehlurteilen spricht alles dafür, dass einige Spiele verschoben wurden. Dass die jeweiligen Schiedsrichter gegen eine entsprechende Vergütung absichtlich gegen Schalke gepfiffen haben. Der Herr Murks hat den Schalkern übrigens bereits im Spiel gegen Borussia Dortmund einen glasklaren Foulelfmeter verweigert. Und am letzten Spieltag dem FC Hansa die Meisterschaft geschenkt mit seinem unsäglichen Freistoßpfiff.«

»Jetzt wird's aber wirklich lächerlich, Herr Inspektor«, grinste Höhnisch. »Wenn Sie diesen Blödsinn beweisen können, dann sind Sie der neue David Copperfield.«

»Herr *Hauptkommissar* bitte, so viel Zeit muss sein. Aus irgendeinem Grund bekamen Sie es jedoch mit der Angst, dass einer der bestochenen Schiedsrichter auspacken könnte. Das gäbe schließlich einen Skandal, von dem sich der FC Hansa München vermutlich nie wieder erholen würde. Also haben Sie Herrn Burger und vermutlich noch einen oder mehrere weitere Killer engagiert, um die korrumpierten Unparteiischen zum Schweigen zu bringen.«

»Das ist so unglaublich lächerlich, dazu sage ich jetzt überhaupt nichts mehr. Sie haben doch nicht den geringsten Beweis für Ihre ungeheuren Anschuldigungen!«

»Und was ist mit der Tonbandaufnahme? Das ist eindeutig Ihre Stimme, die da einen Mordauftrag erteilt.«

»Dazu werde ich mich erst nach dem Vorliegen eines hieb- und stichfesten Zweitgutachtens äußern.« Höhnisch hatte dieselbe Platte aufgelegt wie sein Anwalt.

Der meldete sich nun zu Wort: »Ihre Konstruktionen werden immer abenteuerlicher, Herr *Haupt*kommissar. Haben Sie denn auch nur den Hauch eines Beweises dafür, dass Spiele verschoben wurden?«

»Lieber Herr Anwalt, wir stehen noch am Anfang unserer Ermittlungen. Warten wir doch einmal ab, was die Hausdurchsuchung ergibt. Ferner müssen wir noch die gesamten finanziellen Bewegungen bei den betroffenen sechs Unparteiischen unter die Lupe nehmen.« Matowski spürte, dass er sich auf dünnem Eis bewegte.

»Und außerdem«, ergänzte Hiermann, »sind wir guter Hoffnung, dass Udo Daehmling demnächst vernehmungsfähig ist. Das dürften außerordentlich interessante Gespräche werden.«

Höhnisch, der mittlerweile aufgehört hatte zu schwitzen, verzog diesmal fast keine Miene. Im Gegenteil, mit einem leichten Grinsen antwortete er: »Ich sehe nicht ein, warum ich mich hier an Ihren Mutmaßungen beteiligen soll. Wenn Sie weiter nichts gegen mich in der Hand haben, würde ich mich gerne zurückziehen.«

»Sie wissen genau«, ergänzte Gestade, »dass Sie meinen Mandanten maximal vierundzwanzig Stunden festhalten dürfen. Für das, was Sie hier zu bieten haben, lacht Sie jeder Haftrichter aus. Wenn Sie Ihren eigenen Ärger minimieren wollen, schlage ich vor, dass Sie uns umgehend gehen lassen.«

»Erst dann, wenn Sie uns eine plausible Erklärung für die Aufnahme liefern.« Hiermann rief wieder einen diensthabenden Kollegen, um Höhnisch und Gestade in ein Nebenzimmer zu bringen.

XIV.

Matowski und Hiermann sahen sich an. Es war gerade halb drei Uhr vorbei, und sie schienen eine reichlich zähe Nacht vor sich zu haben. Auch der fehlende Schlaf machte sich vor allem bei Matowski zunehmend bemerkbar. Während Hiermann Dehner anrufen wollte, ob sich eventuell etwas Interessantes im Hause Höhnisch gefunden hätte, erinnerte sich Matowski an sein Handy, welches jetzt eine runde dreiviertel Stunde am Ladegerät hing. Das würde zwar kaum genügen, um den Akku wieder in den Vollbesitz seiner Kräfte zu versetzen, aber zumindest könnte er seine Mailbox abhören. Was dort gespeichert war, war freilich absolut elektrisierend.

»Freiwart, hallo. Wir haben eine Art handschriftliches Testament von Albert Tal gefunden. Sein Anwalt sollte es im Falle seines Ablebens an die Polizei übergeben. Darin ist die Rede von jahrelangen Spielmanipulationen und Bestechungen. Ich kann Ihnen gern eine Kopie zukommen lassen. Ende.«

Ohne sich über die wahrlich fortgeschrittene Stunde Gedanken zu machen, wählte Matowski Freiwarts Nummer. Der Trierer Hauptkommissar hatte sein Handy auch über Nacht auf Empfang und meldete sich schlaftrunken.

»Hier Matowski, wie ist das genau mit dem Testament von Albert Tal?«

»Hallo. Hätte das nicht bis morgen früh warten können?«

»Oh, Verzeihung. Leider nein, wir haben vorhin den Hansa-Manager Harri Höhnisch wegen des dringenden Tatverdachts der Ermordung von Martin Murks verhaftet.«

»Sagen Sie das nochmal.«

»Wir haben einen Mitschnitt des Gesprächs, in dem Höhnisch einen Killer beauftragt, Murks umzubringen. Und vor knapp drei Stunden haben wir ihn verhaftet.«

»Dann dürften Sie die Aufzeichnungen von Schiri Tal ganz besonders interessieren. Sagen Sie mir Ihre Faxnummer, dann mach ich mich gleich auf ins Präsidium. Dauert ungefähr zwanzig Minuten.«

Gebannt starrten Matowski und Hiermann auf das Faxgerät, als um 2 Uhr 59 die erste Seite des Testaments von Albert Tal erschien. Während von Wenck und Dehner bis dato in der Höhnisch'schen Villa leider noch nichts von größerem Interesse gefunden hatten, kam hier zentimeterweise ein Schriftstück zum Vorschein, welches die Ermittlungen einen großen Schritt weiterbringen könnte.

Matowski konnte es kaum erwarten bis die erste Seite fertig gedruckt war. Eifrig griff er nach dem Papier und begann, laut vorzulesen.

Hiermit erkläre ich, Albert Tal aus Konz, geboren am 11. November 1955 in Mainz, an Eides statt, dass ich die nun folgenden Aussagen im Vollbesitz meiner körperlichen und geistigen Kräfte zu Protokoll gebe und diese in vollem Umfang der Wahrheit entsprechen.

Seit mindestens zehn Jahren werden in der Fußball-Bundesliga immer wieder gezielt Spiele beeinflusst. Vermutlich nicht in dem Maße wie beim Bundesliga-Skandal der 70er Jahre, es gab jedoch eine Reihe von Spielen, in denen ich ausdrücklich gebeten wurde, gegebenenfalls einen bestimmten Ausgang herbeizuführen. Notfalls auch mit gezielten Fehlentscheidungen wie einem unberechtigten Strafstoß oder Platzverweis. Dies wurde mir jeweils mit einer nicht unerheblichen Summe Geldes vergolten.

Als besonders herausragende Beispiele möchte ich eingangs die Partie

Hansa Rostock gegen Eintracht Frankfurt vom 16. Mai 1992, die Begegnung 1.FC Kasing gegen SpVgg Oberdolling im September 1994 und das erst vor kurzem stattgefundene Spiel VfL Bochum gegen Schalke 04 nennen. Bei der Partie in Rostock hatte ich die klare Anweisung, dass die Frankfurter Eintracht nicht gewinnen dürfe. In diesem Fall wäre sie Deutscher Meister geworden, was meine Auftraggeber verhindern wollten. Aufgrund des Spielverlaufes musste ich erst gegen Ende der Begegnung tätig werden, als ich beim Stande von 1:1 ein klares Foulspiel im Strafraum eines Rostocker Verteidigers an einem Frankfurter Angreifer ungeahndet ließ.

Im Vorfeld des Pokalspiels in Kasing hatte der Pächter des ortsansässigen »Unteren Wirts« Freibier für das gesamte Dorf ausgelobt, falls der Erzrivale aus Oberdolling bezwungen würde. Ich musste vier Platzverweise und sieben Elfmeter verhängen, um diese Vorgabe zu erreichen. Aufgrund des Berichts des Schiedsrichterbeobachters wurde ich daraufhin jedoch für die unteren Klassen gesperrt und durfte in der Folge nur mehr Bundesligapartien leiten.

Im Spiel Bochum gegen Schalke 04 am 28. April 2001 ging es wieder darum, die Meisterschaft einer Mannschaft zu verhindern. Aufgrund des Spielverlaufs (Bochum führte lange 1:0, der Ausgleich fiel erst Mitte der zweiten Halbzeit) dachte ich lange Zeit, gar nicht manipulierend eingreifen zu müssen. Doch zwei Minuten vor Ende der Partie brachte ein Bochumer Verteidiger einen Schalker Angreifer mit einem regelrechten Catchergriff im Bochumer Strafraum zu Fall. Auch in diesem Fall ließ ich die Begegnung weiterlaufen, da ich die klare Anweisung hatte, dass Schalke 04 nicht gewinnen dürfe.

Damit endete die erste Seite. Matowskis Hände begannen zunehmend vor Wut zu zittern. »Sie haben uns also tatsächlich beschissen. Keine geballte Unfähigkeit von mehreren Schiedsrichtern, sondern ganz gezielter Betrug. Schalke durfte nicht Meister werden.«

»Sie nehmen das aber ganz schön persönlich«, meinte Hiermann.

»Zugegeben«, erwiderte Matowski, »ich bin seit Kindesbeinen Schalkefan. Ich war am 19. Mai im Parkstadion dabei, als wir für vier Minuten Deutscher Meister waren. Da machen Sie Emotionen durch, das kann ein Außenstehender vermutlich gar nicht begreifen. Und Sie, sind Sie am Ende Hansa-Fan?«

Hiermann lachte. »Früher habe ich tatsächlich den Hanseaten die Daumen gedrückt. Allerdings sind mir die anderen Münchner Vereine wie 1860 oder Unterhaching genauso sympathisch. Aber mittlerweile ist mir das Ganze etwas zu kommerzialisiert. Die 60er und 70er-Jahre-Truppen dagegen haben mir gut gefallen, mit echten Originalen wie Radi Radenkovic, Sepp Rotzlätschnbene, ...«

»So, weiter geht's!«, unterbrach ihn Matowski und deutete auf das Faxgerät, das soeben die zweite Seite ausgeworfen hatte. Er ergriff sie und las wieder laut vor.

Mein erstes ›eindeutiges Angebot‹ erhielt ich im Herbst 1991. Ich bekam eines Abends einen Telefonanruf, und eine unbekannte, verzerrt wirkende Stimme fragte mich, ob ich mir vorstellen könnte, den Ausgang eines Bundesligaspiels gegen Bezahlung zu beeinflussen. Die Frage war verbunden mit einem Hinweis auf meine damaligen finanziellen Probleme. Da ich seit Beginn meiner Schiedsrichtertätigkeit eine Geheimnummer habe und auch mit niemandem über meine Geldschwierigkeiten gesprochen hatte, musste der Anrufer über sehr gute Informationen verfügen. Ich war jedoch zu überrascht und erbat mir Bedenkzeit.

Nach einigen Wochen meldete sich der Anrufer wieder und fragte, ob ich es mir überlegt hätte. Wir vereinbarten ein Treffen an einer Autobahnraststätte. Ich musste lange mit mir ringen, doch aufgrund meiner finanziellen Schieflage entschied ich mich, das Treffen wahrzunehmen. Es wartete jedoch keine Person auf mich, sondern ein Umschlag mit weiteren Anweisungen. Diese führten mich zu einem weiteren Treffpunkt, an dem sich wieder nur ein Umschlag befand. So ging es mehrere Male weiter, quer durch ganz Süddeutschland.

Als ich nach mehreren Tagen begann, an der Seriosität dieser Schnitzeljagd zu zweifeln, erhielt ich endlich einen Umschlag mit einem konkreten Datum: ich solle mich in die Hansastraße 13 nach München begeben, dort würde in Zimmer Nummer 1313 jemand auf mich warten. Als ich dort ankam, staunte ich nicht wenig: es handelte sich bei der Adresse um die Geschäftsstelle des FC Hansa München! Dieser befand sich seinerzeit trotz des teuren Kaders im Abstiegskampf, und ein Abstieg in die zweite Liga hätte wohl eine Katastrophe für den Verein bedeutet.

Aufgeregt begab ich mich in das dreizehnte Stockwerk. Neben der Tür zu Zimmer 1313 stand groß zu lesen: ›Harald Höhnisch, Manager‹. Ich klopfte an, öffnete die Tür, ging durch ein Vorzimmer und betrat schließlich ein großzügig ausgestattetes Büro, hinter dessen Schreibtisch ein Mann mit einer großen Affenmaske auf dem Kopf saß. Der Affenmann forderte mich auf, Platz zu nehmen, und kam gleich zur Sache. Er gab mir einen Umschlag mit Geld zur Begutachtung. Dieser enthielt 20.000 DM, eine Summe, die ich sehr gut gebrauchen konnte. Er verlangte von mir, dass ich bei der nächsten Partie mit Beteiligung des FC Hansa München im Falle von kniffligen Situationen im Zweifel für die Münchener entscheiden solle. Es dürfe jedoch nicht offensichtlich sein, ich solle einfach punktuell die Regeln zugunsten der Münchener auslegen. Und vielleicht wäre ein manipulierendes Eingreifen ja gar nicht nötig, ich dürfe aber auch in diesem Fall das Geld behalten.

Ich meldete Bedenken an, und während unserer Diskussion klingelte plötzlich das Telefon. Der Affenmann meldete sich mit ›Höhnisch‹, und da ihn die Maske beim Telefonieren behinderte, nahm er sie ab. Es handelte sich tatsächlich um den Hansa-Manager Harri Höhnisch!

Nachdem er den Hörer wieder aufgelegt hatte, setze Herr Höhnisch seine Maske wieder auf und überzeugte mich schließlich mit dem Argument, viel Geld dafür zu bekommen, dass wegen meiner absichtlich falschen Pfiffe Millionen von Fußballfans fluchend vor dem Fernseher sitzen, ihre Wohnungseinrichtung zertrümmern oder ihre Familienangehörigen misshandeln würden. Ich nahm also die 20.000 DM an und versprach, das nächste Spiel des FC Hansa München bei Bedarf in seinem Sinne zu beeinflussen. Höhnisch machte zum Abschied noch eine Bemerkung, dass nichts von unserer Vereinbarung öffentlich werden dürfe, wenn mir mein Leben lieb wäre. Dies geschah im Dezember 1991, an den genauen Tag erinnere ich mich jedoch nicht mehr.

Ich hielt das damals für eine leere Drohung, doch vor dem Hintergrund der Ermordung meiner Kollegen Beinhorn und Windel fürchte ich nun um mein Leben.

»Jetzt haben wir ihn!«, triumphierte Matowski. »Unglaublich. Seit sage und schreibe zehn Jahren werden also die Bundesliga-Spiele manipuliert!«

»Das ist in der Tat eine Bombe«, kommentierte Hiermann. »Aber schauen wir weiter, die dritte Seite ist auch schon durch.«

Auf den folgenden Seiten beschrieb Albert Tal, wie er bei einer Reihe von weiteren Spielen den Auftrag hatte, notfalls durch gezielte Fehlentscheidungen den Ausgang der Partie zu beeinflussen. Einige Male war dies aufgrund des Spielverlaufes gar nicht nötig gewesen, in anderen Fällen sah er sich dagegen nach dem Abpfiff schweren Vorwürfen ausgesetzt. Er schien jedoch stets Rückendeckung von oben zu haben und durfte viele Jahre lang eine ganze Reihe von Bundesliga-Spielen leiten.

Seine Anweisungen hatte er meist per Telefon erhalten, wobei er das Gefühl hatte, es mit mindestens zwei verschiedenen Auftraggebern zu tun zu haben. Es gab auch Spielzeiten ohne konkrete Aufforderungen, bestimmte Spielausgänge herbeizuführen, in anderen Jahren sollten zum Teil mehrere Ziele verfolgt werden. Diese Ziele lauteten im Einzelnen: Eintracht Frankfurt darf nicht Deutscher Meister werden (Saison 1991/92), Schalke 04 soll absteigen und Hansa München Meister werden (Saison 1993/94), der 1.FC Kasing muss die erste Runde des Bezirkspokals Oberbayern im Kreis Donau/Ilm gegen die SpVgg Oberdolling gewinnen (Saison 1994/95), der SC Freiburg soll absteigen und Hansa München Meister werden (Saison 1996/97), Schalke 04 darf nicht Meister werden (Saison 2000/2001).

Nachdem er sein Bestechungsgeld anfangs bar erhalten hatte, wurde später in Österreich ein Nummernkonto für Tal eingerichtet, auf welches regelmäßige Überweisungen erfolgten. Seit der ersten Zahlung im Dezember 1991 hatte er in Summe rund 250.000 DM erhalten, wovon nach Begleichung seines früheren finanziellen Engpasses noch eine erkleckliche Summe übrig war.

Im Laufe der Zeit war Albert Tal der Verdacht gekommen, dass er nicht der einzige Schiedsrichter war, der bestochen wurde. Einen handfesten Beweis dafür hatte er zwar nicht, doch im Fall der ermordeten Kollegen Beinhorn und Windel war er sich relativ sicher, da die beiden immer wieder durch Fehlentscheidungen auffielen, welche das jeweilige Spiel in exakt der Richtung beeinflussten, die auch ihm vorgegeben war. Gleiches galt für Martin Murks, den Zahnarzt aus Kaiserslautern, der zum Zeitpunkt der Niederschrift dieses »Testaments« freilich noch am Leben war.

Albert Tal endete mit den Worten:

Auch wenn ich anfangs dringend auf das Geld angewiesen war, bereue ich, korrupt gewesen zu sein. Wenn nach meinem Tod diese Zeilen von Staatsanwaltschaft und Polizei gelesen werden, möge meine Beichte dazu beitragen, den oder die Hintermänner der verschobenen Bundesligaspiele ihrer gerechten Strafe zuzuführen.

Konz, den 21. Juli 2001 Albert Tal

»Worauf du dich verlassen kannst«, kommentierte Matowski den letzten Satz. »Herr Kollege Hiermann, mich würde brennend interessieren, was der Herr Höhnisch und sein Anwalt zu diesem Geständnis sagen.«

»Mich auch«, meinte Hiermann. »Allerdings fürchte ich, dass man auch hier die Echtheit des Dokuments beziehungsweise der darin getätigten Aussagen anzweifeln wird.«

Mit dem lapidaren Kommentar »Das beweist lediglich, dass der Herr Tal kurz vor seinem Ableben nicht mehr ganz bei Trost war. Sofern dieses bizarre Dokument überhaupt von ihm stammt«, bestätigte Anwalt Gestade diese Befürchtung. Harri Höhnisch dagegen war während des Verlesens von Tals Geständnis wieder ein wenig ins Schwitzen gekommen.

»Herr Höhnisch«, unternahm Matowski einen weiteren Versuch, »mit diesem Testament des Herrn Albert Tal schließt sich der Indizienkreis. Sie können natürlich gerne einen Graphologen Ihrer Wahl hinzuziehen, doch im Endeffekt zögern Sie damit das Unvermeidliche nur hinaus. Wir haben ein handfestes Motiv, wir haben fünf tote Schiedsrichter, wir haben einen Auftragsmörder, und wir haben nicht zu widerlegende Beweise, dass Sie den Herrn Burger oder wie immer er tatsächlich heißen mag gedungen haben, einen sogenannten Unparteiischen zu ermorden.«

»Sie müssen jetzt nichts sagen«, versuchte Gestade noch zu retten, was zu retten war.

Matowski fuhr fort: »Albert Tal hat etwas von einem zweiten Auftraggeber geschrieben. Wer war das? Ich kann mir nicht vorstellen, welches Interesse der FC Hansa München beispielsweise daran haben kann, dass der SC Freiburg in die zweite Liga absteigt. Die sind doch normalerweise gar keine Konkurrenz für euch.«

Harri Höhnisch, der sonst in puncto verbaler Ausfälle mit fulminanter Vehemenz die Abteilung »Attacke« anführte, blieb stumm. Allerdings schien er mit jedem weiteren Wort von Matowski ein wenig mehr in sich zusammenzusacken.

»Wer ist der zweite Auftraggeber? Hat er Sie zu dem Mordauftrag gegen Martin Murks angestiftet oder gar gezwungen?«, versuchte Hiermann, dem Hansa-Manager eine Brücke zu bauen.

»Jetzt ist der letztmögliche Zeitpunkt, wo man ein umfassendes Geständnis wohlwollend und damit strafmildernd zur Kenntnis nehmen wird.«

»Oder wollen Sie wirklich den Rest Ihres Lebens hinter Gittern verbringen?«, hieb Matowski in dieselbe Kerbe. »Was glauben Sie, was Ihnen als prominenter Reizfigur dort alles bevorsteht?«

»Genug, genug, genug!«, schrie Harri Höhnisch plötzlich und sprang auf.

Anwalt Gestade wollte ihm in die Parade fahren, doch der Hansa-Manager wehrte ab. »Ich weiß, wann ein Spiel verloren ist. Ich habe Albert Tal seinerzeit bestochen, aber das war alles nicht meine Idee.«

»Sondern?«, Matowski bekam eine Gänsehaut und seine Miene hellte sich auf.

»Müller-Flaschenbier steckt hinter der ganzen Sache.«

Vor Matowskis geistigem Auge flimmerte erneut die Szene, als sich der DFB-Präsident gemeinsam mit den Hanseaten über deren Ausgleichstreffer in Hamburg unbändig freute, der die Meisterschaft zugunsten der Münchner entschieden hatte. »Sagen Sie das nochmal.«

»Konrad Müller-Flaschenbier hatte vor zehn Jahren die Idee, im Dienste des deutschen Fußballs punktuell die ein oder andere Korrektur durchzuführen.«

»Im Dienste des deutschen Fußballs ...«, wiederholte Matowski.

»Ein starker FC Hansa München bedeutet immer auch eine starke Nationalmannschaft. Wer hat denn das Gerüst der 1954er, 1974er und 1990er Weltmeister gebildet? Oder der beiden Europameister-Mannschaften? Oder der Cordoba-Versager? Der jämmerlichen EM-Truppe 2000, die mit einem Punkt abgeschlagener Letzter der Vorrundengruppe wurde? Wir, der FC Hansa München! Wenn wir in die zweite Liga abgestiegen wären, wäre doch alles zusammengebrochen.«

Matowski hätte am liebsten tausend Einwände geltend gemacht, angefangen mit der süffisanten Frage, wer denn im Europameisterschafts-Endspiel 1976 den entscheidenden Elfmeter in den Belgrader Nachthimmel gejagt hatte. Doch er beherrschte sich und ließ Höhnischs Redefluss freien Lauf, welcher von seinem Anwalt nur mit einer Geste der Hilflosigkeit kommentiert wurde.

»Oder stellen Sie sich vor, ein Skandalverein wie Frankfurt oder Schalke vertritt den deutschen Fußball als Landesmeister im Europapokal. Die fliegen doch in der ersten Runde raus! Wer holt denn Jahr für Jahr Punkte ohne Ende für die UEFA-Fünfjahreswertung? Nur der FC Hansa München! Ohne uns hätten wir Deutschen doch schon längst den vierten Champions-League-Startplatz verloren.«

Erneut musste sich Matowski schwer beherrschen. Er erinnerte sich noch gut an die Europapokal-Saison 1996/97, als Schalke den UEFA-Pokal eroberte und die Hanseaten im selben Wettbewerb in der ersten Runde kläglich ausgeschieden waren. Im gleichen Jahr gewann der Reviernachbar aus Dortmund die Champions League, und praktisch ganz ohne Zutun des FC Hansa wurden viele deutsche Punkte für die UEFA-Fünfjahreswertung gewonnen.

»Und warum wollten Sie, dass Freiburg oder Schalke absteigen?«, fragte er.

»Gegen die Freiburger hab ich überhaupt nichts, aber dem Müller-Flaschenbier waren sie ein Dorn im Auge. Für ihn verkörpern sie so eine Art linke Bazillen, mir sind die dagegen relativ wurscht.«

»Und warum Schalke?«

»Mit ihren vielen Fans haben die das Potenzial, uns auf Dauer gefährlich werden zu können. Erst recht jetzt mit dem neuen Stadion. Wir hätten damals 1994 noch ein paar Mal öfter eingreifen und sie in die zweite Liga schicken sollen mit ihren 20 Millionen Mark Schulden. Dann wäre Ruhe gewesen. Leider haben sie sich ja durch eine gute Rückrunde gerettet, nachdem sie bei Halbzeit noch ganz unten waren.«

Matowski war kurz vor dem Explodieren. Hier wurden die wildesten Verschwörungstheorien noch von der Wirklichkeit übertroffen. »Und in der abgelaufenen Saison seid ihr auf Nummer sicher gegangen und habt gleich eine ganze Reihe von Spielen verschoben.«

»Dass die Schalker nach der umstrittenen Möller-Verpflichtung so auftrumpfen würden, damit konnte ja keiner rechnen.«

»Welche Spiele wurden denn konkret manipuliert? Haben Sie alle ermordeten Schiedsrichter bestochen?«

»Das weiß der MF viel besser als ich.«

»Jetzt einmal ganz konkret zu der Ermordung von Dr. Martin Murks«, brachte Oberkommissar Hiermann die Vernehmung auf ein neues Gleis. »Wie ging das genau vonstatten?«

»Nach der Ermordung der anderen Schiedsrichter – womit ich übrigens nicht das Geringste zu tun habe – hat der Murks kalte Füße bekommen. Müller-Flaschenbier hat gefürchtet, er könnte auspacken.«

»Das heißt, Sie bestreiten, etwas mit dem Tod der anderen Referees zu tun zu haben?«, entgegnete Hiermann.

»Ganz entschieden!«

»Und der Murks hat euch in Hamburg die Meisterschaft geschenkt«, brachte Matowski wieder das runde Leder ins Spiel.

»Der Kerl war doch wahnsinnig. Er hatte Angst, dass alles auffliegen könnte, und hat sich deshalb in Hamburg erst nicht getraut, für uns zu pfeifen. Es wurde ja auf der Anzeigetafel laufend der Spielstand der anderen Partien eingeblendet, und er hat mitgekriegt, dass Unterhaching auf Schalke erst 2:0 und nachher 3:2 geführt hat. Das ging sogar so weit, dass er ein einwandfreies Tor von Calle Blancker wegen angeblichem Abseits nicht gegeben hat.«

»Richtig«, erinnerte sich Matowski, »das war Mitte der zweiten Halbzeit. Das haben wir bei unseren Analysen gar nicht betrachtet. War im Hinblick auf Schwann und Estermann vielleicht auch besser so.«

»Und weiter?«, fragte er.

»Murks hat sich in diesem Moment einfach auf seinen Linienrichter verlassen, der die Fahne gehoben hat.«

»Und der war nicht eingeweiht?«

»Natürlich nicht. Bei einer solchen Sache ist jeder Mitwisser einer zuviel. Wenn er seinen Linienrichter überstimmt und das Tor gegeben hätte – und er konnte in diesem Moment ja nicht wissen, dass es gar kein Abseits war – hätten wieder alle ›Schiebung‹ gerufen. Genau das sollte ja vermieden werden, und das 0:0 hätte uns ja gereicht.«

»Und dann fiel wie aus heiterem Himmel das 1:0 für den HSV in der 90. Minute«, sagte Matowski.

»Das war geradezu pervers«, kommentierte Höhnisch. »Alle wussten, dass Schalke mittlerweile das Spiel gegen Unterhaching noch gedreht und mit 5:3 gewonnen hatte. Und das Tor von Barbarez für den HSV war einwandfrei, das jetzt abzuerkennen hätte wieder ein Riesentrara gegeben.«

»Also hat der Murks einfach lange genug nachspielen lassen und euch dann den indirekten Freistoß kurz vor dem Tor geschenkt.«

»Gut möglich, dass ihm MF mit allem möglichen Ungemach gedroht hat. Der Mann ist zu allem fähig.«

»Na ja«, unterbrach Hiermann, »Sie waren mit Drohungen gegenüber dem Herrn Tal ja auch nicht gerade zurückhaltend.«

»Das war doch ganz was anderes, ein reiner Bluff!«

»Aber immer noch eine strafbare Handlung«, kommentierte Matowski lakonisch. »Also, warum musste Martin Murks sterben?«

»Hab ich doch schon gesagt, weil er kalte Füße bekommen hat, nachdem Beinhorn und Windel zu Tode kamen. Die ganze Medienlandschaft hat ja die wildesten Spekulationen angestellt, von wegen der große

Schalke-Rächer geht um.«

»Was ja irgendwo sogar berechtigt gewesen wäre«, ertappte sich Matowski bei Gedanken, die in laut artikulierter Form nicht eben karriereförderlich gewesen wären.

»Wie kam es konkret zu dem Mordauftrag, dessen Aufzeichnung wir uns vorhin gemeinsam angehört haben?«, wollte Hiermann wissen.

»Müller-Flaschenbier hat mich angerufen. Bei ihm habe sich der Murks gemeldet, der wäre wegen der Morde an Beinhorn und Windel völlig von der Rolle. Er habe gedroht, zur Polizei zu gehen und auszupacken, damit sie ihn wenigstens schützten.«

»Und das konnten Sie natürlich nicht zulassen ...«

Bevor Matowski seinen Satz beendet hatte, öffnete sich die Tür, und Staatsanwalt von Wenck betrat das Vernehmungszimmer.

»Lassen Sie sich von mir nicht stören«, meinte er.

»Also«, fuhr Matowski fort, »was haben Sie dann beschlossen, um Murks zum Schweigen zu bringen?«

»MF hat mir vor Augen geführt, was ich alles zu verlieren hätte, wenn die ganze Geschichte aufflöge. Er hat mir gedroht, in diesem Fall alles auf mich zu schieben, denn von den ganzen Aktionen hat ja in erster Linie der FC Hansa München profitiert. Mit seinen 68 Jahren hätte er sich gemütlich aufs Altenteil zurückgezogen, während ich ja noch längst nicht alle meine Ziele erreicht habe.«

»Konrad Müller-Flaschenbier hat sie also dazu gezwungen, Dr. Martin Murks ermorden zu lassen«, wiederholte von Wenck.

»Ganz genau!«

»Dann sollten wir das umgehend zu Protokoll nehmen, und ich werde einen weiteren Haftbefehl ausstellen müssen.«

»Kein Problem«, meinte Hiermann und deutete auf das Aufnahmegerät, das während der gesamten Vernehmung gelaufen war.

Eine dreiviertel Stunde später war das Protokoll abgetippt und, obwohl Anwalt Gestade noch Bedenken hatte, unterschrieben.

Hiermann sah auf die Uhr, es war kurz vor fünf Uhr morgens.

»Jetzt haben wir uns wohl alle eine Mütze voll Schlaf verdient.«

»Wollen Sie gar nicht wissen, ob wir bei der Hausdurchsuchung fündig geworden sind?«, fragte von Wenck.

»Natürlich!«, entgegnete Matowski.

»Nun ja, im Zusammenhang mit den Schiedsrichtermorden haben

wir zunächst nichts entdeckt. Wir sollten uns nachher einmal auf der Geschäftsstelle des FC Hansa München umsehen.«

»Aber?«, Matowski schien fast ein wenig enttäuscht zu sein.

»Wir haben einen geheimen Zusatzvertrag mit der Sorch Media gefunden. Darin wird den Münchnern ein üppiger Millionenbetrag zugesichert, wenn Sie auf eine individuelle Vermarktung der nächtlichen Eskapaden ihrer Spieler verzichten.«

»Das heißt«, begriff Matowski, »nach außen tun sie so, als ob sie zugunsten der ärmeren Vereine auf viel Geld verzichten, und in Wirklichkeit bereichern sie sich gerade auf deren Kosten.«

Er sah zu Höhnisch hinüber, dessen sonst so rosige Gesichtsfarbe keinerlei Potenzial zu einem weiteren Erblassen mehr besaß. »Ihr habt auch wirklich keine Sauerei ausgelassen!«

XV.

Während man Harri Höhnisch in seine Zelle abgeführt hatte und von Wenck gemeinsam mit Hiermann an einem neuen Haftbefehl strickte, döste Matowski ein wenig an Hiermanns Schreibtisch.

Eigentlich war er hundemüde, doch aufgrund der überaus turbulenten Ereignisse brachte er kein Auge zu. Er schaltete das Radio ein, welches auf der Fensterbank stand. Der eingestellte Sender Bayern 5 brachte im Viertelstundentakt aktuelle Nachrichten.

» ... verurteilte die erneuten israelischen Angriffe. – Frankfurt am Main. Nach der Ermordung von mittlerweile fünf Bundesliga-Schiedsrichtern und einem Schwerverletzten gab der Deutsche Fußballbund am gestrigen Abend bekannt, dass der Start der neuen Saison 2001/2002, der ursprünglich für das kommende Wochenende vorgesehen war, aus Sicherheitsgründen zunächst ausgesetzt wird. Wegen des enormen öffentlichen Interesses wird DFB-Präsident Konrad Müller-Flaschenbier heute ab 10 Uhr vom Balkon des Frankfurter Rathauses aus eine öffentliche Pressekonferenz geben. Wir berichten live ab 9 Uhr 55. – Berlin. Bundeskanzler Schröder ...«

Matowski war plötzlich wieder hellwach. Dieser Müller-Flaschenbier besaß also die unglaubliche Chuzpe, sich der Öffentlichkeit als Retter des deutschen Fußballs zu präsentieren. Auf dem Balkon des Frankfurter Römers, wo eigentlich nur echte fußballerische Großereignisse gefeiert wurden.

»Dir werd' ich deine Feier schön versalzen«, dachte Matowski, als er aufstand und nachsehen ging, ob Staatsanwalt von Wenck seinen Haftbefehl gegen MF schon fertig ausgestellt hatte.

Gleichzeitig klingelte der Wecker eines Mannes, der ebenfalls nichts Gutes für Konrad Müller-Flaschenbier im Schilde führte. Der Meister der Rache war von Natur aus eigentlich ein Nachtmensch und Langschläfer, dem seine mindestens sieben Stunden Schlaf heilig waren. Obwohl er auf seiner »Deutschlandtournee« in den vergangenen Tagen wahrlich ein Mammutprogramm absolviert hatte, war er doch stets erfolgreich bemüht gewesen, fit und ausgeruht zu Werke gehen zu können.

Heute dagegen kostete es ihn ein gerüttelt Maß an Überwindung, zu, wie er empfand, nachtschlafender Zeit aufstehen zu müssen. Der Gedanke an seinen heutigen großen Coup ließ ihn jedoch schnell wach werden.

Kurz nach 6 Uhr startete er seinen Wagen. Diesmal würde er es sich sogar erlauben können, in seinem eigenen Fahrzeug unterwegs zu sein. Er hatte zwar noch zwei PKW-Dubletten in der Hinterhand, doch es war ja keineswegs auszuschließen, dass er diese noch in anderer Sache benötigen würde.

Oberkommissar Hiermann hatte schnell eingesehen, dass es absolut aussichtslos war, Matowski davon abzubringen, so schnell wie möglich nach Frankfurt zu fahren. Die Tinte mit von Wencks Unterschrift unter dem Haftbefehl für den DFB-Präsidenten war noch nicht trocken, da saßen die beiden in einem Streifenwagen und jagten auf der Autobahn A9 nach Norden. Immerhin war Konrad Müller-Flaschenbier auch dringend verdächtig, etwas mit dem Tod von Jürgen Kassler zu tun zu haben, und diese Tat fiel auf jeden Fall in den Hiermann'schen Kompetenzbereich.

Während sich der Verkehr in der Gegenrichtung eher zähflüssig auf München zu bewegte – die überwältigende Mehrheit der Pendler drängte allmorgendlich in die bayerische Metropole hinein – kamen Matowski und Hiermann gut voran. Kaum signalisierte die Beschilderung nach dem Autobahnkreuz Neufahrn das »Ende sämtlicher Streckenverbote«, zeigte Hiermann, was in dem BMW der Fünferbaureihe steckte.

Als sie gegen 8 Uhr kurz hinter Nürnberg waren, klingelte Matowskis Handy. »Matowski?«

»Hallo, hier Schwann. Wo bist du? Wir erwarten dich im Büro zur Lagebesprechung.«

»Hör gut zu, die Lage hat sich in den letzten Stunden grundlegend geändert. Ich war schon fast im Flieger nach Hause, da haben wir einen entscheidenden Hinweis auf den Mörder von Martin Murks gefunden. Es war ein gedungener Auftragskiller, und bei seiner Festnahme gab es eine wilde Schießerei mit einem toten und einem schwer verletzten spanischen Kollegen.«

»Verdammte Kiste, das hört sich ziemlich wüst an. Aber den Killer habt ihr wenigstens erwischt?«

»Ich musste ihn erschießen. War eine verdammt beschissene Situation.« Matowski musste schlucken. »Aber jetzt kommt's: der Kerl hat uns ein Diktiergerät hinterlassen, auf dem er seine Beauftragung zum Mord an Murks aufgezeichnet hat.«

»Wie bitte?«

»Und das Tollste ist: wir haben den Auftraggeber bereits identifiziert, verhaftet, und er hat sogar schon ein Geständnis abgelegt.«

Die Stimmen von Schwann und Estermann – beide saßen im Besprechungszimmer und hatten das Telefon auf ›Mithören‹ eingestellt – überschlugen sich nun förmlich. »Ein professioneller Auftragskiller!« – »Nein, mehrere Auftragskiller! Einer allein bekommt das doch gar nicht gebacken!« – »Wer steckt denn nun dahinter?« – »Sind noch mehr Mörder unterwegs?«

Die Antwort auf die Frage nach den Hintermännern bereitete Matowski ein ungeheures Maß an Genugtuung. »Also, Jungs, dann hört mal gut zu. Seit Jahren wurde systematisch durch eine Handvoll korrupter Schiedsrichter die Bundesliga manipuliert, und zwar meist zugunsten des FC Hansa München und gegen Schalke. Und die beiden Drahtzieher im Hintergrund sind nach Lage der Dinge Hansa-Manager Harri Höhnisch und DFB-Präsident Konrad Müller-Flaschenbier.«

Schwann und Estermann verstummten plötzlich. »Du, du willst uns verarschen?«, brachte letzterer schließlich hervor.

»Das ist mein voller Ernst. Höhnisch hat bereits gestanden, es ist zweifelsfrei seine Stimme auf dem Diktiergerät, wo der Mörder seinen Auftrag erhält. Schiri Murks hat offenbar gedroht auszupacken, und Müller-Flaschenbier soll Höhnisch dazu gezwungen haben, einen Killer zu beauftragen.«

»Wahnsinn. Und Höhnisch hat wirklich gestanden, dass reihenweise Spiele verschoben wurden?«, fragte Schwann.

»Es blieb ihm nicht viel anderes übrig. Der gestern ermordete Schiedsrichter Albert Tal hat bei seinem Anwalt ein Testament hinterlassen, in dem er jahrelange Manipulationen einräumt und Höhnisch schwer belastet. Nicht nur der Titel der abgelaufenen Saison ist für eure glorreichen Hanseaten mit Betrug und Beschiss zustande gekommen.«

»Und Müller-Flaschenbier?«, wollte Estermann wissen.

»Der hält nachher um zehn auf dem Frankfurter Römer eine öffentliche Pressekonferenz ab, um sich als Retter des deutschen Fußballs zu präsentieren, der falsche Fuffziger. Und genau dorthin fahren wir jetzt, ausgestattet mit einem freundlichen Haftbefehl.«

»Unglaublich.« Schwann konnte es immer noch nicht fassen.

»Was meinst du mit ›wir‹?«, fragte Estermann.

»Unser Kollege Hiermann von der Münchner Kripo ist mit von der Partie. Bei ihm im Polizeipräsidium sitzt Harri Höhnisch ein, und außerdem fällt der vermutlich vor die U-Bahn gestoßene Unparteiische Kassler auch in seinen Zuständigkeitsbereich.«

Matowski überlegte kurz. »Männer, ich schlage vor, ihr macht euch auf die Socken nach Frankfurt. Der erste Mord ist schließlich bei uns passiert, und damit schließt sich der Kreis.«

»Ok, ich bin dabei«, antwortete Schwann.

»Ich auch«, wollte Estermann nicht zurückstehen.

»Dann treffen wir uns so schnell wie möglich in Frankfurt. Übers Handy bleiben wir in Kontakt«, beendete Matowski das Gespräch. Hiermann sah Matowski an und meinte: »Das könnte ein ziemliches Kompetenzgerangel geben. Die Schiedsrichtermorde wurden ja quer durch ganz Deutschland verübt.«

»Daran hab ich noch gar nicht gedacht. Unsere Kollegen würden bestimmt alle ganz gern Höhnisch und Müller-Flaschenbier ein wenig ins Kreuzverhör nehmen. Und verdammt, da ist ja noch dieser seltsame Heimberger vom BKA. Am Ende reißen *die* Burschen noch alles an sich«, antwortete Matowski.

»Aber daran können wir ohnehin nicht viel ändern. Schnappen wir uns erst mal MF.«

Die öffentliche Pressekonferenz auf dem Platz vor dem Frankfurter Römer sollte zwar erst gegen 10 Uhr beginnen, aufgrund des riesigen öffentlichen Interesses waren aber bereits eine Stunde vorher gut tausend Personen versammelt. Viele davon waren freilich Pressevertreter, welche sich die besten Plätze sichern wollten, aber auch zahlreiche Fußballanhänger der unterschiedlichsten Couleur fanden sich ein. Nicht wenige trugen die Kluft ihres Lieblingsvereins, waren ausgestattet mit Trikot, teilweise einer Fahne und trotz der hochsommerlichen Temperaturen zum Teil sogar mit Schals.

Techniker waren in hektischer Eile dabei, letzte Hand an mehrere Lautsprechersysteme zu legen, welche allesamt von einer riesigen Verstärkeranlage gesteuert wurden, die neben dem Eingang zum Frankfurter Rathaus, »Römer« genannt, aufgebaut worden war. Zusammen mit der davor befindlichen Bühne erinnerte die Szenerie ein wenig an ein Popkonzert, und geringe Popularität war dem Fußball in Deutschland ja nun wahrlich nicht beschieden.

Einer der Fußballfans hatte seinen Platz mit besonderer Sorgfalt ausgewählt, und seine Schalke-Fahne unterschied sich äußerlich nicht nennenswert von den anderen Flaggen der königsblauen Fangemeinde. Diese war nicht zuletzt ob des besonders ambivalenten Verhältnisses zu Schiedsrichterzunft und deutschem Fußballbund überaus zahlreich erschienen, um die Äußerungen des DFB-Präsidenten aus erster Hand mitzuerleben.

Er würde in der königsblauen Masse folglich nicht auffallen.

Matowski sah in den Autoatlas. »Jetzt wird's kompliziert. Direkt vor dem Offenbacher Kreuz, das die Nummer 52 hat, gibt es eine Ausfahrt Offenbach ebenfalls mit der Nummer 52. Diese Ausfahrt führt auf die B3, und die geht direkt in Richtung Zentrum.«

»Alles klar«, meinte Hiermann augenzwinkernd. »Ich dachte eigentlich, dass solch völlig wirre Autobahnkreuze eure Domäne in NRW sind.«

»Bei uns in Bonn zwar weniger«, antwortete Matowski, »aber wenn Sie mal alleine ohne Navigationssystem quer durchs Ruhrgebiet fahren müssen, da kriegen Sie echt die Krise.«

Erstaunlicherweise erreichten Matowski und Hiermann die Frankfurter Innenstadt ohne sich auch nur ein einziges Mal zu verfahren. Als Hiermann den Streifenwagen im absoluten Halteverbot nur knapp hundert Meter von ihrem Ziel entfernt abstellte, begann im Radio gerade die

Live-Berichterstattung der Pressekonferenz.

»Sehr verehrte Damen und Herren, liebe Sportfreunde und Vertreter der Medien, ich heiße Sie alle auf das Herzlichste Willkommen«, begann DFB-Präsident Konrad Müller-Flaschenbier seine Ausführungen.

»Sollen wir warten, bis er fertig ist?«, fragte Hiermann. »Wäre vielleicht besser, wenn wir den ganz großen Rummel vermeiden können.«

Matowski überlegte. »Hmm, eigentlich gehört der Kerl so schnell wie möglich hinter Schloss und Riegel. Aber Sie haben wohl recht, warten wir erst mal in Ruhe ab. Allerdings würde ich mir das Spektakel gerne live anschauen. Kommen Sie mit?«

Hiermann zögerte. »Streng genommen stehe ich hier in einer Feuerwehranfahrtszone. Aber bevor ich mich jetzt noch groß auf Parkplatzsuche begebe, halte ich lieber erst mal hier die Stellung. Wenn es soweit ist, rufen Sie mich einfach auf dem Handy an.«

Matowski war einverstanden und marschierte los. Hätte er in diesem Moment auf sein Mobiltelefon gesehen, wäre ihm aufgefallen, dass die Anzeige »Akku leer« aufleuchtete, schließlich hatte er selbigen in der vergangenen Nacht nur kurze Zeit wieder aufgeladen.

Es versprach wiederum ein heißer Tag zu werden, und Matowski spürte, wie seine Schweißdrüsen sich eifrig daran machten, ihre Tätigkeit zu verrichten. Seinen toten Punkt, den dritten oder vierten der vergangenen, weitgehend schlaflosen 50 Stunden hatte er dagegen wieder überwunden.

Als er den großen Platz vor dem Römer erreichte, staunte er über die enormen Menschenmengen. Rund die Hälfte der vielleicht 10.000 Personen war in Fankluft gekleidet, nicht wenige davon trugen die königsblauen Farben von Schalke 04. Matowski fühlte sich wieder zurückversetzt an den letzten Bundesliga-Spieltag, als er in Block 1 der Nordkurve des Gelsenkirchener Parkstadions die bis dato dramatischsten Minuten seines Lebens erleiden musste.

DFB-Präsident Konrad Müller-Flaschenbier, dessen Worte vermöge der riesigen Verstärkeranlage und der zahlreichen Boxen bestens zu hören waren, zog alle Register. »Wir haben uns diese Entscheidung nicht einfach gemacht, aber solange uns praktisch täglich neue Schreckensmeldungen erreichen, haben wir leider keine andere Wahl, als den Bundesligabetrieb zunächst auszusetzen. Dies ist keine Kapitulation vor den terroristischen Anschlägen, sondern geschieht einzig und allein zu unser aller Sicherheit. Wir sind jedoch zuversichtlich, dass die mörderischen Gewalttaten bald ein Ende haben.«

»Das werden sie wohl, wenn du gleich eingeknastet wirst«, dachte Matowski.

»Und lassen Sie mich zunächst noch ein Wort zur sportlichen Vergangenheit verlieren«, fuhr MF fort. »Wir dürfen stolz auf unseren deutschen Fußball sein, stolz auf seine großartigen Erfolge, wie zuletzt die spannende Meisterschaftsentscheidung und den großartigen Champions-League-Triumph des FC Hansa München.«

Der zweite Teil des Satzes ging in einem gellenden Pfeifkonzert der anwesenden Schalker Fans unter, und auch Matowski spürte, wie eine kalte Wut in ihm aufstieg.

»Und ganz besonders stolz bin ich auf unsere ausgezeichneten Unparteiischen, um die uns die ganze Welt beneidet. Jawohl, deutsche Schiedsrichter sind in aller Welt ein Markenzeichen, und es ist ein nicht wiedergutzumachender Verlust, dass wir in den vergangenen Tagen den Tod so vieler von ihnen zu beklagen hatten«, ergänzte Müller-Flaschenbier. Matowski entschied in diesem Moment, dass diese unerträglich verlogene Selbstinszenierung durch eine sofortige Festnahme beendet werden musste.

Er griff zu seinem Handy und fluchte, als er die Anzeige »Akku leer« sah. Mittlerweile befand er sich inmitten der enormen Menschenmenge, und es würde wohl Ewigkeiten dauern, zurück zu Hiermann zu gehen, dort Schwann und Estermann anzurufen, diese ausfindig zu machen und erst danach zur Tat schreiten zu können. Nein, Matowski würde jetzt handeln. Den Haftbefehl für den DFB-Präsidenten hatte er bei sich, und großen Widerstand würde der knapp 70jährige wohl kaum zu leisten im Stande sein.

Außerdem war dies ohnehin »sein« Fall. Er hatte von Anfang an auf den fußballerischen Hintergrund gesetzt, hatte die unglaubliche Verschwörung gegen Schalke 04 aufgedeckt, beinahe den Anschlag auf Udo Daehmling verhindern können, den Mörder Martin Murks' zur Strecke gebracht und Hansa-Manager Harri Höhnisch als den einen Drahtzieher im Hintergrund überführt. Das war sein ganz persönlicher Fall, und nun würde Hauptkommissar Günter Matowski höchstpersönlich den Hauptverantwortlichen hinter Gitter bringen.

Er begann, sich seinen Weg durch die Menge zu bahnen.

Auch er hatte nun beschlossen zu handeln. Müller-Flaschenbier hatte seine Daseinsberechtigung definitiv verwirkt, und jede weitere Minute seiner unerträglichen Tiraden war der Menschheit nicht mehr zuzumuten. Mit einem Lächeln tätschelte er sanft die Befestigungsstange seiner Schalke-Fahne.

Plötzlich spürte er jedoch eine Hand auf seiner Schulter, er zuckte zusammen und drehte sich um.

»Verzeihung, ich muss da durch«, meinte ein Mann, dessen Garderobe zwar ein wenig derangiert wirkte, sein Gesichtsausdruck verriet aber eine ungeheure Entschlossenheit.

Ihre beiden Blicke trafen sich für den Bruchteil einer Sekunde, und der Mann mit der Schalke-Fahne trat wortlos ein wenig zur Seite, soweit es die dicht gedrängte Menschenmasse gestattete. Irgendwie hatte er das Gefühl, dass der Drängler jemand war, dem man sich besser nicht in den Weg stellte.

Die meisten Leute, durch die sich Matowski seinen Weg bahnte, bekam er nur von hinten zu sehen. Freilich hatte er in diesem Moment auch keinen Blick für die bunte Menschenmenge, er fühlte nur mehr das unbändige Verlangen, seinen Haftbefehl zu vollstrecken. Nur einmal hatte er kurzen Blickkontakt mit einem unauffälligen Mann Mitte dreißig, der fast ein wenig verstört gewirkt hatte, nachdem er ihm die Hand auf die Schulter gelegt und um Durchlass gebeten hatte.

Jetzt war Matowski am Eingang zum Römer angelangt, wo mehrere Polizisten darauf bedacht waren, keinen Unbefugten passieren zu lassen. Rechts des Eingangs befanden sich Verstärkeranlage und Bühne, auf welcher sich mittlerweile einige handverlesene Pressevertreter eingefunden hatten und darauf warteten, per Mikrophon ihre Fragen an den schräg über ihnen auf dem Balkon thronenden DFB-Präsidenten richten zu dürfen.

Irgendwie hatte Matowski das Gefühl, dieser geballten akustischen Phalanx nicht ganz gewachsen zu sein. Plötzlich sah er, dass einer der Polizeibeamten am Eingang des Rathauses ein Megaphon in Händen hielt, um sich damit notfalls Gehör zu verschaffen. Da es sich hier um einen eindeutigen Notfall handelte, zückte Matowski seine Dienstmarke und fragte, ob er sich das Megaphon kurz ausleihen könne. Der Polizist war zwar ein wenig verdutzt, nachdem aber an der Echtheit von Matowskis Marke kein Zweifel bestand und er in seiner Eigenschaft als Hauptkommissar darüber hinaus den höheren Dienstgrad besaß, wechselte das Megaphon seinen Besitzer.

Auch der Eintritt ins Rathausgebäude war für Matowski dank seiner Dienstmarke kein Problem, und jetzt trennten ihn nur noch wenige Treppenstufen von der wohl spektakulärsten Verhaftung seiner Karriere.

Am oberen Ende der Treppe angekommen sah Matowski in die Richtung, wo er den Balkon vermutete, auf dem sich Müller-Flaschenbier gerade als Retter des deutschen Fußballs inszenieren durfte. Der lange, kaum beleuchtete und mit einem dicken roten Teppich ausgestattete Flur führte an einer Handvoll Türen vorbei. Vor der zweiten stand mit unbewegter Miene ein Mann von überaus stattlichem Körperbau, seiner Uniform nach zu urteilen ein Angehöriger eines privaten Sicherheitsdienstes.

Matowski ging auf den Uniformierten zu, der ihn bereits bemerkt hatte, als er noch die obersten Treppenstufen nahm, und zückte erneut seine Dienstmarke. »Hauptkommissar Matowski, ich muss dringend mit DFB-Präsident Konrad Müller-Flaschenbier sprechen.«

»Tut mir leid, ich darf niemanden hier vorbeilassen.«

»Sie behindern hier einen Polizeibeamten in Ausübung seines Dienstes.«

»Ich tue nur meine Pflicht. Lassen Sie sich doch einfach einen Termin geben.«

Obwohl sein Gegenüber fast einen Kopf größer war, wurde Matowski wütend. »Wenn Sie hier meine Ermittlungen behindern, können wir uns gerne auf dem Polizeirevier wiedersehen.«

Unvermittelt packte der schwarze Sheriff Matowski mit beiden Händen am Kragen und hob ihn leicht an. »Ich sagte bereits, lassen Sie sich einen Termin geben.«

Matowski zappelte kurz ein wenig hilflos, doch dann richtete er das Megaphon auf das linke Ohr seines Kontrahenten und antwortete mit der Lautstärke eines startenden Düsenjägers: »UND ICH SAGTE BEREITS, DASS SIE MICH NICHT IN AUSÜBUNG MEINES DIENSTES BEHINDERN SOLLEN.«

Der schwarze Sheriff schrie kurz auf, ließ Matowski los und stürzte zu Boden. Instinktiv hielt er sich mit beiden Händen beide Ohren zu, obwohl freilich in erster Linie nur sein linkes Trommelfell in schwere Mitleidenschaft gezogen worden war. Ein ungeheuer schriller Pfeifton drohte seinen Kopf zum Platzen zu bringen. Matowski griff nach den Handschellen an dessen Hosenbund und legte sie dem zitternden Mann an.

In diesem Moment öffnete sich die Tür, die der Hüne bewacht hatte, und zwei Polizisten richteten ihre Dienstwaffe auf Matowski.

»Was geht hier vor?«, rief der eine.

»Ganz ruhig«, antwortete Matowski, »ich bin Hauptkommissar von der Kripo Bonn und gerade dabei einen Haftbefehl zu vollstrecken. In meiner rechten Jackentasche finden Sie meine Dienstmarke.«

Nachdem sich die beiden Polizisten von der Authentizität ihres Kollegen überzeugt hatten, fragte einer: »Und wen wollen Sie verhaften? Den Leibwächter dort?«

»Nein, der wollte mich nur gewaltsam an der Ausübung meines Dienstes hindern. Den dürfen Sie gerne abführen.« Matowski griff in die Innentasche seines Jacketts. »Hier ist der Haftbefehl, ausgestellt von der Staatsanwaltschaft München.«

»Ich werd' verrückt, der ist für Müller-Flaschenbier!«, stammelte einer der Polizisten.

»Ganz recht, und nun würde ich gerne meine Pflicht tun«, entgegnete Matowski, trat durch die Tür und hinterließ zwei etwas ratlose Kollegen.

Die Tür führte in einen großzügigen und üppig ausgestatteten Sitzungssaal, auf dessen gegenüberliegender Seite eine geöffnete Balkontüre lag. Von dort vernahm Matowski gerade eine Aussage des DFB-Präsidenten, der sich offenbar den ersten Fragen der Journalisten stellte: » … Spekulationen über Fehlentscheidungen zuungunsten von Schalke 04 entbehren jeder Grundlage. Sicherlich gab es ein oder zwei unglückliche Pfiffe, aber wie Sie wissen, gleicht sich all das bekanntlich im Lauf einer langen Saison immer wieder aus.«

Ein schmächtiger junger Mann sah vom Balkon durch die Tür in den Sitzungssaal, wie sich Matowski unaufhaltsam seinem Ziel näherte. »Was wollen Sie hier? Sie können doch nicht …«

Doch Matowski konnte sehr wohl. Energischen Schrittes betrat er den Balkon des Rathauses und erschrak kurz ob der gewaltigen Menschenmenge, die zu seinen Füßen soeben ein gellendes Pfeifkonzert anstimmte.

Müller-Flaschenbier, der sich gerade so richtig in Rage geredet hatte, bekam zunächst gar nicht mit, dass er und die Handvoll anderer DFB-Chargen gerade Besuch bekommen hatten. Diese starrten freilich ungläubig auf den Mann mit dem zerknautschten Jackett und der Flüstertüte vor seinem Gesicht.

»Konrad Müller-Flaschenbier, hiermit verhafte ich Sie wegen des dringenden Tatverdachts der Beteiligung an der Ermordung von Dr. Martin Murks sowie der jahrelangen kriminellen Manipulation der Fußball-Bundesliga.«

Müller-Flaschenbier drehte sich erschrocken um. Das verlebte Gesicht des DFB-Präsidenten verlor jäh an Farbe, lediglich die grünen, auf jahrelangen Konsum von Blubberlutsch zurückzuführenden Äderchen auf seiner Nase traten umso deutlicher hervor.

»Insbesondere in der abgelaufenen Saison wurde der FC Schalke 04 in sechs Partien durch korrupte Unparteiische entscheidend benachteiligt und damit um die Deutsche Meisterschaft betrogen«, fuhr Matowski fort.

Einige Zeugen meinten später, so inbrünstig, wie Matowski vor allem die letzte Anschuldigung hervorgebracht hatte, wäre der Bundesliga-Betrug für ihn wohl fast das schwerere Vergehen.

Die 10.000 Zuschauer, von denen nicht wenige gerade eben noch wild gepfiffen hatten, waren plötzlich still geworden, abgesehen von einzelnen spontanen Äußerungen der Empörung. Müller-Flaschenbier dagegen trat unwillkürlich einen unsicheren Schritt zurück an die Brüstung des Balkons.

Matowski setzte nach: »Leugnen ist zwecklos, wir haben ein umfangreiches Geständnis Ihres Komplizen Harri Höhnisch sowie ein Testament des Unparteiischen Albert Tal, in dem die jahrelangen Manipulationen detailliert beschrieben werden.«

Während die anderen DFB-Offiziellen in ungläubiges Gemurmel ausbrachen, trat Müller-Flaschenbier mit zitternden Knien einen weiteren Schritt zurück. Da er jedoch bereits an der nur knapp oberschenkelhohen Brüstung des Balkons angelangt war, verlor er das Gleichgewicht, ruderte noch einmal verzweifelt und wild mit den Armen und stürzte mit einem gellenden Aufschrei in die Tiefe. Matowski, der noch mehrere Meter von ihm entfernt war, konnte ebenso wenig eingreifen wie die näher stehenden DFB-Chargen.

Der Balkon des Frankfurter Römers befindet sich rund zehn Meter über dem Erdboden, doch Müller-Flaschenbiers Sturz wurde bereits nach acht Metern jäh von der großen Verstärkeranlage beendet. Sein Körper krachte rücklings auf die elektronische Schaltzentrale, und die dadurch freigelegten Anschlüsse sorgten für eine heftige Entladung, die sich vorwiegend in der Anatomie des im wahrsten Sinne des Wortes gefallenen DFB-Präsidenten abspielte. Mit einem markerschütternden Schrei verabschiedete sich Konrad Müller-Flaschenbier von dieser Welt.

Als strammer Konservativer war er nie ein vehementer Gegner der Todesstrafe gewesen, worin er sich insbesondere mit einigen US-amerikanischen Politikerfreunden einig war. Dass der Tod auf dem elektrischen Stuhl freilich alles andere als eine kurze und schmerzlose Angelegenheit war, wurde MF jedoch erst in diesem Moment bewusst.

XVI.

Die Reaktionen der rund 10.000 Menschen waren unterschiedlich. Viele schrien, manche gerieten in Panik, und einige wenige, die das Pech hatten, direkt neben dem angekohlten Körper des dahingeschiedenen DFB-Präsidenten zu stehen, mussten sich ob des Anblicks und insbesondere wegen des grauenhaften Gestanks verbrannten menschlichen Fleisches übergeben.

Die Reporter auf der Bühne versuchten, beruhigende Worte zu finden, doch aufgrund der zerstörten Elektronikanlage verhallten ihre Worte in Ermangelung einer geeigneten Verstärkung weitgehend ungehört. Matowski, der Sturz und Aufprall Müller-Flaschenbiers vom Balkon aus mitangesehen hatte, bemerkte plötzlich, dass er kraft seines Megaphons die akustische Hoheit innehatte. »Bitte bewahren Sie die Ruhe, es ist alles unter Kontrolle«, rief er in die Menschenmenge. »Bitte treten Sie von der Unglücksstelle zurück und gehen Sie ruhig und geordnet nach Hause.«

Als einer der beiden Polizisten, die ihn zuvor an der Tür mit gezückter Pistole empfangen hatten, neben ihm auftauchte, übergab ihm Matowski die Flüstertüte. »Hier, machen Sie weiter, ich kann nicht mehr.«

Das war keineswegs übertrieben. Nun forderte Matowskis Körper seinen Tribut für die enormen Strapazen der vergangenen Tage und Nächte. Wie in Trance ging er vom Balkon zurück ins Sitzungszimmer und von dort weiter zum Flur. Linker Hand führte dieser in Richtung der Treppe, die er zuvor heraufgekommen war, und von unten drang Lärm hinauf, der an den dort herrschenden Tumult erinnerte. Matowski wollte jedoch nur noch seine Ruhe haben und stiefelte in die entgegengesetzte Richtung den Flur entlang.

»So ähnlich müssen sich Shane oder Django gefühlt haben, nachdem sie eine Westernstadt von Banditen gesäubert haben«, dachte er sich und verwarf den Gedanken sogleich wieder. Nach rund zwanzig Metern sah er eine Tür, die nur angelehnt war. Er trat ein und befand sich in einem Sekretariat, welches über eine herrlich anzuschauende schwarze Leder-couch verfügte.

»Ja!«, rief er triumphierend aus, schloss die Türe und legte sich auf das Ledersofa. Unmittelbar danach sank er in einen tiefen Schlaf.

Während sich die Menschenmenge auf dem Platz vor dem Römer mit meist zutiefst verschrecktem Gesichtsausdruck langsam zerstreute, schien der grausame Tod eines Menschen einem unauffällig wirkenden Schalke-Anhänger mit einer großen Fahne weniger auszumachen. Ganz im Gegenteil, er lachte leise vor sich hin, hatte gar Tränen in den Augen, die jedoch nicht von Gefühlen der Trauer herrührten.

»Wahnsinn, einfach Wahnsinn!«, kicherte er. »Höhnisch und Mül-ler-Flaschenbier haben uns tatsächlich die ganze Zeit mit ihrer korrup-ten Schiedsrichtermafia beschissen, ich habe recht gehabt. Recht gehabt! Die ganze Zeit! Und unsere Polizei ist doch nicht so unfähig wie gedacht. Und das allerbeste«, er musste wieder unwillkürlich lachen, »Müller-Fla-schenbier legt einen Abgang hin, den ich nicht schöner hätte inszenie-ren können.«

Als er eine halbe Stunde später wieder in seinem Auto saß und in Rich-tung Heimat fuhr, war sich der Meister der Rache sicher, dass es doch einen Fußballgott geben musste, der endlich, endlich heute eingegriffen hatte.

Schwann und Estermann hatten gebannt miterlebt, wie Matowski sei-nen großen Auftritt auf dem Balkon des Römers hatte. Während sich die Menschenmenge langsam vom Ort des Geschehens weg bewegte, muss-ten beide gegen den Strom schwimmen, um in Richtung Rathauseingang zu gelangen. Nach einer Viertelstunde hatten sie es endlich geschafft und fragten einen anwesenden Kollegen nach Matowski, erhielten jedoch nur die Antwort, dass man hier alle Hände voll zu tun habe, die Massen unter Kontrolle zu halten. Allerdings wäre der Sitzungssaal im zweiten Stock gerade für alle Arten von Zeugenvernehmungen in Beschlag genommen worden.

»Verdammte Kiste«, gebrauchte Schwann seinen Lieblingsfluch, den er von einem ehemaligen Studienkollegen übernommen hatte, »das müs-sen wir erst mal in Ruhe alles verarbeiten. Das ist ja der helle Wahnsinn, was sich hier alles ereignet hat.«

»Tja, und Matowski wird uns bis in alle Ewigkeit aufs Butterbrot schmieren, dass er mit seiner Verschwörungstheorie recht gehabt hat«, erwiderte Estermann. Da es nun mit den Erfolgen des FC Hansa München auf absehbare Zeit vorbei zu sein schien, würde er sich wohl einen neuen Lieblingsverein suchen.

Im Sitzungssaal, der zum Balkon hinausführte, saßen bereits eine Handvoll bleicher Gestalten aus den Reihen des DFB zusammen mit mehreren Polizisten, teils in Uniform und zum Teil in Zivil. Man teilte Schwann und Estermann mit, dass es wohl das Beste wäre, hier auf Matowski zu warten, zumal man selbst nicht wisse, wo er sei, er aber unbedingt seine Aussage zu Protokoll geben müsse.

Hiermann hatte alles live im Radio mitgehört und machte sich ebenfalls sofort auf in Richtung Rathaus. Die Leiche des dahingeschiedenen DFB-Präsidenten bzw. das, was von ihm noch übrig war, wurde gerade abtransportiert. Als bizarrer Abschiedsgruß lag über dem gesamten Platz ein süßlich-verbrannter Pesthauch in der Luft, der entfernt an Blubberlutsch-Limonade erinnerte.

Auch der Münchner Kommissar wurde auf seiner Suche nach Matowski auf den Sitzungssaal des Rathauses verwiesen. Als er dort nach Matowski fragte, meldeten sich sogleich Schwann und Estermann, die in der Zwischenzeit vergeblich versucht hatten, ihren Chef per Handy zu erreichen.

»Oberkommissar Christian Hiermann von der Kripo München«, stellte sich selbiger seinen Kollegen vor. »Wir hatten bereits im Fall des vor die U-Bahn gestürzten Schiedsrichters Jürgen Kassler zu tun.«

»Angenehm, Schwann.«

»Estermann. Und Ihr Kollege Dehner hat uns ein Paket mit den *ran*-Zusammenschnitten aller Schalke-Spiele der letzten Saison geschickt.«

»Richtig, darum hatte mich Herr Matowski gebeten. Sie wissen wohl auch nicht, wo er sich gerade aufhält?«

»Nein«, antwortete Schwann. »Seit gestern Nachmittag, als er wieder von Mallorca zurück nach Köln/Bonn fliegen wollte, haben sich die Ereignisse wohl ziemlich überschlagen.«

»Tja, irgendwie kann ich das Ganze noch nicht so recht fassen. Wir haben den Hansa-Manager Harri Höhnisch wegen des Mordes an Schiri Murks verhaftet, was ja allein schon schier unglaublich ist. Und nach einigen Stunden Verhör hat Höhnisch darüber hinaus gestanden, dass seit zehn Jahren immer wieder gezielt Bundesliga-Spiele manipuliert wurden.«

»Und bei diesem Geständnis waren Sie tatsächlich dabei?«, fragte Estermann.

»In der Tat. Das wird noch ganz schön Wellen schlagen«, antwortete Hiermann. »Allerdings kann ich mir vorstellen, dass Höhnisch jetzt erst recht alles auf Müller-Flaschenbier schieben wird.«

»Verzeihung, die Herren«, mischte sich ein stämmig gebauter Herr Mitte vierzig ein, »Hauptkommissar Müller, Kripo Frankfurt. Wenn ich Sie recht verstanden habe, können Sie einiges zur Aufklärung der ganzen Sache beitragen.«

In den folgenden drei Stunden ließen Schwann, Estermann und Hiermann die dramatischen Ermittlungen der letzten Tage noch einmal Revue passieren. Dabei kamen sie freilich immer wieder auf Matowski zu sprechen, der jedoch verschwunden blieb.

Gegen 15 Uhr beschloss Hiermann, wieder zurück nach München zu fahren, schließlich hatte er dort einen reichlich prominenten »Kunden« einsitzen, der noch eine ganze Menge zu erklären hatte. Schwann und Estermann waren sich unschlüssig, ob sie nicht auch nach Hause fahren sollten, da öffnete sich die Tür zum Sitzungssaal, und ein etwas verschlafen wirkender Hauptkommissar Günter Matowski trat ein.

»Hallo Jungs, ihr schaut so verloren drein. Kann ich euch helfen?«

Nachdem auch Matowskis Aussagen zu Protokoll genommen worden waren, durften sich die drei Bonner am frühen Abend endlich wieder auf den Heimweg machen. Der Diskussionsbedarf während der gut zweieinhalbstündigen Autofahrt war freilich erheblich. Dabei wurde neben den kriminalistischen Aspekten auch eifrig über Fußball debattiert.

»Ich bin mal gespannt, wie der DFB jetzt reagiert«, meinte Matowski, der es sich auf der Rückbank bequem gemacht hatte. »Eigentlich müssten sie am grünen Tisch eine ganze Reihe von Titeln neu vergeben. Sofern sich die älteren Geschichten noch genau rekonstruieren lassen. Aber vor allem werden sie wohl nicht umhinkommen, Schalke 04 zum Deutschen Meister zu erklären. Dann werden wir in der neuen Arena ›AufSchalke‹ eine Sause erleben, die die Welt noch nicht gesehen hat!«

»Dann musst du aber einen ausgeben«, entgegnete Schwann.

»Worauf du dich verlassen kannst.«

XVII.

Mittwoch, 25. Juli 2001

Kriminaldirektor Dr. Rost hatte Matowski erst mal einen Tag Sonderurlaub gegeben, um wieder zu Kräften zu kommen. Diesen verbrachte er zunächst bis gegen Mittag im Bett. Als er aufstand, musste er feststellen, dass in seinem Kühlschrank die Leere gähnte. Andererseits war es ja bereits Mittagszeit, und so beschloss Matowski, zur Feier des Tages Essen zu gehen.

Im Badezimmer wurde ihm bewusst, dass sein Rasierzeug ebenso durch Abwesenheit glänzte wie manch anderes Accessoire der Körperpflege. Richtig, das lag alles noch in seiner Reisetasche. Und wo war die Reisetasche? Verdammt, im Kofferraum des Wagens von Kollege Hiermann. Da man einen freien Tag aber durchaus auch in unrasiertem Zustand genießen konnte, machte sich Matowski nicht viel daraus und genehmigte sich eine ausführliche Dusche.

Kurz vor halb eins verließ er seine Wohnung. Als er das Gartentor öffnete, fiel sein Blick auf den Briefkasten, der schier überzuquellen drohte. Dies war in erster Linie auf die Montags-, Dienstags- und Mittwochsausgabe des Bonner Generalanzeigers zurückzuführen.

»Mord und Korruption beim DFB: Präsident Müller-Flaschenbier stürzt bei seiner Verhaftung zu Tode«, lautete die Schlagzeile des heutigen Tages.

Matowski legte seine restliche Post auf den Boden und las den Artikel im Stehen. Man hatte offenbar beschlossen, frühzeitig alle Details an die Presse weiterzugeben. Das Tonband mit dem Höhnisch'schen Mordauftrag an den noch nicht identifizierten Killer und auch das Testament von Albert Tal wurden in wichtigen Auszügen zitiert. Vielleicht war es so am besten, damit die Spekulationen aufhörten und die Wogen eine Chance erhielten, sich wieder zu glätten.

Zufrieden mit sich und der Welt verstaute Matowski die Post in seiner Wohnung und machte sich auf zu einem chinesischen Restaurant wenige Straßen weiter.

Als Matowski am nächsten Morgen sein Büro betrat, erlebte er eine Überraschung. Wände und Schreibtisch waren komplett in königsblau und weiß gekleidet; irgendjemand hatte da ganze Arbeit geleistet.

»Herzlich willkommen zurück«, begrüßte ihn Dr. Rost. »Wir haben uns gedacht, nachdem Sie den Fall ja fast im Alleingang gelöst haben, müssten wir uns auch ein wenig engagieren.«

»Hat mich ganz schön Überwindung gekostet, die ganzen Sachen hier zu besorgen und aufzuhängen«, grinste Schwann. »Aber was macht man nicht alles in seiner unendlichen Gutmütigkeit.«

Matowski blieb fast die Sprache weg. »Danke, das, das hab ich nun wirklich nicht erwartet.« Er hatte sich jedoch schnell wieder gefangen. »Es sind doch noch viele Fragen offen. Wer hat die anderen Schiedsrichter außer Murks auf dem Gewissen? Und wie geht es Daehmling, ist er über den Berg? Und was ist mit diesem BKA-Menschen?«

»Fangen wir von hinten an«, begann Dr. Rost. »Den BKA-Mann Markus Heimberger, der hier offenbar für etwas Wirbel gesorgt hat, werden wir wohl nicht wiedersehen. Unser Praktikant hat seine sieben Zwetschgen in einen Karton gepackt und nach Wiesbaden geschickt.«

»Das heißt, wir haben wieder die Ermittlungshoheit?«, fragte Matowski.

»Das ist die schlechte Nachricht«, antwortete Dr. Rost. »Aufgrund der großen Brisanz und der länderübergreifenden Dimension hat sich das BKA komplett der Sache angenommen. Allerdings mit wohl etwas kompetenteren Kollegen als diesem Heimberger. Der Knabe ist seinerzeit durch Beziehungen überhaupt erst beim BKA gelandet, war aber in kaum einer Position länger als ein Jahr tätig. Und als die Sache mit den Schiedsrichtermorden losging, hatten sie einfach gerade keinen anderen Mann verfügbar. Soweit ich weiß, haben sie ihn bereits wieder vom Fall abgezogen und in irgendeine Außenstelle versetzt.«

»Woher wissen Sie das alles?«

»Offiziell gesagt, habe ich dafür meine vertraulichen Quellen. Unter uns handelt es sich um einen alten Schulkameraden beim BKA.«

»Daehmling«, fuhr Schwann fort, »geht es wieder etwas besser. Die Hannoveraner Kollegen haben ihn sogar bereits eine Stunde lang befragen können. Allerdings wollte er von irgendwelchen Bestechungsgeldern und Manipulationen nichts wissen.«

»Und Harri Höhnisch«, ergänzte Dr. Rost »hat sich erst mal aufs Mauern verlegt. Das, was wir ihm zweifelsfrei nachweisen können – also den Mordauftrag gegen Murks und die Korrumpierung von Albert Tal – hat er gestanden. Allerdings schiebt er alle Schuld auf Müller-Flaschenbier, und der kann sich ja nicht mehr wehren.«

»Das heißt«, konstatierte Matowski, »wir sind aus der Sache raus?«

»So kann man es auch formulieren«, meinte Schwann.

»Aber es muss doch noch mindestens einen weiteren Schiedsrichtermörder gegeben haben!«, setzte Matowski nach.

»Mit diesen Ermittlungen haben wir aber nach Lage der Dinge nichts mehr zu tun«, antwortete Dr. Rost. »Ich habe alles versucht, dass wir zumindest den Fall Beinhorn – der sich ja in unserem Zuständigkeitsbereich ereignet hat – behalten dürfen, aber ich hatte keine Chance. Da ist leider etwas zuviel an hoher Politik im Spiel.«

»Sieh's einfach so«, sagte Schwann, »wir haben den Fall praktisch gelöst, und die ganze fieselige Kleinarbeit sollen jetzt die Jungs vom BKA machen.«

»Na ja«, meinte Matowski, »vielleicht habt ihr ja recht. Wo ist eigentlich Estermann?«

»Der feiert heute seine Überstunden ab«, entgegnete Dr. Rost.

»Eine Vorgehensweise, die ich Ihnen im Hinblick auf Ihre beiden Monatsjournale auch nahelegen würde.«

»Also, wie wär's mit einem langen Wochenende ab morgen?«, fragte Matowski und blickte zu Schwann.

»Überredet«, grinste dieser.

Als er später allein in seinem Büro saß, griff Matowski zum Telefon und wählte die Nummer von Comisario Alvarez in Palma de Mallorca. Während der bedauernswerte Esteban bereits zu Grabe getragen worden war – Matowski hätte gerne daran Teil genommen, da er sich mitschuldig fühlte am Tod seines spanischen Kollegen – ging es Inspector Rodriguez schon wieder relativ gut.

Matowski beschloss, seinen nächsten Urlaub auf Mallorca zu verbringen. Falls sich kein Mitreisender aus der zunehmend schrumpfenden Riege seiner Junggesellenkumpels fände, würde er notfalls alleine dorthin fliegen. Das war er seinen spanischen Kollegen schuldig.

Obwohl keiner von ihnen offiziell mehr in der Sache ermittelte, tele-
fonierte Matowski in den nächsten Wochen regelmäßig mit den Kollegen aus München, Trier und Hannover. Dabei erfuhr er unter anderem,
dass der dubiose BKA-Mann Heimberger entgegen seiner Ankündigung
niemals bei Hauptkommissar Freiwart erschienen war. Dr. Rost meinte
dazu, dass es auch schon an anderer Wirkungsstätte eine Heimberger'-
sche Spezialität gewesen war, während vermeintlicher Dienstreisen
abzutauchen.

Die intensiven Untersuchungen der Finanzunterlagen von Konrad
Müller-Flaschenbier, Harri Höhnisch, des DFB, des FC Hansa München
und der betroffenen Schiedsrichter hatten ergeben, dass neben Dr. Martin Murks und Albert Tal auch Edwin Beinhorn und Norbert Windel korrupt gewesen waren. Bei Udo Daehmling und Jürgen Kassler hatten sich
dagegen keinerlei Anzeichen für verdeckte Zahlungen irgendwelcher Art
gefunden, so dass man vermutete, sie hätten eventuelle Bestechungsver-
suche vielleicht abgelehnt und deswegen sterben müssen. Tragischer-
weise hatte auch Udo Daehmling das Krankenhaus nicht mehr lebend
verlassen. Als er bereits auf dem Weg der Besserung gewesen war,
hatte er sich eine Infektion zugezogen, der sein geschwächter Körper
nicht mehr Herr werden konnte. Andererseits hatten die Offiziellen des
FC Hansa München bestürzt auf die kriminellen Machenschaften ihres
Managers reagiert, sich schärfstens von ihm distanziert und jede Verant-
wortung oder gar Mitwisserschaft im Zusammenhang mit seinen gesetz-
widrigen Aktivitäten weit von sich gewiesen.

Der Mörder, den Matowski auf Mallorca erschossen hatte, war als
Robert Krüger aus Pfaffenhofen identifiziert worden, ein ehemaliger NVA-Elitesoldat. Weitere Schiedsrichtermorde konnten ihm jedoch
zunächst nicht nachgewiesen werden, so dass vor allem für Matowski ein
unangenehmer Nachgeschmack geblieben war. Da die Mordserie jedoch
mit der Verhaftung von Höhnisch und dem Tod von Müller-Flaschenbier
schlagartig aufgehört hatte, hielt sich der diesbezügliche Ermittlungs-
druck in Grenzen.

Beim Deutschen Fußballbund hatte man dagegen erstaunlich unbüro-
kratisch reagiert. Bis zur Wahl eines neuen Präsidenten hatte Hans Dollinger, der Vorgänger von Müller-Flaschenbier, übergangsweise noch
einmal das Zepter in die Hand genommen. Man versprach, auch die

Ereignisse der ferneren Vergangenheit noch einmal akkurat zu beleuchten, doch als erste Maßnahme wurde aufgrund der eindeutigen Beweise der FC Schalke 04 zum Deutschen Meister 2001 erklärt. Damit sollte die Eröffnungsparty der neuen Fußballarena »AufSchalke«, die am 13. und 14. August mit einer ganzen Reihe von illustren Gästen stattfinden sollte, noch eine ganz andere Dimension erfahren. Dem FC Hansa München wurden dagegen für seine umfangreichen Manipulationen sämtliche Punkte der Saison 2000/2001 aberkannt und der Rekordtitelträger wurde in die Drittklassigkeit der Regionalliga strafversetzt. Ferner stand eine noch näher zu bestimmende, millionenschwere Geldstrafe zugunsten der benachteiligten Vereine im Raum.

Nach dem spektakulären Todessturz des verhassten DFB-Präsidenten Konrad Müller-Flaschenbier hatte er sich erst einmal zurückgezogen und abgewartet. Und in der Tat, alles schien sich prächtig in seinem Sinne zu entwickeln. Vor allem dem FC Schalke 04 war Gerechtigkeit widerfahren, und die bitteren Tränen seiner unzähligen Fans vom 19. Mai waren ein für alle Mal getrocknet.

Während er wieder seiner geregelten Arbeit nachging, als wäre nichts gewesen, verfolgte er freilich intensiv die Berichterstattung in den Medien. Dabei kam er ob eines Verdachtsmoments immer mehr ins Grübeln: Während er die eindeutig korrupten Beinhorn, Windel und Tal völlig zu Recht über den Jordan befördert hatte, konnte der Fall bei Jürgen Kassler und Udo Daehmling möglicherweise anders liegen. Was, wenn die beiden einfach nur einen Fehler begangen hatten?

Milliarden von Menschen begingen tagtäglich Milliarden von Fehlern. Straßenkehrer, Automechaniker, Büroangestellte, Ärzte, Vorstandsvorsitzende und – Schiedsrichter. Ein Unparteiischer hat im Gegensatz zum Fernsehzuschauer keine zwanzig Kamerapositionen und fünf Zeitlupen zur Verfügung. In unteren Spielklassen gibt es oft nicht einmal Assistenten an der Außenlinie, welche die häufig knifflige Abseitsfrage klären könnten.

Keine Frage: die Fehlentscheidungen von Kassler und Daehmling gegen den FC Schalke 04 waren absolut krass gewesen. Obwohl – Kassler hatte sich streng genommen auf seinen besser postierten Assistenten verlassen, als er entschied, die Möller-Flanke sei im Aus gewesen und demzufolge das völlig reguläre Tor von Mpenza keine Anerkennung gefunden hatte. Also war der Mann an der Linie der eigentliche Schuldige.

Und Udo Daehmling? Bei den Schiedsrichterbewertungen über eine komplette Saison hinweg konnte er am Ende selten mit einer überdurchschnittlichen Schulnote aufwarten. Auch andere Vereine hatten unter seinen Fehlentscheidungen zu leiden. Vielleicht war der Mann einfach nur unfähig.

Was ihm aber zusehends mehr zu schaffen machte, war ein ganz anderer Gesichtspunkt. Eigentlich hatte er sich ausschließlich für den sportlichen Aspekt interessiert, doch in einem Zeitungsartikel war von der familiären Situation im Hause Kassler berichtet worden. Zwei Kinder hatten ihren Vater verloren, eine Frau ihren Ehemann, eine Familie ihren Ernährer. Und streng genommen nur, weil sich der Assistent an der Linie geirrt hatte.

Auch Udo Daehmling hatte Frau und zwei Kinder hinterlassen. Mit dieser Schuld würde er leben müssen. Doch je mehr er darüber nachdachte, desto mehr reifte in ihm ein Entschluss. Sich der Polizei zu stellen stand außerhalb jeglicher Diskussion. Damit würde er sein Leben einfach wegwerfen. Er war Mitte dreißig, gesund und intellektuell machte ihm auch so schnell niemand etwas vor.

»Menschen für Menschen« war eine ausgezeichnete Organisation, die den Ärmsten der Armen in Afrika vor Ort hilft, die größte Not zu überwinden. Ins Leben gerufen vom ehemaligen Schauspieler Karlheinz Böhm – auch wenn Zyniker behaupteten, dies sei die verdiente Sühne für seine schmalztriefenden Filme. Dort wurden stets händeringend Freiwillige gesucht. Er konnte zwar den Kassler-Kindern nicht mehr ihren Vater zurückgeben, aber er konnte anderen Kindern helfen. Die nicht das Glück gehabt hatten, wie er in einem der reichsten Länder der Erde geboren worden zu sein.

Am 10. August 2001 hielt er ein Flugticket nach Addis Abeba in Händen.

Zwei Tickets der etwas anderen Art fand Matowski am selben Tag in seiner Post. Der Morgen im Polizeipräsidium hatte relativ unspektakulär begonnen, es herrschte eine Art sommerlicher Saure-Gurken-Zeit.

Umso erfreuter war Matowski, als er einen an ihn adressierten Brief mit dem Absender »FC Schalke 04« in Händen hielt.

Sehr geehrter Herr Matowski,
am kommenden Montag und Dienstag, den 13. und 14. August 2001 hat

der FC Schalke 04 gleich zwei Gründe, groß zu feiern. Mit der Eröffnung des modernsten Fußballstadions Europas, der Arena AufSchalke, hat unser Traditionsverein nun ein würdiges, zukunftsweisendes neues Zuhause. Im Rahmen dieser Feierlichkeiten wird uns der Präsident des deutschen Fußball-Bundes, Herr Hans Dollinger, auch die Meisterschale für die Saison 2000/2001 überreichen.

Dass wir nach dem dramatischen, aber doch so unglücklichen Saisonfinale nun doch noch den achten Deutschen Meistertitel feiern dürfen, ist in erster Linie Ihrer ausgezeichneten Ermittlungstätigkeit zu verdanken.

Anbei übersenden wir Ihnen zwei VIP-Karten auf Lebenszeit für die Ehrentribüne, wobei wir uns freuen würden, Sie insbesondere bei der Meisterfeier am 13. August als unseren Ehrengast begrüßen zu dürfen.

Mit sportlichen Grüßen Ihr Rudi Assauer

Matowski bekam eine Gänsehaut. Am kommenden Montag würde er live dabei sein, wenn der FC Schalke 04 seinen achten Deutschen Meistertitel feiern konnte. Als Ehrengast. Wahnsinn.

Aber für wen sollte er die zweite Karte verwenden? Schwann? Estermann? Dr. Rost? Freiwart? Hiermann? Sie einem von ihnen anzubieten hieße die anderen vor den Kopf zu stoßen. Abgesehen davon, wäre Schwann und Estermann eher mit einem Ticket des SV Wehen oder des VfR Aalen geholfen. Regionalliga Gruppe Süd, dort, wo der FC Hansa München nun spielen durfte.

Nein, es gab ja auch noch so etwas Ähnliches wie Privatleben. Und da hatte Matowski kürzlich eine junge Dame kennengelernt, deren Bekanntschaft zu vertiefen er sich durchaus vorstellen konnte.

Hauptkommissar Günter Matowski griff zum Hörer seines Telefons und wählte eine Nummer, die nicht in seinem dienstlichen Telefonverzeichnis stand.

Nachwort

Wochenende für Wochenende versehen Tausende von Schiedsrichtern in Deutschland einen überaus undankbaren Job, in den allermeisten Fällen nach bestem Wissen und Gewissen und für einen Hungerlohn. Ohne den »23. Mann« und einen fairen Umgang miteinander wäre ein geregelter Spielbetrieb ausgeschlossen.

Die Schiedsrichter-Leistungen in der Bundesliga-Saison 2000/2001 – insbesondere bei einigen Spielen des FC Schalke 04 – waren jedoch von eklatanten spielentscheidenden Fehlern geprägt, und zwar ausschließlich zuungunsten des Gelsenkirchener Traditionsvereins. (Dies mussten im Zuge ihrer Ermittlungen selbst die ausgewiesenen Skeptiker Schwann und Estermann einräumen.) Um diese Ungerechtigkeiten entscheidend zu reduzieren, kann der Weg nur über den Videobeweis führen.

In einer Analyse der »Welt am Sonntag« (siehe z.B. https://www.welt.de/print-wams/article611303/Kosten-falsche-Pfiffe-Schalke-den-Titel.html) – bezeichnenderweise wenige Wochen *vor* dem dramatischen Saisonfinale durchgeführt – wird bereits im Titel die Frage gestellt, ob »falsche Pfiffe Schalke den Titel kosten« würden.

Ob der Fußballgott die Antwort kennt?

Epilog

Fünfzehn Jahre sind nun vergangen, seit der »Meister der Rache« im Herbst 2004 ins Lektorat ging. Vieles, was als (zum Teil satirisch überzeichnete) Fiktion geschildert wurde, hat sich seitdem in erstaunlicher Weise bewahrheitet, und man darf gespannt sein, welche Machenschaften im Milliardengeschäft Profifußball noch alles ans Licht kommen. Im Folgenden werden einige interessante Aspekte näher beleuchtet.

Korrupte Schiedsrichter

Im Januar 2005 erheben die vier Kollegen Lutz Michael Fröhlich, Olaf Blumenstein, Manuel Gräfe und Felix Zwayer Manipulationsvorwürfe gegen Schiedsrichter Robert Hoyzer. Dieser gesteht schließlich, Spiele des DFB-Pokals, der 2. Bundesliga und der Regionalliga durch bewusst falsche Entscheidungen in eine gewünschte Richtung gelenkt zu haben – auf die zuvor gewettet worden war.

Hoyzer beschuldigte weitere Referees und auch Spieler, ebenso Spiele manipuliert zu haben. Die Ermittlungen hierzu verliefen jedoch vielfach im Sande. Interessant ist dabei, dass Felix Zwayer vom DFB für sechs Monate gesperrt wurde, »weil er die ihm bekannten Spielmanipulationen von Hoyzer nicht gemeldet und vor einem Spiel des Wuppertaler SV gegen die zweite Mannschaft von Werder Bremen 300 Euro von Hoyzer angenommen hatte, um als Schiedsrichter-Assistent kritische Situationen für den Wuppertaler SV zu vermeiden« (siehe https://de.wikipedia.org/wiki/Fu%C3%9Fball-Wettskandal_2005).

Was Zwayer aber nicht daran hinderte, zum Bundesliga- und sogar FIFA-Schiedsrichter aufzusteigen.

Tarnen und Täuschen

Der DFB hatte jene Verurteilung von Zwayer jedoch unter den Teppich gekehrt, sie kam erst durch eine Recherche der »Zeit« Ende 2014 ans Tageslicht, siehe https://www.zeit.de/sport/2014-12/felix-zwayer-urteil-dfb-hoyzer- schiedsrichter.

Denn Öffentlichkeit bei Korruption im Fußball ist schlecht fürs Geschäft, das mussten die deutschen Bundesligisten bereits in den Siebzigerjahren schmerzhaft erfahren. Sage und schreibe zehn von 18 Vereinen waren damals in den »Bundesligaskandal« verwickelt, als mehrere Erstligisten versuchten, durch Bestechung den Abstieg zu verhindern. Zahlreiche Spieler, Funktionäre und auch die zwei am stärksten betroffenen Vereine wurden seinerzeit bestraft, wobei Kritiker den Verantwortlichen bis heute vorwerfen, wegen der bevorstehenden WM 1974 in Deutschland den Korruptionsskandal nicht vollumfänglich aufgearbeitet zu haben.

Nach Bekanntwerden des Skandals im Juni 1971 jedenfalls brachen die Zuschauerzahlen in der Bundesliga gegenüber der Saison 1970/71 zunächst um über 13% ein (1971/72) und dann sogar, nachdem die Manipulationen weiterhin in den Medien präsent waren, um knapp 21% (1972/73). Selbst in der Heim-WM-Saison 1973/74 lag man noch unter dem Besucherschnitt von 1970/71 – trotz WM-Euphorie im eigenen Land und im Zuge der selbigen ausgebauten oder neu errichteten Stadien mit entsprechend höheren Kapazitäten.

Damals waren Eintrittsgelder die Haupteinnahmequelle der Vereine, und es dauerte lange, bis man sich von dem finanziellen Rückschlag wieder einigermaßen erholt hatte. Man stelle sich nun vor, welche gigantischen Verluste der gesamten Branche drohen, würde ein ähnlicher Skandal heute publik werden.

Vor diesem Hintergrund beleuchten wir nun den Fall des Steuersünders Uli Hoeneß.

Der Fall Uli Hoeneß

Am 17. Januar 2013 wurde bei der Bußgeld- und Strafsachenstelle in Rosenheim eine Selbstanzeige wegen Steuerhinterziehung eingereicht. Diese wurde jedoch vom Finanzamt als nicht vollständig und einwandfrei bewertet, sodass keine Straffreiheit mehr gegeben war. Somit war die Sache ein Fall für die Staatsanwaltschaft München II, die ein Verfahren wegen Steuerhinterziehung gegen Uli Hoeneß aufnahm.

Die öffentliche Hauptverhandlung begann am 10. März 2014. Aus zunächst 3,5 Millionen Euro Steuerhinterziehung wurde am zweiten Prozesstag eine Steuerschuld von 28,5 Millionen Euro, basierend auf einer Kalkulation der zuständigen Steuerfahnderin anhand von Bankunterlagen. Diese Steuerschuld wurde am folgenden Prozesstag von Hoeneß' Verteidiger anerkannt. Abgewickelt wurden die zugrunde liegenden Devisentermingeschäfte auf Konten der Schweizer Vontobel-Bank.

Der langjährige Bayern-Manager wurde der Steuerhinterziehung in sieben Fällen (für die Jahre 2003 bis 2009) in Höhe von 28,5 Millionen Euro für schuldig befunden und zu einer Gesamtfreiheitsstrafe von drei Jahren und sechs Monaten verurteilt. In der Urteilsbegründung wurden die steuer- und strafrechtlich relevanten Gewinne aus jenen Devisentermingeschäften sowie die Beträge der Steuerverkürzung jener Jahre aufgelistet.

Für die Öffentlichkeit ergab sich somit das Bild eines spielsüchtigen Devisenzockers. Verschiedene Schweizer Medien und auch die FAZ deckten jedoch zahlreiche Ungereimtheiten auf und stellten in diesem Zusammenhang einige interessante Fragen, für die es bis heute keine Antworten gibt. Zunächst fassen wir die wesentlichen Erkenntnisse zusammen.

1. Im Jahr 2001 [sic!] lieh der damalige Adidas-Chef Robert Louis-Dreyfus Hoeneß angeblich 5 Millionen Mark, zudem stellte er eine Bürgschaft in Höhe von 15 Millionen Mark. Mit diesen Millionen wollte der Fußballmanager an der Börse zocken. Kurz danach wurde Adidas als Gesellschafter der FC Bayern AG aufgenommen.

2. Aus diesen 20 Millionen Mark wurden zeitweise bis zu 150 Millionen Euro. Die daraus abgeleiteten, unversteuerten Gewinne aus den Jahren 2003 bis 2009 (frühere mögliche Steuerdelikte wären verjährt) brachten Hoeneß ins Gefängnis.

Der Schweizer Tagesanzeiger hat näher ausgeführt, wie das Zocken mit Währungen an der Börse funktioniert – und erhebliche Zweifel daran angemeldet, dass das Hoeneß'sche Konto bei der Vontobel-Bank diesen Zwecken diente.

3. Im Forex genannten Devisenmarkt werden minimale Zinsunterschiede zwischen verschiedenen Währungsräumen ausgenutzt. Um hier nennenswerte Gewinne zu erzielen, muss man nicht nur mit gigantischen Summen operieren. »Da sind ganze Teams professioneller Marktbeob-

achter rund um die Uhr am Werk, um die Grundlagen für Investitions-
entscheide zu liefern.«

Ein ehemaliger Schweizer Revisor und Banker konstatiert: »Einem privaten Laien wie Uli Hoeneß fehlt das Know-how und das nötige Kapital,
um in diesem Markt zu bestehen«. Und auch die enorme Zeit – den nicht
gerade simplen Job als Bayernmanager galt es ja ebenfalls auszufüllen.
»Für einen Hoeneß ist es in diesem Markt unmöglich, aus 20 Millionen
Mark zeitweise 150 Millionen Euro zu machen. Das ist völlig absurd.«

4. Das Gericht in München befragte Hoeneß nach seiner Zockerstrate-
gie bei den Währungsgeschäften. Seine Antwort blieb jedoch diffus. »Er
machte nicht den Eindruck eines Börsenhändlers, der wusste, was er
machte«, sagte ein Prozessbeobachter.

5. Erst kurz vor Prozessbeginn rückte die Verteidigung 70.000 Seiten
an Unterlagen heraus, auf denen die Vontobel-Bank die Hoeneß'schen
Transaktionen dokumentiert hat. Somit hatte das Gericht keine Möglichkeit, diese Dokumente eingehend zu beleuchten.

6. Der FC Bayern wurde wiederholt dabei ertappt, gegen die Gesetze der
Fußballbranche zu verstoßen, und dies weitestgehend ungestraft:

a) Bei der Fernseh-Zentralvermarktung wurde 1999 die Solidarge-
meinschaft aller anderen Bundesligisten mit einem Geheimvertrag mit
Kirch hintergangen. Die Bayern kassierten 40 Millionen Mark extra.

b) Im Zuge der Verpflichtung des damaligen Jungstars Sebastian Deis-
ler bekam dieser 2001 [sic!] ein verbotenes Handgeld in Höhe von 10
Millionen Mark.

c) Ebenfalls 2001 [sic!] sollen laut »Spiegel« sage und schreibe 53 Millionen Euro bei der Verpflichtung des Peruaners Claudio Pizarro von Werder Bremen zwischen München, Bremen und einer Gesellschaft in der
Steueroase Panama geflossen sein. Adidas war daran angeblich ebenfalls
beteiligt.

Daraus ergeben sich folgende Fragen:

7. Welche weiteren Hoeneß'schen Kontobewegungen gab es bei der
Vontobel-Bank jenseits der Währungsspekulationen, die die Millio-
nen-Schwankungen im Kontostand erklären könnten?

8. Warum wurden die 70.000 Seiten Hoeneß'scher Geschäftstätigkeit bei der Vontobel-Bank niemals näher untersucht? Hätte man vor diesem Hintergrund nicht sogar den Prozess vertagen sollen, um in der Zwischenzeit Transparenz zu schaffen?

Obwohl Hoeneß' Verteidigung argumentierte, »eine wirksame Selbstanzeige (sei) nur knapp verfehlt« worden und für maximal eine Bewährungsstrafe plädierte, verzichtete man nach der Verurteilung zum erheblich höheren Strafmaß von drei Jahren und sechs Monaten ohne Bewährung auf Rechtsmittel. Die FAZ vermutet vor dem Hintergrund der oben erwähnten Ungereimtheiten, dass Hoeneß im Fall einer Revision befürchten müsse, es könnte noch schlimmer für ihn kommen und es könnten noch »weitere Leichen im Keller« gefunden werden.

Konkret wird gefragt: »Stammten die mehr als 150 Millionen Euro, die sich zeitweilig auf dem Konto befanden, wirklich nur aus Finanz-Wetten? Oder dienten sie ganz anderen Zwecken und stammten aus unbekannten Quellen? (...)«

Eine erstaunliche Häufung dieser Vorgänge findet sich jedenfalls um das Jahr 2001 herum, als erwiesenermaßen der FC Schalke 04 durch zahlreiche falsche Schiedsrichterentscheidungen viele Punkte im Kampf um die Meisterschaft verlor.

Wie diese »ganz anderen Zwecke« aussehen könnten, zeigt übrigens auch ein Ereignis vom letzten Bundesligaspieltag der Saison 2007/08. Nach ihrem beiderseits letzten Bundesligaspiel tauschten Bayern-Torhüter Kahn und Schiedsrichter Merk, zwei Protagonisten der Saison 2000/01, ihre Trikots und umarmten sich. Für einen sogenannten Unparteiischen ein höchst ungewöhnlicher Vorgang.

Offenbar gibt es gute Gründe, dass die Hoeneß'sche Geschäftstätigkeit bei der Vontobel-Bank niemals umfassend untersucht wurde. Die Angst vor massiven Umsatz- und Gewinneinbrüchen im Milliardengeschäft Fußball könnte einer davon sein, wobei aufgrund des möglichen Vertrauensverlustes wohl auch viele andere Teams davon betroffen wären.

Quellen

https://de.wikipedia.org/wiki/Uli_Hoene%C3%9F

http://www.blicklog.com/2014/03/17/vorstand-der-fidor-bank-zu-hoene-und-vontobel/

https://www.tagesanzeiger.ch/wirtschaft/unternehmen-und-konjunktur/Zweifel-an-seiner-Version/story/17297272

https://www.faz.net/aktuell/sport/fussball/bundesliga/uli-hoeness-und-die-offenen-fragen-fuer-den-fussball-12848731.html?printPagedArticle=true#pageIndex_3

https://www.faz.net/aktuell/wirtschaft/unternehmen/uli-hoeness-akzeptiert-er-sein-urteil-aus-angst-vor-schlimmerem-12847212.html

https://www.handelsblatt.com/unternehmen/handel-konsumgueter/robert-louis-dreyfus-und-die-wm-2006-millionen-fuer-hoeness-nur-ein-freundschaftsdienst/12468510-3.html?ticket=ST-15814037-I1ahQdKNTdMDW1Nkm0Uy-ap3

https://www.abendblatt.de/nachrichten/nachrichten-des-tages/article107406611/Als-Kahn-ging-und-Merk-weinte.html

P.S.: Im Roman gibt es ein geheimes Nummernkonto in Österreich, wo ebenfalls durchaus diskrete Möglichkeiten für Finanztransaktionen existieren. Die Schweiz erschien mir hierfür einfach als zu abgedroschen. Aber manchmal übertrifft die Wirklichkeit sämtliche Klischees.

Der Videoschiedsrichter

Mit Videoschiedsrichter wird im Fußball endlich Gerechtigkeit einziehen, so meine etwas naive Annahme beim Schreiben des Buches. Um die Qualität des »Video Assistant Referees« (VAR) nach gut zwei Jahren aktivem Einsatz in der Bundesliga zu beurteilen, lohnt zunächst ein Vergleich mit der Fußball-WM 2018.

Dort waren die VAR-Teams kunterbunt aus unterschiedlichsten Nationen zusammengestellt worden, was allein schon die Kommunikation, die meist nicht in der Muttersprache stattfinden konnte, nicht gerade einfacher macht. Nur wenige von ihnen kannten den Videobeweis aus ihrer heimischen Liga, auch die Testphase betrug »netto« nur einige Wochen. Das Ergebnis konnte sich jedoch sehen lassen: Bis auf das Vorrundenspiel Schweiz gegen Serbien gab es keine gravierenden Fehlentscheidungen, umgekehrt wurde der ein oder andere falsche Pfiff erfolgreich korrigiert. Eine signifikante Verbesserung im Vergleich zu früher.

In der Bundesliga gönnte man sich dagegen ein volles Jahr »Generalprobe«. Während der Saison 2016/17 wurden an jedem Spieltag drei Begegnungen vollumfänglich am Monitor verfolgt und hinsichtlich der getroffenen (Fehl-)Entscheidungen bewertet, jedoch ohne jeglichen Kontakt zum pfeifenden Schiedsrichter oder gar einem Eingriff ins Spielgeschehen. Angesichts einer solch intensiven Vorbereitung sollte man meinen, dass der Videobeweis in der Bundesliga von Anfang an ausgezeichnet funktionieren müsste.

Doch weit gefehlt. Im Folgenden werden einige besonders krasse Fälle aufgezeigt; eine vollständige Aufarbeitung ergäbe schon fast einen neuen Roman.

Gleich am zweiten Spieltag der Premierensaison 2017/18 wurde den Schalkern ein klarer Elfmeter verwehrt, als der damalige Hannoveraner Verteidiger Sané eine Flanke des Schalkers Oczipka direkt mit der Hand abwehrte. Schiedsrichter Ittrich und VAR Hartmann entschieden trotz Ansicht dieser Szene nicht regelkonform auf Eckball (bei einem Spielstand von 0:0). Eine ähnliche, aber in einem wichtigen Detail unterschiedliche Szene gab es dreieinhalb Wochen später in der Partie Schalke gegen Bayern. Diesmal flankte der Münchener James und traf dabei den Königsblauen Naldo zunächst am Oberschenkel, erst von dort prallte der Ball an den Arm. Da Naldo den Ball zuerst mit einem »legalen« Körperteil berührte und er die handelsübliche Körperhaltung bei einem Tackling einnahm, war dies kein strafwürdiges Vergehen. Was aber Referee Fritz nach Intervention von VAR Dingert nicht daran hinderte, den Bayern beim Stand von 0:0 einen Elfmeter zu schenken. Zweimal Handspiel, zweimal falsch entschieden trotz Videobeweis.

Der Thematik »strafwürdiges Handspiel oder nicht« die Krone aufgesetzt wurde erneut im Spiel Schalke – Bayern der aktuellen Saison 2019/20 von den Herren Fritz und Dankert. Nachdem sich sogar der Postillon auf gewohnt brillante Weise der Thematik angenommen hat, spare ich mir weitere Kommentare (https://www.der-postillon. com/2019/08/bayern-vorderbeine.html).

Ein anderer Videobeweis-Aspekt wurde am ersten Spieltag der Saison 2018/19 besonders deutlich. In der Partie Wolfsburg – Schalke gab es gleich zwei strittige Platzverweisszenen. Zunächst gingen der Schalker Nastasic und der Wolfsburger Weghorst beide mit gestrecktem Bein zum Ball. Nastasic traf das runde Leder, Weghorst jedoch nur Nastasics Sohle, da dieser sein Bein höher hatte. Schiedsrichter Ittrich zeigte Nastasic gelb, aber auf Intervention von VAR Stark wurde daraus eine völlig überzogene rote Karte. Kurz darauf beging eben jener Weghorst bei einer Rudelbildung eine Tätlichkeit am Schalker Burgstaller, was Ittrich richtigerweise mit Rot ahndete. Erneut griff jedoch Wolfgang Stark, der Mann aus dem »Kölner Keller« ein, mit der Folge, dass Weghorsts Platzverweis in eine gelbe Karte umgewandelt wurde. In beiden Fällen hatte also der VAR eine zunächst richtige Entscheidung in eine Fehlentscheidung umgewandelt – und das, obwohl der VAR eigentlich nur im Fall einer »groben Fehlentscheidung« überhaupt eingreifen darf.

An diesem Beispiel erkennt man, dass der Videobeweis, der eigentlich für mehr Gerechtigkeit sorgen soll, zumindest theoretisch doppelte Manipulationsmöglichkeiten bietet. Eben einmal durch den Referee auf dem Platz, und zusätzlich durch den VAR. Dass Wolfgang Stark, der auch in seiner früheren Zeit als Bundesligaschiedsrichter kein Freund der Schalker war, seitdem »bis auf weiteres« nicht mehr als VAR eingesetzt wurde (https://www.spiegel.de/sport/fussball/wolfgang-stark-wegen-umstrittenen-eingriffen-nicht-mehr-videoschiedsrichter-a-1225566.html) ist da nur ein schwacher Trost, die Punkte jedenfalls waren bei der Schalker 1:2-Niederlage perdu.

Ebenfalls grotesk angesichts der heutigen technischen Möglichkeiten: es dauerte incl. Testphase zwei volle Jahre, bis dem VAR eine »kalibrierte« Linie zur Verfügung stand, um Abseitssituationen bewerten zu können. Prompt gab es in der Saison 2017/18 einige falsche Abseitsentscheidungen, die man fast schon mit bloßem Auge, sicher aber mit den Hilfslinien von Sportschau und Co. erkennen konnte.

Was bleibt als Fazit? So gut der Videobeweis grundsätzlich ist, bei seiner Anwendung gibt es in der Bundesliga auch nach über zwei Jahren aktiver Phase noch sehr viel Verbesserungspotenzial. Wie es gehen könnte, hat man bei der letzten WM gesehen.

Im DFB-Schiedsrichterwesen besteht ebenfalls noch viel Luft nach oben. Der öffentlich gewordene Komplex Amerell-Kempter, der auch ein bezeichnendes Licht aufs (Schiedsrichter-)Funktionärswesen wirft, oder der Selbstmordversuch des damals aktiven Bundesliga-Referees Barak Rafati seien hier nur stellvertretend genannt.

Hauptkommissar Günter Matowski wird die weitere Entwicklung jedenfalls gespannt verfolgen. Und wenn sich keine Besserung einstellt, kehrt vielleicht der »Meister der Rache« aus seinem selbst gewählten Exil zurück ...